名家散文经典译丛

偏见

〔法〕马塞尔·普鲁斯特 著

张小鲁 译

人民文学出版社
PEOPLE'S LITERATURE PUBLISHING HOUSE

Marcel Proust
SELECTED ESSAYS

图书在版编目(CIP)数据

偏见/(法)马塞尔·普鲁斯特著;张小鲁译.—
北京:人民文学出版社,2018
(名家散文经典译丛)
ISBN 978 - 7 - 02 - 014178 - 4

Ⅰ.①偏… Ⅱ.①马… ②张… Ⅲ.①散文集-法国
-现代 Ⅳ.①I565.65

中国版本图书馆 CIP 数据核字(2018)第 086803 号

责任编辑 卜艳冰 邱小群 骆玉龙
装帧设计 钱 珺

出版发行 人民文学出版社
社 址 北京市朝内大街 166 号
邮政编码 100705
网 址 http://www.rw-cn.com

印 刷 上海盛通时代印刷有限公司
经 销 全国新华书店等

开 本 890 毫米×1240 毫米 1/32
印 张 11.5
字 数 224 千字
版 次 2019 年 7 月北京第 1 版
印 次 2019 年 7 月第 1 次印刷

书 号 978-7-02-014178-4
定 价 49.00 元

如有印装质量问题,请与本社图书销售中心调换。电话:010 - 65233595

目录

一、文坛初步

二、让·桑德伊岁月

三、世俗人生

四、创作年代

五、战后

附录：欢乐与时日（节选）

一、文坛初步

讽刺与法国精神^①

根据定义来看，法国精神的本质就是经院刻板、轻佻肤浅、嘲讽辛辣，一部法国讽刺史几乎涵盖了法国精神的全部历史。让我们来看一看我们种族的天才究竟是什么，在编写教材或发表演讲的人眼里，那是一种轻佻肤浅的观察和妙趣横生的嘲讽天才，我们不妨研究一下，为什么讽刺始终体现了这种冷嘲热讽的天才，至少是随着环境的变化而不是这种天才本身去改变其实践和表达方式。如此这般地研究讽刺史的方法并非误入歧途；因为如果说法国精神是讽刺甚至矫情之外的其他东西，那么无论居斯塔夫·拉鲁梅^②先生最近对此怎么说，这种精神必定存在于法国天才之中；如果说这种精神甚至还会以其他的无数面目出现，那么这种精神定然是其中的面目之一。这种精神甚至在法国天才中占有很大的比重，赋予它如此重要性的经院式刻板定义之所以变得庸俗，大抵有其真实的一面。更何况这种讽刺精神几乎从一开始便出现在我们的文学之中，至少是出现在摆脱了对拉丁文学的模仿的名副其实的法国文学之中。如今，在精巧颓废以及于勒·勒梅特尔①所谓的"野蛮矫情"②的精致空洞的文学中，讽刺精神在小说、诗歌和报刊中仍然十分活跃。法国讽刺精神的这种持久顽强甚至让整部法国讽刺史变得十分冗长。然而，我们不仅能够十分迅速地勾勒出法国讽刺史的大致线条，而且还能概括出法国讽刺史在数个非常古怪的时期的特征。

首先撇开需要花费很长时间进行研究的当代和中世纪这两个十分引人注目的时期。先说当代，我们对当代人的过分热衷和熟悉使得我们给予他们比古人更多的篇幅，而他们之中只有少数几位大师能够经得起时间的考验。雅克·诺尔曼先生的《坦率的麻雀》③，甚至迪奥尼·奥尔迪内尔先生的《白食》，像这样的作品显然无法跻身于《格兰戈尔》④简明扼要的概述之中，他也许会在概述中略微提到他们。姑且不说我们与当代人朝夕相处的这种亲密无间会妨碍我们在研究中将无数真正的文学之

---

① 于勒·勒梅特尔（Jules Lemaître, 1853—1914），法国批评家、剧作家。
② 这个词出现在于勒·勒梅特尔一八八八年发表的文章《保尔·魏尔伦与〈象征派〉和〈颓废派〉诗人》一文中。——原注
③ 法国诗人、剧作家雅克·诺尔曼（Jacques Normand, 1848—1931）的诗集《坦率的麻雀》发表于一八八七年。迪奥尼·奥尔迪内尔（Dionys Ordinaire, 1826—1896），法国记者兼政客。——原注
④ 《格兰戈尔》（1886），法国诗人、剧作家泰奥多尔·德·邦维尔（Théodore de Banville, 1823—1891）的一部喜剧。——原注

友摒弃在外，我们在颓废时代煞费苦心地做出艰难的选择。首先，极度娴熟的表达手法是如此的相同，以致我们对诗人产生了幻觉；说实话，高蹈派[①]甚或象征派中最微不足道的诗人吟诵[②]的十四行都比伟大的高乃依更加美妙。继而是早已存在、经过更新甚至剽窃抄袭的无穷无尽的思想，"训练有素的写作"泛滥成灾，合理的筛选几乎成为不可能。中世纪的情况则有所不同；事情也许比较容易，即便经过时间修剪的森林仍然茂密杂乱，我们还能采摘鲜花和果实满载而归。然而，这一时期实在太长；更何况从雷尼耶到吉尔贝[③]，还要经历相当长的一段路程才能用沿途的观察来刻画法国讽刺的特征。

中世纪讽刺的非凡之处在于它集伦理性、社会性和政治性于一身，尤其是作者被置放于这样一种特定的情景之中，其作品并非出自一位显贵、平民或教士之手，而是来自一个游离于社会的特殊人物，一个行吟诗人或一个"傻瓜"。总而言之（至少看上去像是出自我们通常阅读的某些文摘），作为生活在中世纪的文人，这个人物为我们的某个批评家提供了许多嬉笑怒骂

---

① 高蹈派（Parnasse），亦译"帕尔帕斯派"，法国十九世纪下半叶的一种诗歌文学样式，因诗歌丛刊《当代帕尔纳斯》（Le Parnasse Contemporain）而得名。"帕尔纳斯"源自希腊神话中缪斯居住的帕尔纳斯山（Mont Parnasse）。该派诗人主张"为艺术而艺术"的诗歌理论。

② "为我吟诵这些动听的十四行诗"（引自杜·贝雷的《捍卫和发扬法兰西语言》）。——原注（普鲁斯特在这里套用了杜·贝雷的这行诗）

③ 雷尼耶（Mathurin Régnier，1573—1613），法国讽刺诗人。吉尔贝（Nicolas Gilbert，1751—1780），法国讽刺作家。

的题材。然而，这个文人与十七世纪的沙龙"作家"（正如克里萨尔所说的那样①）以及十九世纪出入贵妇厅堂的那种心思缜密的波德莱尔式文艺权威截然不同。那是一个游子，他并不奉行瓦蒂尔和戈蒂埃②的那种公正无私。他的兴趣放在社会的许多方面，对他来说，他的诗人之行遍及了社会的各个方面。他就地取材，嘲弄一些乡巴佬为某位老爷逗乐解闷，他好奇地进行观察，偷偷取笑老爷及其全家。某一天，在某个村庄，他会朗读一篇平民嘲弄贵族的全新讽刺小说。就这样，机敏、明晰而又生动的讽刺犹如潺潺溪水，满载着道德观察和精神特征，用滚滚波涛连接所有的地区和河流而不是将它们分开，从十三世纪到十六世纪，讽刺风行法国，逐渐扩展，从一开始的涓涓细流（那是伦理格言，动物寓言和说教③的时代），经过不断充实扩张，汇合奥比涅④和雷尼耶，冲垮了所有礼仪和羞怯的障碍。讽刺既是训斥又寓意深刻，它冲击所有的邪恶，淹没任何流弊。

十七世纪，曾经有人试图阻挡这条汹涌的河流，清洗这些充塞着沉重的卵石和黄沙的激流。这条夹在两堵石墙中间

---

① "她们向往写作，希望成为作家"，选自莫里哀的《女才子》。——原注
② 瓦蒂尔（Vincent Voiture，1597—1648），法国诗人、书简作家、法兰西院士。戈蒂埃（Théophile Gautier，1811—1872），法国诗人、剧作家、小说家、文学批评家。
③ "说教"一词在中世纪泛指一种带有伦理寓意的故事。——原注
④ 奥比涅（Agrippa d'Aubigné，1552—1630），法国诗人。

日渐缩小的庄严河流悠然地引领着宁静的水流漫步前行。然而，故乡的这个自由自在的孩子不懂得应该如何诚惶诚恐地留住它的嬉闹和欢笑。它的生性就是不尊重一切，嘲笑一切。十七世纪，它用唱诗班的戏谑和教堂圣器室的闹剧对约定俗成和繁文缛节施行报复。十八世纪强加给它的沉默让它变得更加犀利。留给它施展一技之长的狭小地盘遭到了劫掠和焚烧。吉尔贝只能谈论作者，他对这些作者虐待施暴而不是冷嘲热讽。不久，整个社会都失去了它那警钟般的朗朗笑声，讽刺无法容忍这样的沉寂，它要挺身而出大声抱怨。于是便出现了舍尼埃①的《讽刺诗》。从此以后，它重新鞭挞社会和政府，不再囿于僵死的文学之中。真正的法国讽刺获得了新生：从雷尼耶以来的长期昏睡中幡然苏醒，四处放射"辛辣的"利箭。然而，对于讽刺来说，阅读诗歌是远远不够的。在它备受奴役的两个世纪之中，它有时把自己的异想天开引进戏剧和小说。讽刺可以在这些领域独领风骚。博马舍②只是开创了半上流社会所谓的实用戏剧。伏尔泰的小说只是最早的讽刺小说。讽刺幽默的短文杂文占据了各种报纸的每日专栏，只不过古老讽刺的回报是新版的钞票。最后，在一八〇〇——一八五〇年这段美好的时代，讽刺又拿起皮鞭武装自己。

---

① 舍尼埃（André Chenier，1762—1794），法国诗人。
② 博马舍（Caron de Beaumarchais，1732—1799），法国著名喜剧作家。代表作为"费加罗三部曲"。

如今，尤其在勒南①主义入侵这个社会之后，一个无比敏锐的批评家用甜腻和琐碎来形容讽刺，过分的冷漠让我们无法专注于摧毁流弊或谴责邪恶。我们只能用滑稽振聋发聩。古老的法兰西首当其冲的娱乐形式仍然是通俗喜剧、《巴黎生活》和革命传单。通常这并不妨碍法兰西学院的院士先生们将法兰西精神定义为"一种辛辣、精妙和嘲讽的精神"，这种精神"轻盈犹如一杯香槟酒泛起的泡沫"这句话，萨尔塞②先生每个月都会说上一遍。

---

① 勒南（Ernest Renan，1823—1892），法国研究中东古代语言文明的专家、哲学家、作家。他以有关早期基督教及其政治理论的历史著作而著名。
② 萨尔塞（Francisque Sarcey，1827—1899），法国记者、戏剧评论家。

名副其实的美 ①

　　有的人喜欢陶醉在吸引他们的书本之中，就像他们对待鲜花、美好时光和女人。有的人则在极端真诚的煎熬下试着体验其中的深度和依据，他们为此感到扫兴。他们不断地扪心自问：这本书是否给我带来了真正的精神欢悦，抑或那只是我对时尚的爱好，模仿的本能把诸多元素融入了一代人的趣味，或许那只是出于另一种令人鄙视的偏爱？于是，他们从一本书摇摆到另一本书，无情的忧虑之风刮得他们东倒西歪。他们拿不定主意，更谈不上品尝一种纯洁的幸福。然而，有一天，他们似乎遇到了终极的码头，一个宁静的避风港，在那里，他们到处都可以找到美的凝固不动的镜子。福楼拜或勒孔特·德·利尔②将他们引领到这个宁静的国度，向他们呈现如此明显的美，美的源泉一目了然，这次出现的名副其实的美让他们坚信不疑，为此，他们久久地沉浸在喜悦之中。继而，他们又对无疑是来自名副其实的美的苍白回忆产生了疑虑，而这种美也许早在他们

---

① 这篇文章发表在《宴会》杂志上，据推测，普鲁斯特撰写这篇文章时大约二十岁左右。——原注
② 勒孔特·德·利尔（Leconte de Lisle，1818—1894），法国高蹈派诗人。

的灵魂形成肉身之前就已经备受关注：名副其实的美不应该如此外向，我们必须透过无数幽影，把它当作灵魂来揣摩和爱慕，而不应该如此直接、如此完善地对它进行具体的把握，这样做实际上相当于拙劣的模仿。也是这一次，忧虑的狂风的无情翅膀触动了他们。他们离开了那个（再也）无法满足他们美妙的宁静梦想的码头，重新开始他们的旅行：他们摸索着前行，痛苦地寻找美，把书本当作鲜花、美好时光和女人来欣赏的那些人对他们冷嘲热讽，把这些忧心忡忡的流浪者叫作疯子、受迫害者。其实，令人煎熬的忧虑有如谵妄，迫害就像妖言惑众的骗子和投毒犯那样，让所有的艺术家逃离这些也许唯独上天才能赐予、只有人间的天真单纯才能给予我们的饥渴灵魂。

圣诞故事一则 ^①

《小皮鞋》

路易·冈德拉先生著

（《两世界杂志》一八九二年元月一日）

感情之花中最美的一朵也许就是所谓的对未来的神秘希望，反思会让这花朵迅速凋零。今天与昨天同样心灰意冷的不幸恋人希望他所爱却又不爱他的那个女人明天突然爱上他——他对自己应尽的义务力不从心，他自言自语地说："明天，我就会神奇般地拥有我所缺乏的这种毅力。"——最后，所有这些人都抬起眼睛仰望东方，期待着他们坚信不疑的一道光明突如其来地照亮他们头顶上的那片忧郁的天空，所有这些人都对未来怀有一种神秘的希望，从这个意义上来说，这是他们唯一的欲望所产生的结果，任何理性预见都无法对此加以解释。可惜啊，终有一天，我们不再每时每刻地期待来自迄今为止仍然无动于衷的一位女友的情书，因为我们明白，人的性格不会突然改变，我们的欲望也不会心甘情愿地去迎合其他人的意志，因为推动

---

① 这篇文章首次发表在一八九二年《宴会》的第一期上。——原注

意志并且使之无法抗拒的正是隐藏在意志背后的某些东西；终有一天，我们会明白，明天不会与昨天截然不同，因为明天来自昨天。

　　然而，在某些尚未遭到反思过分扼杀的灵魂中，这些神秘的希望在某些风调雨顺的年代再度绽放。例如，在圣诞之夜，一种希望的芳香让灵魂飞向上帝，这些灵魂期待自己最终能够出类拔萃并且得到爱戴。这种芳香会让上帝感到喜悦，有时，在圣诞节的夜晚，作为心灵的优秀园丁，一个伟大的艺术家会满心欢喜地去浇灌有待绽放的希望。他用理性的眼光来论证在某个逼真而又神秘的短篇故事中得到大胆肯定的感情，梦寐以求的某种幸福终于在圣诞之夜得到了实现。今年，我们没有圣诞故事。阿纳托尔·法郎士先生在令人赞叹的《犹太的行政长官》①中非常武断地认为，我们不能使用这样的措辞——然而，元旦的这期《两世界杂志》给我们带来了一个姗姗来迟却又真实美妙的圣诞故事，那就是路易·冈德拉先生的《小皮鞋》②，读者无不为之感动和赞叹。夹杂着快感的同情怜悯让这个故事变得更加温柔甜蜜。在这个圣诞之夜的最后时刻，看不见的香炉在德·尼埃伊先生的心中散发出乳香和没药的芬芳，故事的结尾部分弥漫着神圣的芳香。一个小孩子的话深深地打动了他，乃至改变了他的生活，让他重新回到被他抛弃的妻子身旁。读

---

①　这篇著名的短篇小说被收入法郎士小说集《螺钿匣子》（1892）之中。——原注

②　路易·冈德拉（Louis Ganderax，1855—1940）在十八世纪末的文学界占有重要的一席之地。他曾经与《两世界杂志》《时代》《辩论报》合作。一八九七年他与欧内斯特·拉维斯一起主编《巴黎杂志》。——原注

着这期《两世界杂志》，美貌的弃妇，遭到丈夫或情人背叛的女子都能从这个小故事中获得神奇的安慰。这些美妙篇章被她们的眼泪濡湿，让她们久久地沉湎于重归于好的梦想，而在此之前，重归于好在她们看来是不可能的，不断地激发出她们最宝贵而又最不自信的希望——在让我们如此感动之前，冈德拉先生为我们刻画了德·尼埃伊先生极具讽刺意味的肖像，这表明作者对性格有着一种绝妙的先见之明。可怜的德·尼埃伊先生！他的诗让他的生活充满朝气，相形之下，他那无疑是非常微不足道的世俗生涯就显得不那么真实了，他经常与冈德拉先生在"上流社会"相遇。他衬衣的硬胸后面有着一副无懈可击的护胸甲，遮掩在单片眼镜后面的眼睛是他的心灵的唯一出口，只有从那里才能进入戒备森严的领地，他躲藏在故作正经的态度背后，自以为这道防线固若金汤；然而，冈德拉先生的思想仿佛是那个没有具体形状的仙女，"穿梭于锁钥之间"，就像雅典娜那样，在德·尼埃伊先生的心中翱翔，为他遮挡在最阴暗的灵魂中闪烁的星星火焰，让他能够在我们面前栩栩如生地再现这些火光。冈德拉先生尊重他的这种生活方式。因此，可以说，他是货真价实的现实主义者。从创作的角度来看，对于美与丑，他一概来者不拒，同时刻画灵与肉，可以说，故事末尾的诗意来源于真实。我们梦幻中最美的花朵以我们的鲜血为汁液，以我们纤细的白色神经纤维为根茎。他为我们留住了《小皮鞋》的故事中洋溢的一切浓浓的诗意，却没有试图将人物"诗意化""理想化"（正因为如此他才是诗人）。其实，动人的爱情奇迹发生在一个高级妓女的家里并不能说明冈德拉先生拜倒在浪漫派与自然主义胆大妄为的心理学面前，后者拒绝将马里翁·德洛姆[1]和羊脂球的品德赋予"布尔乔亚"[2]。帕克蕾特·韦农也许是一位温柔有爱的母亲。然而在我们看来，她首先是一位讲究实际的母亲，她希望自己的女儿"漂亮优雅"，"生活有规律"。

我情不自禁地想到这位没有出场的德·尼埃伊太太，这个故事中仅仅出现过她悲伤而又可爱的身影，尽管她从未现身。这个故事难道不就是为她而写的吗？这些人物之所以取自"她的上流社会"也许就是为了让她更加感动，因为上流社会的丈夫比其他各界人士更多遗弃自己的妻子。艺术如此之深地根植于社会生活之中，以至于在掩盖着十分普遍的感情现实的特殊虚构之中，一个时代或一个阶层的风俗和情趣往往占有很大的比重，甚至能够为此增添迥然不同的乐趣。从某种程度上来看，拉辛在某些戏剧中将赏心乐事与罪恶混合在一起构筑悲剧命运的结局，喜欢召唤公主与国王的幽灵，难道不正是为了宫廷中那些遭受着激情令人快慰的折磨的女观众吗？可惜的是，不幸的德·尼埃伊太太很可能等不到为我们讲述这个故事的冈德拉先生向她通报这个奇迹。不过，她无论如何也不会大失所望；

---

① 马里翁·德洛姆（Marion Delorme，1613—1650），法国宫廷贵妇，据说曾经与当时的英国、法国朝廷重臣甚至法国国王路易十三有染。雨果创作于一八三一年的同名戏剧即取材于她的故事。
② 普鲁斯特热衷于把雨果热情洋溢的戏剧（1831）与莫泊桑的现实主义小说（1880）作比较。——原注

她不能指责艺术欺骗了她，因为撇开她的痛苦中包含的自私因素换位思考，如果可以这样说的话，那么这个足智多谋的安慰角色还是非常丰满的。他的谎言是唯一的现实，只要人们对真实爱情的谎言还有那么一丁点喜欢，我们周围制约着我们的这些东西就会逐渐减少。让我们幸福或不幸的力量从这些东西当中脱颖而出，为我们变痛苦为美的灵魂增添力量。这才是幸福和真正的自由之所在。

一本驳斥风雅的书[①]

《上下颠倒》

每当老好人雅迪斯在以他的名字命名的那出小戏[②]中用一种令人作呕的庸俗口气头头是道的时候，忠实地反映出作者对主人公敬佩之意的其他人物就会叫嚷道："这位雅迪斯先生真是别出心裁！啊！雅迪斯先生，您的确与众不同。"《上下颠倒》是一本新近出版的精美小书，用带着恭维意味的指责谈论这本书自相矛盾的（匿名）作者大概不会让人显得同样滑稽可笑。其实，这本书的实质内容值得商榷，尽管作者流露了他的全部思想，其中也不乏某种忧郁而又妩媚的美雅，然而，人们从中感觉到的更多是一种恶劣情绪的宣泄，而不是竭诚尽力与现实本身达成一致的崇高努力。按照《上下颠倒》作者的说法，我们十九世纪的堕落来自"衣着打扮，这个法国社会的灾难……它逐渐动摇了社会大厦的基石"，而造成这个灾难的各种原因，在

---

① 这篇文章发表在一八九二年四月《宴会》第二期上。文中谈到的这本《上下颠倒》为匿名作者所著。据 R. 德雷菲斯说，作者是爱德华·德莱塞尔。——原注

② 亨利·米尔热的独幕喜剧《老好人雅迪斯》(1885)。——原注

他看来，必须到"民主和平等的倾向中，从这个词最庸俗的意义中"去寻找——"……在路易十四时期，当君主制度以僵化和刻板的形式存在之时，对公共生活的普遍期待很高，所有工匠都在不知不觉地朝向一个更高的目标共同努力。"翻开任何一部服装史，任何一部关于奢华的律法，《上下颠倒》的作者都可以找到这种祸害本身及其在十九世纪日趋严重的蛛丝马迹，再次阅读阿历克斯①或忒奥克里托斯②，《结婚十五乐》③、马亚尔④的《誓言》或《奥古斯都时期一位罗马贵妇的衣饰》之后，他坚信不疑地认为，如果衣着打扮是灾难，那么早在十九世纪之前就已经猖獗一时的这种灾难，到了我们这个时代就已经不那么可怕了。阿里斯托芬曾经在《吕西斯忒拉忒》中借用克里奥尼斯之口说道："唉！女人们究竟还有完没完？她们生活在自己的闺房深处，身穿黄绸面料的轻盈服装或飘逸的长袍，香气袭人，插花抹粉，脚蹬雅致潇洒的长筒皮靴。"依我看，《上下颠倒》的作者把这种灾难的演变归咎于"民主与平等"的影响更是荒唐。如果说在古老的君主政权时期，"所有的眼光都朝向上面"，那么他是否真的以为，正如他确信的那样，他们从中观赏到的就是一种建筑在粗俗和简朴之上的景象呢？德·拉费里埃⑤先生在他的一本书中历数了瓦卢瓦宫廷中陪伴王后的一

---

① 阿历克斯，古希腊诗人，他的作品仅存片段。——原注
② 这里也许是影射《锡拉库萨女人》中的一段。——原注
③ 讽刺妇女的匿名讽刺诗（十五世纪）。——原注
④ 法国传教士（十五世纪）。——原注
⑤ 德·拉费里埃（M. de Laferrière，1811—1896），法国学者，曾经写过好几部论述十六世纪社会历史的著作。——原注

名贵族的嫁妆，这份赫赫有名的嫁妆能让我们这个时代最风雅的犹太女人望尘莫及，天主教报纸对这些嫁妆的描写读起来十分有趣。既然《上下颠倒》的作者声称，他也是特别喜欢跟女人进行美学交易（据我猜测，这个词意味着跟衣着华美的女人进行交易）的那些人之一，那么即使是在今天，他也应该清楚地知道，没有必要去追求这种交易，除非她们是"共和派"女人。不，无论他怎么说，我们都不能像一个拥有风雅特权却又憎恶这种特权的人那样设想民主。我们宁可将之视为一位神情庄重、衣着得体、稳重温暖的主妇，她笨手笨脚地打碎了那些放在工作和修行的祭坛上的香水瓶和脂粉罐。最后，既然我们无法进一步反驳像《上下颠倒》的作家那样富有思想和才智的人，我们也许会告诉他泰奥多尔·雷纳克[①]先生报道过的一个真实事件。十三世纪的里昂犹太妇女生活极尽奢华，不惜献身于风雅，为此人们不得不对她们进行十分严厉的限制。我们不得不同意《上下颠倒》的作者的看法，巴黎的妇女如今正在享受更大限度的宽容。

[①] 泰奥多尔·雷纳克（Théodore Reinach，1860—1928），法国学者。

不信教的国家 ①

　　如今的法国酷似保罗·布尔热②先生的这本《门徒》，后者向我们讲述了门徒的悲惨故事，这个门徒曾经投身于一个唯物主义哲学家门下，这使他深感痛苦。然而，读者却更多地将之归罪于当时的政府而不是小说中的唯物主义哲学家，因为西克斯特先生③的课程仅仅适用于某些思想精深的人，可以假定，这些人有能力证明他们老师的学说中的长短是非。然而，"没有上帝的学校"出来的大部分学生却丝毫没有"哲学头脑"；他们只能接受人们灌输给他们的各种没有经过检验的理性，这些理性即使没有使他们绝望，至少也让他们只寄希望于一种人世间的幸福，并且因此喜欢选举甚于祈祷，喜欢炸药甚于选举。不信教的教育难道注定会是无神论教育吗？不选择上帝和灵魂的教

---

① 这篇文章发表在一八九二年《宴会》第三期上。普鲁斯特用的是假名洛朗斯。——原注

② 布尔热在《门徒》(1889)发表之时公然反对实证主义，尽管他把泰纳当作他的老师，但泰纳仍然受到了攻击，这部作品引起了巨大轰动。——原注

③ 西克斯特先生就是小说中的实证主义哲学家，罗贝尔·格雷鲁声称是他的"门徒"。——原注

育，就整体而言，难道就是最坏的选择吗？据说，"大家只是没有兴致谈论这些事情"。这恰恰就是唯物主义。不信教的国家取代信教的国家丝毫不会令人吃惊。人们只会惊讶地看到，否定一种宗教往往与宗教本身一样，会带来同样的不宽容和迫害的狂热。目前在公共领域强势的激进派利用他们在政府中的信徒，或他们在更有温和派倾向的人身上引起恐惧，对宗教施行各种形式的迫害。也许，人们会告诉他们，如果唯物主义是正确的（几个世纪以来，唯物主义与唯心主义大哲学家达成的默契是十足的谎言），如果不相信他小说中的现实的那个人今天构想出一种人类生活的理论，如果富于仁慈幻想的人在接受这种理论的同时立即顺应天意，不再通过暴力，而是通过他们优美高贵的作品，他们永恒的福报安享人伦之乐，那么国家也就不必委托这个足智多谋而又令人信服的诗人去治愈我们的苦难（……）。由此可见，这种关于生活和幸福的理论是存在的，它长期以来被人接受而且名正言顺；可以说，它就像真理那样确凿，《不妥协者》和《灯笼》（在哲学界却不具备权威！）的编辑们一口咬定这种理论没人赏识。法国在学习这种理论的过程中壮大成长，勇气倍增，无私公允，光荣体面。法国在实践和思辨领域最纯正的杰作应当归功于因为基督教而被提高到自身之上的某些思想。如今，法国传教士将文明推向东方，这个时期最大胆的哲学家可以满怀虔诚去冒犯街头巷尾的唯物主义杂货商。他遵从的宗教法规并没有妨碍笛卡尔和帕斯卡尔，而这样的宗教法规对于某些市府顾问恣意放纵的才智似乎是一个阻碍。正因为如此，法国才得到了"解脱"。可怜的解脱！人们在解脱了一种义务之后反而不那么自由了，人们遭受着自己恶习的束缚。刺杀皇帝只是向俾斯麦亲王宣告"文明斗争"① 的悲惨结局。(……) 如果人们不能严肃认真地批驳像奥梅先生② 那样虚妄的哲学，那么事实上它就会在实践中扩展其后果，就像所有愚人的哲学那样，成为一种带有破坏性和走向灭亡的学说。

洛朗斯

---

① 指俾斯麦于一八七三至一八七八年进行的针对天主教教会的"文明斗争"。——原注
② 即《包法利夫人》中的那位药剂师不分青红皂白地反对教权主义的"哲学"。——原注

东方奇观①

《亚洲土耳其游记》
德·肖莱伯爵先生著②

献给热衷旅行的亨利·德·罗特希尔德③

I

可惊的旅人！我们从你们像海一样

深沉的眼中读到多么高贵的故事！

请打开你的藏有丰富回忆的宝箱，

拿出用星和大气镶成的奇异宝石。

我们想出去旅行，不借助帆和蒸气！

为了安慰我们那像坐牢似的厌倦，

---

① 普鲁斯特的这篇文章发表在《文学与批评》第三期（一八九二年五月二十五日）。——原注
② 完整的标题应为：《亚洲：亚美尼亚、库尔德斯坦、美索不达米亚、土耳其游记》。肖莱伯爵曾经与普鲁斯特在同一个部队服役。——原注
③ 亨利·德·罗特希尔德（Henri de Rothschild，1872—1942）曾经化名安德烈·帕斯卡尔表演戏剧。——原注

请把你们以水平线为画框的回忆

映上我们像画布一样张着的心坎。

你们看到过什么？

波德莱尔，《旅行》①

　　旅人在追忆中很有把握地将那个即将在我们面前呈现形形色色的人与物的魔术师的地址告诉了我们，尽管在这个方面，没有人比德·肖莱先生讲述得更加精彩。然而，同样陶醉于美的世界及其浮华的波德莱尔却说，这些"高尚的故事"不是现实：

　　　最最富丽的城市，最最壮丽的风景，

　　　从来没有具备过这种神秘的魅力，

　　　像那些白云偶然变幻而成和美景

　　　我们到处都曾看见……

　　　那种使人厌倦的、永世之罪的场面……

　　　从旅行中获得的知识是多么辛酸！

　　　单调狭小的世界，不论昨今和以后，

---

① 文中波德莱尔的诗句全部引自钱春绮的中文译本《恶之花》。

永远让我们看到自己的面影，
就像沉闷的沙漠中的恐怖的绿洲！

（同上）

然而，对毫无用处的华美事物尤其敏感的一代人已经被首先赋予生活以目标和意义，为人类具有在某种程度上创造自己命运的感情而忧虑的一代人所取代。旅行的伦理现实已经恢复原状（参见保罗·德雅尔丹[①] 的《现时的义务》）。这样的现实归结为人类在意志上付出的努力及其在伦理方面取得的改善。我们只想为此说明，最讲究的艺术家，最高尚的伦理学家都会喜欢游记类书籍，他们不仅对科学饶有兴趣，更重要的是，他们还体现了最高级的智慧和最令人钦佩的活力，比如我们向读者推荐的这位作者。

II

"如此富饶慷慨的大自然散发着自身的活力。"德·肖莱先生用这些词语来形容法兰西，他在该书的结尾好像也这样形容他自己。这本书之所以生动有趣，是因为从所有形式下透露出来的那种生命力，那是依附于各种风景，重新创造这些风景的

[①] 保罗·德雅尔丹（Paul Desjardins，1859—1940）曾经对普鲁斯特产生过极大影响。《现时的义务》发表于一八九二年，普鲁斯特的这篇文章也写于同一年。——原注

艺术想象的感性生活，思考最严肃的历史问题的刻板精神生活，意志顽强地继续最艰难的事业，圆满完成这些事业的坚持不懈和不屈不挠的生活。精神和行动的狂热让德·肖莱伯爵对整个旅行的叙述充满热情，他毫不犹豫、毫无怨言地完成了从君士坦丁堡到埃尔祖鲁姆、迪亚巴克尔、巴格达和亚历山大港的旅行，尽管一路上气候极为恶劣，盗匪出没，遇到来自各个方面几乎无法克服却又被他轻松克服的困难，这样的轻松自如赋予风格以某种独特的生命。能够用当地语言与土著人交谈的随行军官（朱利昂先生）使得德·肖莱先生能够沿途收集到构成他这本书华彩部分的一些非常有趣的传奇。这些传奇犹如在远离我们的地方含苞绽放的鲜花，从不同于我们常见的男人的嘴唇上散发出芳香，他们的思想却奇怪陌生而且与众不同，即便我们对此可以理解。这些传奇的实质往往是一种饶有趣味的现实主义，我们将要在这里讲述的这个绝妙的"恋人城堡的故事"就是见证，《巴黎回声》上一期的副刊之所以没有刊登这个故事是出于健康的考虑，我敢说，那是治疗身体虚弱的冷水浴处方，尽管它有引人入胜的标题和纯属虚构的诗意。

III

　　库尔德人和土耳其人总体上给德·肖莱先生留下了极好的印象，他多次赞扬他们的家庭感情。他甚至对土耳其青年的美有过专门的精彩描写。他刻画亚美尼亚人的篇章虽然精彩，却不怎么讨喜。在谈论过这些人之后，德·肖莱先生又说："亚洲的土耳其是个独特的国度，那里不仅并肩地生活着互不相干的不同种族，而且还奉行着各式各样的不同宗教。亚美尼亚人或希腊人，伊斯兰教徒或叙利亚人，马龙派教徒或迦勒底人，格利哥利派或聂斯脱利派，某些毫无意义的宗教仪式或阐释上的分歧有时造成了无法调和的帮派之间的互相争斗，尤其是在人多势众、十分卑鄙的神职人员的煽动下。然而，有些人更加兼容并蓄，开塞利城的一个基督徒大商人就是其中的一个例子，他将自己的长子送到亚美尼亚人开设的学校，将二儿子送进耶稣会，将三儿子送到新教学堂。他坚信，这样做可以使他得到各派的支持，让他的孩子每人奉行不同的信仰就是让他们无偿接受良好教育的方式。"开塞利城的这个居民是否有点像梅拉克^①先生笔下的那个人物？后者离开他的那些无形的同伙就是为了前往小亚细亚殖民。有关埃尔祖鲁姆的那一章尤其好笑。当警察马上就要追上德·肖莱先生和他的随从时，军队却列队从他面前经过，卖力地向他致敬。他不得不郑重其事地进行大阅兵，尽管他只是一个非常年轻的中尉。"我们刚刚走了几步就被人认了出来，操场上鼓声大作，士兵们亮出武器，军官们挥舞旗帜沿途向我们致敬，乐声响了起来，我们这些习惯于演练阅兵而不是检阅军队的可怜中尉不得不身穿我们的旅行衣装，头戴直筒无檐帽，手提马鞭从队列前面鱼贯而过，我们仿佛置身于梦境之中，惊讶地注视着我们的衣袖，看看那里有没有在一

---

① 梅拉克（Henri Meilhac，1830—1897），法国剧作家。

夜之间突然长出几颗星星来。"

最后，我想就这个旅人希望深入研究的奥斯曼帝国的目前现状做一些基本的回顾，读完这本书的读者也许不会为此感到失望。

在伦理观的发展与科学进步之间，一个均衡的国家需要和谐。而这种和谐在土耳其并不存在，我们看到，在欧洲的压力之下，政府颁布令人赞叹的改革政令，购买机器，配置军火，在必须执法、推行新发明和开枪射击的时候，这个政府所要面对的是统治者为压迫被统治者而特设的一个官僚等级制度——处于最底层的农民就是从州知事到警察宪兵按部就班地敲诈勒索的受害者，辛勤劳作的农民永远无法偿清强加给他的赋税——行政官员的军队榨干了（这是专用术语）他们治下的民众，这就是奥斯曼帝国的现状——叶卡捷琳娜二世拿她手下的将军的过错与土耳其人的无可救药相比较，她说："我们的人只是年少无知，而他们的人却是老年痴呆的极度衰弱。"——一个世纪以来，对土耳其帝国前景的评价似乎从来没有改变过。

这本书鲜活逼真，没有奢望却又不乏才智，因为它既是反思，又是生动别致的观察，其中的描写就像水彩画一般清澈透明；书中的所有一切都是通过直观的语调讲述出来的，更加确切地说，它来自个人的切身体验，那是永远无法模仿的直指人心的语调。

《恍如梦中》[1]

《恍如梦中》
亨利·德·雷尼埃著

对诗歌一窍不通的岂止是法官、医生、行政官员和上流社会人士。伟大的演说家、伟大的历史学家、伟大的戏剧家和伟大的"文人"也不见得真正爱好诗歌。因此，人们没有权利指责我们在这里试图宣传一部出色的诗集是愚蠢可笑的举动，因为这样做并不需要渊博的学识甚至智慧。阅读一首诗难免会让任何聪明人士大失所望，相对这种失望而言，《恍如梦中》[2]给不喜欢诗歌的上述人士准备的失望更加残忍。因为一般来说，诗歌或多或少包含着奇异陌生而又各司其职的因素：阿罗古先生[3]的诗带有雄辩的成分，而里什潘先生[4]的修辞是既辉煌又唐突，大有乘坐阿尔戈战船前去掠取金羊毛的那种动人心弦的

---

① 首次发表在一八九二年十一月《宴会》第六期上。诗集《恍如梦中》也于同年出版。——原注

② 诗集《恍如梦中》的作者为亨利·德·雷尼埃。——原注

③ 埃德蒙·阿罗古（Edmond Haraucourt, 1856—1941），法国诗人。——原注

④ 让·里什潘（Jean Richepin, 1849—1926），法国诗人。——原注

胆魄^①。

然而，这一次却没有任何实体可以挂靠，唯有一望无际的喧嚣和青蓝色辽阔境域在映照着天空的永恒，它贞洁犹如大海，不留人类的痕迹，没有任何世俗的废墟。然而，那些爱好诗歌的人却可以在其中无止境地做梦，在大海或波德莱尔、拉马丁^②或维尼^③的诗句中徜徉。亨利·德·雷尼埃堪可与这些大诗人相媲美，在我们的景仰中，他的地位远远高于表面上让人难以接近的高蹈派诗人。可我们的赞誉——即便是如此的简短——却必须恰如其分才好。如果像这样的诗不是智慧的结晶，那我们又怎么敢断言它不同凡响，我们又怎么能够在为之陶醉的同时鄙视自己为此陶醉呢？

哲学家们试图在人们通常所谓的智慧之上把握一种至高无上、像感情那样专一和没有极限的理性，这种理性既是他们思考的对象，同时又是他们思考的工具。《恍如梦中》略微体现和展示了这种理性，对事物的这种神秘而深刻的感情。

---

① 希腊神话中伊阿宋带领阿尔戈英雄们远征埃厄忒斯国掠取金羊毛。——原注
② 拉马丁（Alphonse de Lamartine，1790—1869），法国著名抒情诗人，浪漫主义文学先驱。
③ 维尼（Alfred de Vigny，1797—1863），法国著名诗人，浪漫主义文学先驱。

塞庞特街的议会会议 [1]

——致罗贝尔·德·弗莱尔

一

  跟演员的荣耀相比，政客的荣耀可能更加轰动一时，更加直截了当，更加令人陶醉。所以，"上流社会人士"对此跃跃欲试也是很自然的事情，继这幕社会喜剧之后，我们那个没有名分，至少不行使公共职能的沙龙议会——或翘首以盼的年轻人期待的议会——将尽情享受对法律、组建或推翻内阁的投票权，终于兴高采烈地做了一回政客，明天，他们也许会客串马车夫，大家轮流着将国家这辆邮车驶向他梦想中的道路之上。他们谙熟政客和演员的快乐，那个演员早晨还是安静的布尔乔亚，晚上却成了夏特莱剧院能言善辩、桀骜不驯的大将军，除了没带武器，他会骄傲地将银纸制作的马刺扎向马戏团的马匹。然而，在一个虚拟的议会大会上，注定只能是每个人的权利和大家的欢乐当中的幻觉部分轻而易举地转化为象征，不偏不倚的观众

---

[1] 首次发表在一八九三年二月《宴会》第七期，塞庞特街位于巴黎第六区。——原注

听见了政府的不现实的提议，看见了幻觉中的议院正在对没有人打算实施的法律进行投票，他不知道自己是否走错了门，他面前的难道不是真正的议会。过分的梦幻和不可能的放纵缔造了一种完全自足的现实。

二

我不想把这些肤浅的评语用于塞庞特街刚刚创办的议会，我有充分的理由只说好话。如果我说，除了我之外，所有的成员都具备真正的政治才干，他们非常严肃认真，史无前例地谦虚，也许没有人会相信我说的这些话。然而，才智横溢的年轻人在其中占了很大的比重。如果说有什么能够让人斗胆跟他们仅仅开个尽管是善意的玩笑的话，那就是他们的幻想才能，恒久不变的严肃认真，他们会非常自然地说"议会主席先生"，"我亲爱的同事"，"我漫长的政治生涯"，"阁下体现了贵党几百年来的仇恨"，"坐在这些长凳上的政府与法兰西同在"，所有这一切不那么滑稽却又感人肺腑的措辞似乎表明，自大革命以来，并非个个身居要职的全体议员至少每个星期都会奇迹般地在过去的这段时间里突然延长星期一晚上的会议，用火热滚烫而又冥顽不化的党派灵魂充实自己。有一次，我看见一些小女孩在海边嬉戏。一个正在慢跑的女孩假扮开车的公主。另一个女孩则拿着前面的女孩遗忘的一只手笼在后面追赶，她竭尽全力大声叫嚷道："夫人，殿下忘记您的手笼了。您的手笼，我的公主。"小姑娘微笑着致谢，毫不惊讶地接过手笼。人们也会对塞庞特街的那个议员这样说："部长先生，拿好这个公文包。"然而，他们却没有发笑，因为他们其实是在十分严肃地工作，在安德烈·勒邦[1]先生这个上司的英明领导下，他们研究的广度和力度以及历史价值都大大增加。由于遭到众议院的否决，在此投票的法律总有一天会开历史之先河。再者，这些法律是似乎更加宽容，比上一代更注重宗教观念的年轻人政治走向的标志。在此，我们无法逐一枚举塞庞特街所有的演说家，我们只听说过其中的某些人。因为坚持学校法而刚刚下台的议会主席佩桑[2]先生用温和平静而又美妙有力的语调发表他那套老生常谈的演说。他时而精明，时而奉承，时而不可捉摸，是塞庞特街最善变却又不露痕迹的演说家。可以说，他在那里十分优雅灵巧地表演着塞庞特舞蹈。这并不妨碍他非常慷慨地将他的公文包奉献给他的思想，让人们了解他的心头所愿。德·卡朗先生是右派的主要头目，具有某种阴沉的力量和充满激情的辩术。新任议会主席德·托雷斯先生对听众的实际作用非常值得赞赏。不过，机敏过人、精力充沛、思想非常高尚的德·苏塞先生也许更加稳重精明，更加通情达理。我对泽瓦洛先生的评价同样如此。

然而，我却很想知道对帕扬先生的赞美之辞，他是最后一次会议的胜利者。人们对他如此高超的思想，如此出色可爱的

---

① 安德烈·勒邦（André Lebon, 1859—1938），法国教育家、政客。
② 本篇下文出现的人名和职位均系虚构。

才干，以及他在讲坛上的优美姿态大加赞赏。他的演讲是杰作，让人看到其他许多奇观的可能。这才是一位思想家、演说家和政治家应该具备的素质。

马塞尔·普鲁斯特

附：有人告诉我，德·佩耶利莫夫先生在我没有出席的最后一次会议上表现出一位辩论高手和一个演说家的非凡才干。

M.P.

小说阅读 [①]

《克莉奥帕特拉的鼻子》
亨利·德·索西纳著

新老两代的差别以及新一代胜过老一代显然体现在思辨的力度，梦境的悠远，为遭到唯物主义驱逐的思辨恢复地位的雄心壮志，艺术上的自然主义，出于一些也许是朦胧的却又注定是强烈的憧憬，企图为生活提供远景，赋予我们的命运以意义，认可我们的行为。然而，直到现在，除了鲜见的几个例外，新一代人的宏伟企图几乎全部落空，究其原因，对生活的过分推理让人失去了反映生活的禀赋，一部过分推敲的作品难免有失生动，分析愈有深度就愈是缺乏色彩，活生生的人物犹如被人逮住的这些蝴蝶，将它们牢牢钉住是为了研究蝴蝶幻影般的翅膀。艺术是一种本能，思辨有点像是创作上的软肋，或许这就是高尚的现代作品惨遭厄运，作品一经问世便立即死亡的关键。

这样的厄运是否可以避免呢？亨利·德·索西纳伯爵以

---

① 发表于一八九三年，普鲁斯特没有署名。《克莉奥帕特拉的鼻子》的作者为亨利·德·索西纳伯爵，他是出名的音乐爱好者。——原注

《克莉奥帕特拉的鼻子》为标题，写出了一部极其生动、无比深刻的书。在这本书中，绝对到极致的抽象得到了切实的体现，进而演绎为最辉煌、最鲜明的具体形象。书中的人物犹如左拉描写的那样生活，伴随着司汤达的评论和诠释，最后又像是经过了托尔斯泰的审判，却又不带作者本人独特的偏见，他用富于节奏和新颖独创的语言在我们面前吟唱各种曲调，直到让我们陶醉。人们喜欢把精美的语言比作蜜蜂，来到我们中间的极为罕见却又妩媚可爱的伊米托斯山贵宾。我们作家的语言应该像蜜蜂那样，既有一针见血的蜇刺，又有蜂蜜的甘甜美味——还有翅膀！

他笔下的人物栩栩如生，造型优美，置身于独特的社会环境之中。他们是每个家庭中上演的爱情与死亡戏剧的演员，是永远痛苦的主角，而且永远对他们遭受的、更多是他们制造的命运负有责任。因此便有了画家的描绘，诗人的直觉，对风俗细致入微到难以置信的研究，对激情的叙述，有关我们的喜怒哀乐的深刻原因的这些令人伤感的宏观看法，时而让人觉得那是《哈姆雷特》的延续（母亲之死和儿子猜疑的场面），时而又让人觉得那是对《罗密欧》的批评（占有克莉斯汀娜之后的失望）。（对话就像引领着我们沿着由我们努力铺设而成，沾染着我们的清新泪水的道路飞快地从地狱驶向"新生"天堂的列车）到处都是深刻的思想，比如："对于美，通常就像天才那样，声名鹊起之时就是其诞生的根源枯竭之际，这就表明，名声跟随着光环而不是伴随着光环来临是永恒的法则。"或者："崇尚时髦为女人分门别类，就像手摇风琴发出的声响那样。"

我根本不想谈论这本书：哪怕是触碰这本书，唯恐这样一朵新芽清纯、芳香醉人、色泽温暖、娇嫩的根须向土壤里四处延伸的珍稀鲜花会凋零枯萎。读者自会明白，在某种程度上奋发向上的各种艺术情同手足，瓦格纳的主题音乐在这里被移植到文体之中，在巴松皮埃尔[①]前辈的召唤下，以深刻的哲学和奇异的诗意，让现时与迷惑它、引导它的过去水乳交融。为了彻底理解一种如此丰富和如此新颖的艺术，为了领教这本书的结尾流露出作者用意的那种如此现代、感人肺腑的哲学感化，请您怀着难得罕见、新奇高尚的深深喜悦去阅读《克莉奥帕特拉的鼻子》。

---

① 巴松皮埃尔（François de Bassompierre, 1579—1646），法国军人、外交家。——原注

《基督教精神与爱国主义》[1]

《基督教精神与爱国主义》

托尔斯泰著

我们可以大胆信任的究竟是哪种思想导向？托尔斯泰也许是今天最具现实精神、向善的意志最强烈的那个人。他在全世界的谎言与邪恶的包围中顽强抗争，就像苏格拉底以往所能做的那样。《爱国主义与基督教精神》是他为痛斥法俄庆典而著的一本书，他在书中尽量摈弃祖国这个观念。他认为爱国主义荒唐而且矛盾，因为对德国人来说，爱国主义意味着这样的判断："德意志是最美丽的祖国。"对意大利人来说，"意大利是最美丽的祖国"，等等。难道我们同样会因为每个子女对自己父母的偏爱而否定家庭感情吗？托尔斯泰补充说："再者，民众对政府人为煽起的爱国主义无动于衷，而遭到政府谴责的社会主义却让民众的激情日益高昂。一个俄罗斯农民宁可生活在任何一个收入更多的国家。"等等。不幸的是，这一切千真万确，仅仅可以

---

① 首次发表于《新杂志》上。托尔斯泰的《基督教精神与爱国主义》法译本于一八九四年出版。——原注

证明自私的感情有压倒利他主义感情的趋势。托尔斯泰怎么会为此欢欣鼓舞呢？在不能确定岩石中还会冒出另一股清泉的情况下，他怎么会自觉自愿地去试着让至少目前还算公允的爱国主义源泉枯竭呢？如果对于自觉自愿进行合作的富有阶级来说，社会主义意味着利他主义本能压倒利己主义本能，而对于穷人来说，社会主义反而意味着利己主义本能压倒利他主义本能；相反，无论是对前者还是后者，爱国主义就是让利己主义本能服从于利他主义本能。

归根结底，最令托尔斯泰恼火的是，战争中相互之间没有仇恨的人们彼此自相残杀。这难道不就是战争给他留下的某种伦理特点吗？全民参战不是为了满足一种卑劣的激情，而是"出于义务"。更有甚者，战争结束之后，敌对的军官之间往往并不互相仇恨。

在物质与势力的世界里，人们可以为了创造而破坏，利用邪恶，利用对方，让手段服从于目的。而正义与爱情的世界并非如此。无政府主义者自以为用非正义征服世界之后可以用正义统治世界，用暴力战胜仁慈，他们低估了正义与仁慈的词义以及这些品德的性质。所有的财富同样可以由势力来重新分配。正义统治世界的时代不会为时太远。实施暴力、诽谤中伤、排斥异己的排犹主义者终将迫使整个世界皈依天主教。这一天，全世界将会抛弃基督教信仰，因为基督教意味着内心的上帝、心灵向往和得到意识认可的真相。我们永远不会让正义与仁慈的明确而迫切的义务服从于阴暗、遥远而又含糊的义务。

星期天的音乐学院 [1]

我刚到音乐学院，这个音乐会的"元老院"、《辩论报》或《两世界杂志》以间接方式倚仗影响力有限的左派中心，而后者依靠的是被称为权威的某种声誉。这幢古老的房屋就像圣日耳曼近郊的某些地方，让人习以为常的那种不舒适却使它平步青云，与某种原则、某种特权等量齐观，到处向邀请的来宾和订票的观众吹嘘炫耀，有点自视甚高和洋洋得意，好像他们才是真正的客人。这里的演出比在其他各处更加完美。就在昨天，这里还传出一位少妇和一位少女源源不竭的声音，仿佛泉水潺潺流过古老的岩石，在云雀和夜莺的啼啭声中，古色古香的住宅犹如阿里斯托芬建造的国度 [2]。

这一天演奏的是贝多芬第五交响曲。与我同行的是我的一个兄弟和S中尉。音乐会尚未开始，我们言不由衷地交谈了几句，每个人都沉湎在自己的心事之中。包厢里渐渐坐满了观众。某夫人刚刚与她当天邀请的两位音乐家和两位上流社会男子一

---

① 这篇文章发表在一八九五年一月十四日的《高卢人报》上。——原注
② 《鸟》中的仙境"云中鹧鸪国"。——原注

起走进来，她显然在津津有味地品尝这种在她看来味道独一无二的生菜沙拉。另外几个包厢里的组合也大同小异，只会引来她的奚落挖苦或发自真心的由衷冷漠。就这样，她满怀热情地想象着她挑选出来与她共进晚餐的那些人备感荣幸的模样，每天夜晚，她都要带着老生常谈的乏味烦恼，勉为其难地准备到其他人家里去赴同样的晚宴。

我走出来跟一位朋友说话，第一小段已经开始，但我已经无法进入，我在走廊里迷了路，我来到一个仅能听到含混的窃窃私语的地方，看见那里有几排扶手椅。一些几乎陷入昏睡状态的"顺民"，一些抽着大麻兴奋陶醉的人，这就是大厅一隅呈现在我眼前的景象。所有这些人在日常生活中也许心平气和，尽管他们舒适地坐在扶手椅上，衣着打扮像是要去品尝和领略一种平静体面的社交乐趣并且将之发扬光大，可他们的脸上却交替地流露出纵欲引起的憔悴和近乎好斗的活力。忧伤时而让他们的眼睛变得阴沉，他们渐渐地放纵自己去接受马上就会让他们恢复平静的宽慰许诺。然后，所有的人似乎都在全神贯注地聆听由于不可预知而引人入胜、同时又有着严密逻辑的推理。此时此刻，他们的嘴都在不由自主地微笑，他们的脑袋在肩膀上摇来晃去，勉强保持着优雅的行礼姿势，仿佛是在潇洒地散步，或随着小步舞曲跳舞。所有的人都神情激动，仿佛在城堡的围墙上居高临下地追随着周围正在展开的那些惊心动魄的事件，那也许是一场没有把握的战役，一个宫廷舞会，赢得每个人的心的爱情誓言，一次葬礼和日出。一条不可思议而又牢固的纽带现在将刚才还彼此非常陌生的所有这些人联结在一起。我看见我的兄弟和 S 中尉在门边交换的眼神中闪耀着强烈的感同身受的光芒，这种感受犹如冬天里的一团火，将每个人凝聚在它的周围。现场的众人就好像行进中的一队士兵，在军人般的静止状态中以各种不同的方式表达着同样的沮丧或同样的欣喜。只有一位老先生背倚廊柱而立，仿佛一头白鹳或一个苦行僧，他似乎在沉思冥想之中品尝那些无边无际的欢悦。所有的人都显得比刚才更美了，可以说，他们脱离了特殊的情景，来到超出自身之外的遥远过去。S 中尉不再平庸褊狭，某夫人不再滑稽可笑。在仔细端详他们的时候，我很少感觉到自己的个人好恶，而更多体验到吕山德①统帅和花魁普拉克佐②出现在我面前时的那种审美愉悦。

第一小段已经结束，我回到大厅，坐到我的兄弟旁边。然而，他似乎没有意识到我的归来，他以一个漫不经心、宽厚而又欣喜的微笑回答了我向他提出的一个问题。为了用一种同样不可抗拒的力量在这些聆听音乐的人们心中激发出各种情感，音乐首先应该让他们的注意力对其余的一切感到麻木。当音乐会重新开始的时候，我本人也立即被节奏所深深吸引，不再是

---

① 吕山德（?—前 395），斯巴达人，古希腊军事家。他指挥的斯巴达舰队于公元前四〇五年在埃果斯河战役中击溃了比自己强大的雅典海军，从而结束了伯罗奔尼撒战争。
② Praxô，希腊名妓。

一个对交响乐的暗示和指令唯唯诺诺的"顺民"了。

刚才没有引起我注意的乐队在我面前起伏跌宕。乐队指挥如痴如醉，仿佛统领自己的军队打仗的将军，只不过他投入的是一场远没有空间和时间痛苦的战役。他头部的每一次甩动，他的每一次挥手都在将他心中的同样热情或同样庄严传递给所有的乐师和随着音乐展开的事件，直至我们的心灵乃至我们的举动。老实说，从某种意义上来说，换作另一个场合，他无法自由行使这种至高无上的权利；所以，他在指挥中没有丝毫的犹豫和不连贯，没有丝毫的狂热，因为他本人不受任何人指挥。然而，他的脑袋和指挥棒发出的每一个信号立即产生了不可胜数的美妙效果，如果我们的理性没有提前定义这种信号的能力，那么我们最炽烈的内心冲动就会出来恳求这样的信号。我们自身的理解能力每秒钟都在加深并且变成强有力的现实，为此我们感到既忧虑又幸福，在极度惊讶的同时得到了心想事成的满足。对我来说，在和声的峰顶浪尖追逐一股引领我们穿越暴风雨的万千喧嚣潮流让我感到呼吸急促。音乐犹如一颗暂时在我的心脏里跳动的心，随心所欲地减慢或者加快我的血液在静脉中的搏击速度——以至于有时让我体力不支，呆滞迟疑，而另一些时候却让我力量骤增，仿佛一个少年见习水手挥舞着斧头向着缆绳高处攀缘。

此时此刻，每时每刻将我们每个人连成一体的音乐轮番向我们倾注焦虑、豪情或恐惧，以此充实我们的身心，联结我们的心灵，驱除其余的一切。这情景就像八面来风紧贴每片船帆，推动着海面上的一叶轻舟，我怎能忘记在《C小调交响曲行板》中感受到的无数心灵，在巨大的希望吹鼓下，它们饱满紧致犹如一张风帆！正如在庆祝酒神节的时候那样，林神和酒神的女祭司只消轻摇酒神之杖，抑或将她们的嘴唇凑向串串葡萄；然而，天神的神圣狂热感染了她们，她们没有痛苦，只有比痛苦更加难熬的欢乐——就这样，这两百名乐师似乎手持小提琴，挥舞着犹如酒神之杖的长棍，将嘴唇凑向长笛，仿佛那是串串葡萄，旋律就从那里流泻而出。然而，浓浓的醉意就来自这些不可思议而又神秘莫测的传统仪式。饱受创伤的希望如今重新坠落凡尘，在深夜中沿着晦暗不明的道路迅速而又秩序井然地撤退。我莫名其妙、不问缘由地为乐队不减慢速度的告别唉声叹气，先是雄浑庄严，继而是陌生却又实在的痛苦。

这时，我听见一位贵妇就在我身边对另一个女人说："您要糖果吗？"我感到一种充满怜悯、恶意和惊讶的痛苦，尤其是在这些雄壮的氛围之中，所有的注意力都集中在崇高的精神上，居然有人感到肚子饿，闲得无聊。我只注意到当时许多在场的人对音乐带来的抚慰和感官享受或可怕的暗示无动于衷。所有的人都遭遇过这样的经历，音乐会结束之后，我们来到外面，勉强喘过一口气来，我们的心灵顿时豁然开朗，排除了一切妨碍我们看见真和美的障碍。棕榈树形状的云团遮盖着天空中炽热的花园，继而又像少女那样慵懒地躺卧在那里，风解开了她们的腰带，云彩就像大海在辽阔的沙滩上留下的粉红色贝壳逐渐缩小，嵌入空中，继而又像交响乐中的音调那样迅速而又协调地变换着，飘逸犹如披巾，枯萎犹如花冠，时而又像悔疚那样保持微笑，西方彩绘玻璃窗上的一团雾气顷刻间就能让它粉红色的脸蛋鼓胀得像个小天使。天空下云雾缭绕的山冈和河谷远处，一大块灰蒙蒙的薄云倦怠无力地缠绕着东方，却又激情万丈胜过一只充满爱情的眼睛。我们充盈着泪水的眼睛已经在天空中找到了如此丰富宁静的音乐激情。此时此刻，我们轻而易举就能走进索福克勒斯的一出悲剧、柏拉图的一则对话、斯宾诺莎的生平以及菲洛皮门①之死的境界。然而，生活立即将我们拉了回来。我们决定去仍然开放的卢浮宫；几分钟之后，S中尉又想起来他还要去做客，我的兄弟去了王家街的茶馆，他希望在那里遇到某夫人，其他人则要去背弃自己的灵魂，有些人这样做是出于自愿，而绝大多数人则是出于习惯。

---

① 菲洛皮门（约前252—前182），亚该亚联盟的将军，公元前一八二年被人下毒害死。

夏尔丹与伦勃朗 ①

　　一个囊中羞涩、有艺术品位的年轻人坐在餐厅里，午餐刚刚结束的这段时间平庸而又悲凉，饭桌还没有完全撤掉。他的想象中充满了博物馆、教堂、大海、高山的辉煌，他带着苦恼和厌倦，怀着一种几乎恶心的感觉和一种近似忧郁的情感打量着垂落到地面、一半卷起的桌布上摆放着的最后一把餐刀，旁边是一块吃剩的带血乏味的肉排。碗橱上透入的些微阳光欢快地触摸着尚未被干渴的嘴唇触碰过的那只盛满水的玻璃杯，犹如一抹嘲讽的微笑，残酷无情地为这个不美观的景象平添了传统的世俗之气。年轻人可以看见坐在屋子最里面劳作的母亲，她带着惯常的平静安详，慢慢地绕着一绞红色的羊毛线。一只肥胖矮壮的猫栖息在她身后的衣橱上，旁边是一块留待"盛大节庆"享用的饼干，这只猫就像一个鬼怪的精灵，缺少家畜的庄严。

　　年轻人掉转视线，他的目光落在熊熊燃烧的壁炉柴架底下

---

① 这篇文章首次发表在一九五四年三月二十七日的《费加罗文学》上。——原注

闪亮发光、一尘不染的银器上。整洁的房间比混乱的餐桌更让他恼火，他羡慕有品位的金融界人士，他们往来于美的物品之间，屋里的摆设，从壁炉的火钳到门上的把手，一切都是艺术品。他诅咒这丑陋的环境，羞于在这里待上一刻钟体验这种感受，岂止是羞耻，简直就是恶心，就像魔祟，他站起身来，即使无法乘坐火车去荷兰或意大利，他也要到卢浮宫用视觉去寻找委罗内塞①的宫殿、凡·戴克②的王子、克罗德·洛林③的海港，这天晚上，从这些人熟悉的日常景象中归来会让他再次感到无聊和愤怒。

假如我认识这个年轻人的话，我不仅不会阻止他去卢浮宫，而且还会陪他一起去那里；当我把他领到拉卡兹画廊和陈列十八世纪法国绘画的画廊或另一个诸如此类的法国画廊时，我会让他停留在夏尔丹④的绘画面前。这个丰满的画面在他看起来庸俗不堪，那个饶有生活情趣的画面让他觉得平淡乏味，还有被他看作毫无价值的这种伟大的写生艺术，所有这一切都会让他眼花缭乱，此时此刻，我会对他说：您现在总该高兴了吧？您是否在那里看见一个生活优裕的布尔乔亚妇人正在向她的女儿指出她编织的毯子上出错的地方（《勤勉的母亲》），一位手

---

① 保罗·委罗内塞（Paul Véronèse, 1528—1588），意大利文艺复兴时期画家。
② 安东尼·凡·戴克（Anthony van Dyck, 1599—1641），比利时弗拉芒族画家，与雅各布·乔登斯和彼得·保罗·鲁本斯并称"佛兰德斯巴洛克艺术三杰"。
③ 克罗德·洛林（Claude Lorrain, 约 1600—1682），法国巴洛克时期的风景画家。
④ 夏尔丹（Jean-Baptiste-Siméon Chardin, 1699—1779），法国画家，静物画大师。

拿面包的妇女（《市场归来》），一只形态生动的猫在厨房的牡蛎上行走，墙上挂着一条死鳐鱼，撤去一半的餐桌台布上摆放着一些餐刀（《水果与动物》）。还有餐桌或厨房用具，不仅有像萨克森巧克力瓷壶那样精美的瓷器（《厨房用品》），更有那些在您看来非常丑陋的东西，一只铮亮的锅盖，形状各异、质料不同的器皿（盐盅、漏勺）；让您反感的各种景象，比如摆在饭桌上的死鱼（《鳐鱼》）；让您恶心的各种景象，比如半空的玻璃器皿或盛得太满的玻璃器皿（《水果与动物》）。

如果所有这一切现在让您看起来美得赏心悦目，那是因为夏尔丹觉得这一切美得可以入画。他之所以觉得这一切可以入画，是因为这一切在他看来美得赏心悦目。他绘画里的缝衣间、办公室、厨房、碗橱给您带来的乐趣，恰恰就是他在看见碗橱、厨房、办公室、缝衣间的时候视觉给他带来的乐趣，那是顺手拈来、瞬间产生、深刻不朽的东西。这些东西彼此之间互相依存，既然他不能局限于前者，希望向自己和其他人呈现后者，那么您就无法局限于后者，而且您必然要回到前者。您已经不知不觉地从中体会到低贱的生活和静物写生的景象带来的这种乐趣，否则夏尔丹就无法用他强制性的精彩语言在您的心中唤起这种乐趣。您过分迟钝的意识无法达到他的境界。您必须等待夏尔丹把这种乐趣从您身上呼唤出来，使之上升为意识。您这才意识到这种乐趣，这是您第一次品味这种乐趣。在观赏夏尔丹的一幅画作时，也许您会对自己说：它就像厨房一样亲切、舒服、生动，当您在厨房转悠的时候，您会自言自语地说：

它就像夏尔丹的一幅画那样奇特、壮观、美好。夏尔丹不仅在餐厅里，在水果与玻璃杯之间寻欢作乐（自娱自乐），而且还有非常敏锐的意识，油画的笔触和永恒的色彩宣泄出他的这种过分强烈的乐趣。您也许会成为夏尔丹，当然不及他伟大，您的伟大程度取决于您爱慕他、想让自己变作他本尊的程度。然而，在您和他看来，金属和粗陶都有生命，水果也会开口讲话。

请看他向您透露的秘密吧，他从这些东西之中得到的秘密再也无法在您面前隐瞒。静物变成了有生命之物。正如生活永远有某种新的东西要向您展示，有某种幻景要闪现，有某种神秘要显露，日常生活会令您兴奋愉悦，如果您有那么几天把他的绘画当作一种教诲来聆听的话。理解他绘画中的生活会让您收获生活的美。

在（这些）房间里，您只能看见其他人的平庸和您自己的烦恼，而夏尔丹犹如照进来的一道亮光，赋予每样东西以各自的色彩，用那种对视觉来说是如此耀眼、对思想来说是如此昏暗的形式意义唤醒永恒之夜所埋藏的所有静物或活物。每个人都回归生活，再现其色彩，开始与您交谈，开始生活、继续生活，犹如从沉睡中醒来的公主。在这张餐桌[①]上，从一半卷起的桌布匆匆折叠的褶皱到那把搁置一边、露出全部锋刃的餐刀，一切都保留着仆佣们匆忙的印记，一切都是来客贪吃的见

---

① 《餐桌》以及下面描述的《鳐鱼》是夏尔丹青年时期的代表作。——原注

证。如同秋天果园般仍然丰硕却又已经凋零的高脚水果盘顶端堆砌着天使般饱满红润的蟠桃，它们像不朽者那样不可企及而且笑容可掬。一条狗伸长脑袋也够不到这些桃子，无法得到桃子更加刺激了它的欲望，尽管它的真正欲望并非如此强烈。狗只好用眼睛品尝它们，毛茸茸的滋润桃皮、桃子的香味令它惊讶。透明犹如白日、诱人犹如清泉的玻璃酒杯中还剩下几口甜酒，仿佛那是喉咙口含着的酒，旁边是一些已经几乎倒空的玻璃酒杯，仿佛焦渴的标志紧挨着解渴的标志。一只半倾斜的玻璃酒杯犹如弯曲的枯萎花冠；酒杯用自己的纺锤形杯脚、精致的杯颈、透明的杯身、高贵的喇叭状杯口表明自己的幸福姿态。一半开裂的玻璃酒杯从此不再为人们的需要服务，它从自己毫无用处的美雅中找到了一只威尼斯长颈壶的那种高贵。桌布上的牡蛎犹如珍珠母贝的杯盘那样轻盈，又像海水一般清新，犹如贪婪美食的祭坛上脆弱而又可爱的象征。

放在地上的一桶凉水被觉得它非常碍事的那只敏捷的脚挪来挪去。被人迅速藏起来的一把餐刀是欢乐匆匆易逝的标志。贪婪地挑起似乎是摆放在那里的柠檬金色圆片，成全了这快感的排场。

现在，请您挪步走进厨房，厨房的门口由大小不等的玻璃杯部落严格把守，它们是能干而又忠诚的仆佣，勤勉美丽的一族。餐桌上跃跃欲试的众多餐刀直奔主题，摆出一副咄咄逼人而又毫无戒备的空闲架势。您的头顶上挂着一个庞然怪物，一条像是在大海里游弋的新鲜鳐鱼。作为大海的可怕见证，这条鱼看上去既令人眼馋，又带着风平浪静或兴风作浪的大海的那种奇异魅力，让视觉从一种对植物园的回忆穿行到餐厅特有的味道。鱼身已经剖开，您可以欣赏到它的精美庞大，沾染着红色血迹的构造的那种美，蓝色的神经，白色的鱼肉，仿佛多姿多彩的教堂殿堂。丢弃在旁边的一些死鱼扭曲成一条僵硬而又绝望的弧线，鱼腹朝下，鱼眼暴突。接着是一只猫，它为这个水栖动物增添了智商更高、更具意识的黑暗生命，发光的眼睛紧盯着鳐鱼，缓慢而仓促地在开口的牡蛎上挪动它那毛茸茸的爪子，充分暴露出它谨慎的性格、贪婪的胃口和鲁莽的举止。喜欢与其他感官并用，借助于某些色彩再现整个过去而不是将来的眼睛已经感觉到新鲜牡蛎会沾湿猫的爪子，当（这些）胡乱堆砌起来的易碎贝壳被置于猫的重压之下时，人们已经听见贝壳开裂的轻微声音以及它们跌落的巨响。

　　这些熟悉的面孔也像日常用品那样迷人可爱。一位母亲检查女儿编织的毛毯的景象让人赏心悦目，母亲的眼里充满了她谙熟的过去，她能掐会算，远见卓识，而女儿的眼睛则闪现着无知。手腕、手也与其他部位一样寓意深刻，在一位懂得赏识的看客面前，一只小手指就足以美观真实地出色体现人物的性格。

　　这是一个心胸狭窄的人，一个至少有着自己的语言和习惯的艺术家，他仅仅从自然本色中探索人物，他熟悉人物寓意形象的匀称比例。在真正的艺术家以及自然主义者看来，每种类型都值得关注，就连最小的一块肌肉也有其自身的重要性。您也许不喜欢看见不具备某种华美或精致的端庄相貌的老人，衰老的侵蚀带来铁红的锈色。请看彩色粉笔画廊里夏尔丹的七十岁自画像。巨大的夹鼻眼镜一直滑落到鼻梁底端，夹在两片簇新的玻璃圆片之间的鼻子上面是暗淡无神的眼睛，朝上翻起的衰老眼珠似乎见识过、嘲讽过和热爱过无数的物事，像是带着夸耀和温柔的语调在说："唉，我真的已经老了！"由于岁月销蚀而变得暗淡的温情底下仍然闪烁着火花。疲乏的通红眼圈犹如使用过度的搭扣。坚硬老化的皮肤犹如一袭旧衣裳包裹着他的身体。他的皮肤就像布料，留住了玫瑰红的色调而且几乎使之愈加鲜艳，让有些部位泛现出某种金色的珠光。一只衰老的眼圈时刻令人联想到另一只衰老眼圈的色调，就像所有行将死灭的东西的那些色调，如同燃尽的木柴，腐败的落叶，陨落的太阳，磨损的衣服，渐行渐远的那些非常精致、富裕、温柔的男人。人们不无惊讶地看到，睁开一只眼睛会牵动嘴角还有鼻子的皱纹。皮肤上最细小的皱纹、静脉最不起眼的暴突都是对性格、生活、当下的激情这三个相应的特征最忠实、最奇特的阐释。从今往后，无论是走在街道上抑或待在您的家中，我都希望您怀着恭敬之心关注这些个性十足的衰老人物，如果您懂得如何读解他们的话，您就会无穷无尽地讲述更加震撼、更加生动的事物，而且内容远远超过最令人肃然起敬的手稿。

在您刚才提到的肖像中，夏尔丹漫不经心的宽松内衣、头戴一顶睡帽的形象让他看上去更像一位老妇人。在夏尔丹为我们留下的另一幅彩色粉笔自画像中，这个老妇人就像一位年迈的英国游客那样滑稽可笑。从紧箍在额头上的遮光眼罩，到脖颈上缠绕的印度棉纱巾，一切都那么引人发笑，面对这个如此聪慧、如此疯狂、对嘲讽如此逆来顺受的怪老头，人们无法忍住不笑。尤其是面对一个如此艺术的艺术家。因为这身稀奇古怪、漫不经心的夜间穿着打扮，每个细节似乎都是对情趣的彰显和对正统的蔑视。这块玫瑰红的印度棉纱巾之所以如此老旧，是因为老旧的玫瑰红更加柔和。我们看着这些被玫瑰红的黄皮肤留住反光的玫瑰红和黄色纱巾结扣，从遮光眼罩的蓝色边缘分辨出老式圆框眼镜钢架的凛冽寒光，老人的骇人穿着先是引起惊讶，继而又变得温馨迷人，融汇在高雅的乐趣之中，我们从一个老布尔乔亚貌似杂乱的宽松内衣中找到了各种宝贵色彩的高贵等级以及美的法则。

仔细端详这幅彩色粉笔画中夏尔丹的形象，您就会犹豫迟疑：他脸上的不明确表情令人困惑，那既不是笑，也不是哭，更不是向您表白什么。这种情形经常发生在面对老人的一个年轻人身上，却从来不会发生在面对年轻人的一位老人身上，我的意思是说，我们不完全理解的这种语言，它的形象犹如图画，迅速直接而令人惊奇犹如答辩，我们将之称为面部表情。在这里，夏尔丹带着老人的对自己满不在乎和夸张的煞有介事神情打量着我们，让我们开心，抑或告诉我们他没有上当受骗，他健康的身体仍然敏捷壮实，他的情绪仍然十分高昂："难道你们以为只有你们才是年轻的？"也许我们的年轻对他的衰弱是一种冒犯，也许他正在对抗一场充满激情、没有希望而且丑陋难看的挑战？我们几乎可以相信他，因为他生动的眼睛和颤抖的嘴唇带着严肃的表情。我们之中的许多人却对老人的某些话语，尤其是老人的某些眼神、鼻子的某种抽搐、嘴唇的某种皱纹的含义和意图不得要领！有时我们在老人面前微笑，仿佛他们是可爱的疯老头。然而，有时我们却像害怕疯子那样害怕面前的老人。微笑在漫长的一生中无数次地泛现在老人的嘴角，愤怒或温情无数次重新点燃他们眼里的火焰或唤起他们嘹亮的嗓音，永远准备就绪的满腔热血无数次迅速地涌到他们透明的面颊上，缺乏弹性的松弛嘴巴微笑时不再张开，抑或在恢复严肃时难以闭拢。眼睛里的火焰不再燃烧，烟雾使之变得昏暗；脸颊不再红润，抑或过分红润犹如凝滞不动的绛紫色湖泊。这样的面容也不再以恰如其分的表情准确地阐释心灵的每一种思想和每一种激情，然而，在这里，如果舍弃了激情，缺乏激情的自信就会变成笑话，如果舍弃了多情的嘲讽，没有多情嘲讽的虚张声势就会变成威胁。发自我们的感情，形象而准确的语言变成了某种令人悲哀和含混不清的唠叨，这种唠叨有时在互相对立、水火不相容的两种表情之间，为我们的焦虑、我们的评论和我们的梦幻留下了意外的一席之地。

您看到了像人物那样栩栩如生的物品和水果，看到了人物的脸部，皮肤、汗毛，就好像水果的一种古怪色彩。夏尔丹走得更远，他把物品和人物集中在这些屋子里，那岂止是一件物品或一个人物，那是它们生活的地方，它们亲和或对立的法则之所在，它们的魅力飘散的幽香，它们的灵魂沉默而又冒失的知己，它们的过去的神圣殿堂。人与物长期以来简单地生活在一起，彼此互相需要，品味彼此相处带来的不为人知的乐趣，这一切就是友情。骄傲的古老柴架犹如让自己的主子脸面有光的忠实仆人，在友好亲切的火光注视下温情脉脉；一成不变的扶手椅摆出庄重的迎客姿态，这些椅子要在这间屋子里度过一生，它们每天清晨都在同一时刻被人挪到窗口拍打，就像老人散步或他们的缓慢运动那样准时。

有多少特殊的友情让我们认识到，在这个表面单调的房间里，如果有阳光穿过，我们可以从我们身边经过或沉睡的气流中分辨出无数活生生的旋风！请看《勤勉的母亲》或《餐前祈祷》。一只针盒与一条老狗之间洋溢着浓浓的友情，这条狗每天都来到熟悉的老地方，像往常那样把它懒洋洋软绵绵的背脊倚靠在充填着垫料的柔软织物上。友情如此自然地朝着这架古老的纺车与这个漫不经心的妇人的两只纤细的腿脚之间蔓延，她的腿脚非常自如地操作着纺车，身体不由自主地服从于她不知不觉养成的习惯和她浑然不知的亲昵。在壁炉正面的各种颜色与针盒和羊毛线的各种颜色之间——在妇人弯曲的身体、准备餐桌和古色古香的餐巾的那双欢快的手与仍然完好无损的餐盘之间，许多年来，她仔细的双手始终在老地方感受到这些餐盘令人舒心的结实耐用——在这块餐巾与为了留下每天到访的印记而赋予餐巾以奶油或弗朗德棉织物的温馨光线之间——在光线与许多年来光线如此温柔地抚摸、沉睡，时而缓慢地散步、时而快活地不期而至的房间之间——在温暖与织物之间——在人与物之间——在过去与生活之间——在光明与黑暗之间仍然存在着友情或亲缘。

至此，我们总算是完成了初探静物不为人知的生命的旅行，我们每个人都能在夏尔丹的引导下完成这样的旅行，正如过去维吉尔引导但丁那样。为了更加深入起见，我们现在必须把自己交给另一位大师。我们还没有跨进伦勃朗①这道门槛。夏尔丹告诉我们，一只梨与一个女人同样生动，一件庸俗的陶器与一块宝石同样美丽。画家曾经宣称，所有的东西在审视它们的思想面前，在美化它们的光线面前都具有神圣的平等。他让我们走出一种错误的理想，为的是更大限度地深入现实，从现实中寻找美，不再沦落为某种习俗或某种荒谬的趣味的懦弱俘虏，那是自由、强健、博大的美：他在向我们展开现实世界的同时将我们引向美的海洋。伦勃朗甚至超越了现实。我们知道，美并不存在于物体之中：它也许既不那么深刻，也不那么神秘。我们不会从物体本身看到任何东西，光线才是凹陷的眼眶变幻的表情，神圣的目光投射的美。比如，在《两个哲学家》中，我们看到夕阳像烤炉那样将窗户染得彤红，抑或将窗户描画成彩绘玻璃，让每天都如此简陋的屋子沉浸在教堂般雄浑绚丽的辉煌之中，我们看到地下室的神秘，对黑暗、深夜、未知、罪恶的恐怖。我们在《善良的撒马利亚人》中也同样看到，暗夜里，从两扇对应的窗户中露出的一张脸避开了仍在亮处的另一

---

① 伦勃朗（1606—1669），荷兰画家。

张脸的微笑，同样的一道光束将大地与天空相连，犹如一根绷紧的绳索，马背和远方丘陵中震颤着一种神秘的美，一只沿着窗户垂落的水桶在这些如此亲切、如此寻常的日用物品上映衬出白天赋予事物以美、夜晚让事物变得神秘的光线，犹如我们处处可以感受到却又无从把握的那种存在的悸动，这样的光线在抽身离开的同时改变着事物的存在，以致我们深深地感觉到，光线就是事物的主宰，而事物本身似乎在这如此焦虑、如此美好的几分钟内经历了死亡的所有折磨。此时的我们都像是伦勃朗画中的哲学家。我们战战兢兢地看着墙上用火书写出来的神秘字眼。我们打量着天空，天空下面是江河，或耀眼或动荡的大海，闪烁发亮、色彩斑斓、炙热燃烧的窗户和变形的屋顶，我们到处都能辨认出天空在地面上的返照，我们永远无法懂得却又如此熟悉的这种返照就是我们曾经见识过的一切美之所在，那也是神秘和未知之所在。我们都像哲学家那样打量天空，可我们并没有像哲学家那样试着去清醒地认识我们的欢乐或焦虑及其本质或原因。毫无疑问，就连描绘这位哲学家的画家本人也没有像哲学家那样思考推理。不过，他却像哲学家那样认真地打量过天空，因为他画的就是天空……

　　我以夏尔丹为例来说明一个伟大画家的作品对于我们、对于他本人究竟意味着什么。那根本不是对独特品质的一种炫耀，而是表现最为内在的生活及其事物中最为深刻的那种东西。作品要体现我们的生活，触及我们的生活，逐渐朝着事物倾斜，逼近事物的核心。我想要补充的是，有些画家不断地指责文人没有能力谈论绘画并且热衷于把画家本人从未有过的意图强加给画家。如果画家实际上的所作所为合乎我的说法，或者更加确切地说，如果夏尔丹做到了我所说的一切，那是因为他从来就没有过任何意图，甚至他很可能从来没有意识到自己的意图。他赋予人们以为静止的静物以如此鲜活的生命，让人品尝闪烁着珠光的牡蛎和凉爽的海水，犹如餐巾之于餐桌，明媚的阳光之于餐巾，黑暗之于光明那样，让人产生温馨的共鸣，如果他知道这就是他所做的一切，他也许会大吃一惊。正如妇科医生向一位刚刚分娩却又不明真相的妇女解释她身体里面发生的变化，向她描述她凭借神秘的力量完成的生育行为的生理过程时，这位妇女会大吃一惊那样；其实，创作的行为并非来自对创作法则的认识，而是来自一种不可思议而又神秘费解的力量，即使明白这一点也不会让我们变得更加强壮。一位妇女生育孩子无须懂得医学，一个男人陷入恋爱无须熟谙爱情心理学，一个男人……无须了解愤怒的构造。

钢琴家卡米耶·圣桑 ①

　　圣桑在昨天音乐学院演出的莫扎特《协奏曲》中弹奏钢琴。散场时，许多人感到失望却又不明白他们为什么失望，他们将之归结为各种原因：他弹得太快，他弹得太生硬，他选错了曲目。而真正的原因却在于：他的演奏确实很美。其实，唯有真正的美不会迎合浪漫想象的期待。其他的所有一切都符合美的理念：令人艳羡的技巧，对平庸的迁就姑息，飘飘欲仙的性感，大放异彩的戏剧夸张。然而，有史以来经由永恒的友谊与真实密切相关的美根本无法支配所有这些魅力。自从美出现在众人面前之后，又有哪些失望不是由美而引起的！一位妇女前去观赏一幅杰作时心情激动，仿佛她刚刚看完一篇连载小说，请教用纸牌算命的女人，期待她的情夫那样。然而，她却在一间不太明亮的屋子里看见一个男人坐在窗户旁边做梦。她等待了片刻，想看看是否还会出现其他的什么东西，比如透过林荫大道的衬格纸看见的那种情景。即使虚伪会让她闭嘴，她也会在心

---

　　① 这篇文章写于一八九五年十二月八日圣桑举办的一场音乐会之后，首次发表在《新杂集》上。——原注

里嘀咕："伦勃朗的《哲学家》也不过如此？"

圣桑的表演中没有弱音演奏的乐段，听众也许难以忍受的那些持续的弱音演奏乐段被令人振奋的强音乐段恰到好处地打断，如果没有这些和弦无数次在片刻之间从上到下抓挠您的神经，您就不会感觉到任何强音乐段像冲浪那样抽打您的胳膊和大腿，钢琴家身体的这些起伏、脑袋的这些摇晃、发绺的这些颤动将音乐的纯洁与舞蹈的快感融汇一体，向女听众的想象，向她的市井好奇心，向她的感官述说，带着一种快乐的成分和一种热情的理性为她的回忆提供背景，为她的叙述提供素材。圣桑的演奏中丝毫没有这样的东西。那是一种王者的演奏。因为国王不会头戴金冠，坐在奴役抬着的轿子上前行。伟大的国王就像伟大的喜剧演员，他们通过行礼致意、微笑、伸手、请人入座、应答的仪式来显示自己的身份。而暴发户却故作高傲，江湖骗子则装腔作势。然而，国王是如此自然地高贵和优雅，他的高贵并不比橡树的那种高贵更让我们惊叹，一如他形同玫瑰枝茎的优雅。所有的夸张或庸俗，本能自发或后天学会的无礼举止以及形体动作都被完全剔除直至最简。伟大演员的表演更是让人一览无余，因此他对观众的吸引力远不及一个老练的演员。因为他的动作和声音如此完美地将所有令他困惑的精华或糟粕处理得彻底干净，仿佛那只是一泓清水，犹如一面只能让人看见远处的自然物体的玻璃门窗。圣桑的演奏所达到的就是这种清纯、这种透明。我们无法透过一块彩绘玻璃或一盏舞台脚灯去窥视莫扎特的《协奏曲》，那就好像将我们与我们的桌子或我们的朋友分开的空气，这空气是如此的纯净，以致我们根本无法注意到它的存在。

　　当然，他的演奏成就并不令人惊奇：他曾经谱写出自贝多芬的交响曲以来最美的交响曲和许多歌剧，对他来说，演奏莫扎特的协奏曲又算得了什么，那只是小事一桩，一种消遣而已。然而，这在我们却是一桩大事。因为在我们看来，人类的行为不像紫罗兰的花朵，一旦凋零就不再对小小的植物有任何用处，它既不会让其他盛开的花朵因此而变得更美，也不会推迟它们的凋谢。我们宁可将人类的行为比作树木增长的年轮，日益衰老的树木让未来的树枝从土壤里冒出头来，让树木长高到与它的枝条逐渐平齐，就像幼小的马匹雪白的小牙齿一颗挨着一颗地排列在它们的大嘴里，明白无误地告诉饲养员它们的年龄和它们的实力。这就是我们心目中的人类行为。正如支撑着高大栗树的最古老枝条上最娇嫩、最新鲜的那朵花，最微不足道的人类行为也会让人感觉到从前的行为，后者就像祖先和德高望重的担保人，给予这种行为以巨大的权威和有力的支持。因此，当圣桑像音乐学院的孩子们那样，坐在莫扎特的协奏曲面前，简单朴素地演奏这首协奏曲时，没有丝毫来自C大调交响曲的美好灵感，没有丝毫《亨利八世》的悲伤曲调，没有丝毫《参孙与达莉拉》的优美合唱，没有丝毫对巴赫的创造性改编，这里只有围绕着音乐家的合唱团，它就像缪斯合唱团那样令人肃然起敬，缪斯向她们供养的天才微笑犹如他灵魂中的圣火，向我们的灵魂播撒魅力、热情和尊敬。

巴黎形象：卡米耶·圣桑 [1]

一个古老的传说这样说道："那是一个精灵，一个聪明的精灵。作为音乐和歌曲的精神国王，他拥有全部的秘密，每当人们试图接近他的时候，他早就逃之夭夭，跑到最遥远的地方，永远让人无法捉摸。"当他谱写《阿斯卡尼俄斯》[2] 时，人们在法国寻找他，可他却在卡纳利群岛。今天晚上，他将躲藏在一位可爱的已故音乐家的名字后面让这位音乐家复活，以此避开我们对他的景仰。他现在是否还要从我试图攥住他的思想中逃脱，就像一个消失不见的小淘气那样，仅仅在我的手掌中留下"一阵风"呢？

这个精灵从音乐中得到灵感，具备极为敏感的天赋——姑且撇开诗才和琴艺不论，您只消看一眼《阿斯卡尼俄斯》中的诗才，或《参孙与达莉拉》中的琴艺——正如居斯塔夫·福楼拜、阿纳托尔·法朗士那样，他喜欢将之隐藏在伟大音乐家的丰富宝藏和技巧学识底下。因为没有人能够更好地把握这个著

---

[1] 这篇文章发表在一八九五年十二月十四日的《高卢人报》上。——原注

[2] 法国作曲家圣桑（Charles Camille Saint-Saëns，1835—1921）的歌剧（1890）。——原注

名的观念："风格美，由无数真实构成各种关系的风格美所蕴含的所有精神美……也许要比起话语本质所由构成的精神美更加宝贵。"

他懂得如何让一种古老的样式焕发青春，从其词源的意义上把握每一个乐句。他从贝多芬、巴赫那里借鉴他们的美雅，换句话说，在他最美的一个改编曲目中赋予巴赫本人不曾有过的美雅。

拿和弦作画，靠形象编剧，因风格名垂千古；用音阶留住无数的虚构想象和创作天赋，就像别人运用委婉曲折的旋律所做的那样，驱使音阶围绕着思想奔跑，犹如古老的常青藤让古迹免遭坍塌；以古风的名义将其高贵的文字留给现代；为了学术性、独特性、崇高性，逐渐赋予一个共同目标以别出心裁的想象和表现的价值，让古风变成一种精神特征，一种普遍观念，一种文明缩影，一种种族精华，一种从器具中喷涌而出或从天而降的天才特征；赋予一首序曲，《亨利八世》序曲①以英国风味，赋予安·博林与亨利八世的二重唱的一个场面以夫妻情调，赋予《当您唱起斯格佐那》的合唱以那不勒斯的明媚，在《阿尔及利亚组曲》的一支进行曲中嘲弄艺术，在歌剧《阿斯卡尼奥》中倾注文艺复兴时期的金碧辉煌风格；最后，为了让人们理解一种宗教，仇视一个暴君，怜惜一个女人，看见爱神，听见永恒，他借助于甚至不属于音乐的音乐语言资源，就像一个

---

① 圣桑的歌剧，一八八三年在歌剧院上演。——原注

天神和魔鬼那样乐不可支地在音乐中主宰世界，在和声中主宰音乐，用管风琴的宽广音域来弥补钢琴的狭隘，这就是这个音乐人文主义者熟练灵活、令人困惑、既像魔鬼又像天神的演奏，他每时每刻都在这个似乎属于传统、模仿和知性的有限领域中闪耀着创意和天赋。

二、让·桑德伊岁月

反对晦涩 ①

"您是否属于新兴学派？"任何一位五十岁非文学专业的先生都会这样询问每一位二十岁文学专业的大学生。"我承认自己对此一窍不通，我还不曾入门呢……总而言之，天分从来不嫌太多；而现如今，几乎每个人都有天分。"

在试图从现代文学中找出几条美学真理的同时，我更加确信我的发现，那就是现代文学在揭示这些真理的同时又对此加以否认，我有可能因为超前扮演那位五十岁的先生而招致非议，可我却无法用他的语调说话。我认为，诗歌正如所有的秘密一样，在没有入门甚至不经过甄选的情况下，人们其实永远无法完全深入诗歌的殿堂。超凡出众的天分如今似乎并不罕见。当然，如果天分就是教人写"自由诗"的某种修辞范畴，就像教人写拉丁诗的另一种修辞，让其中的"公主""忧郁""倚仗"或"微笑""绿玉"人尽皆知，那么我们可以说，如今的每个人都有

---

① 这篇文章发表在一八九六年七月十五日的《白色杂志》上。普鲁斯特在翌日给他母亲的信中写道："……我感到愤怒。昨天，《白色杂志》发表了我六个月之前写的一篇文章，他们既不征求我的意见，不通知我，也没有寄清样给我校对，我已经完全忘记了这篇文章，我还以为已经把它扔进了废纸篓。"——原注

天分。然而，那只不过是一些分文不值的贝壳，喧嚣而又空洞，被潮汐冲向岸边的腐烂木材或锈蚀的废铁，第一个来到这里的人可以捡到这些东西，如果他愿意的话，因为上一次潮水退却时没有把它们卷走。然而，腐烂的木材又有何用，那通常会是一只往日的美丽浮标留下的残骸——夏多布里昂或雨果也难以辨认的形象……

现在让我们回到我想在此指出的美学谬误上来，在我看来，这种谬误似乎剥夺了许多见解独到的年轻人的天分，如果天分其实不仅仅意味着独特的气质。我的意思是将独特的气质归结为艺术的一般法则和持久不变的语言天才的那种能力。许多人显然缺乏这种能力，而天生具备这种能力的其他人对此却似乎并没有系统的追求。这给他们的作品带来了双重的晦涩，一方面是概念与形象的晦涩，另一方面是语法的晦涩，这种晦涩在文学上是否情有可原呢？在这里我将试着对此进行探讨。

（写诗或散文的）青年诗人也许会用一种预先准备好的论据来回避我的问题。

他们会对我们说："人们曾经指责雨果和拉辛的晦涩，而我们的晦涩与他们的晦涩没有什么两样。一切语言创新都是晦涩的。当思想和感情不再是同样的思想和感情的时候，语言怎么能不进行创新？为了维持其生命力，语言必须随着思想而改变，服从于思想的新需要，正如在水面上行走的鸟类的蹼掌。从来没有看到过鸟类行走或飞翔是莫大的耻辱；然而，在完成进化之后，进化带来的刺激会引人发笑。终有一天，我们给您带来的惊讶本身会令人惊讶，就像今天行将灭亡的古典主义用羞辱来迎接浪漫主义的崛起那样令人惊讶。"

这大概就是青年诗人想要对我们说的话。然而，在恭维过他们的聪明绝顶的这番话之后，我们会告诉他们：你们显然不是在暗示那些故作高雅、矫揉造作的学派，你们在玩弄"晦涩"这个字眼，上溯到遥远的过去追寻自己的名门显贵血统。恰恰相反，晦涩是文学史上新近才出现的东西。它与拉辛早期的悲剧和维克多·雨果早期的颂诗所能引起的惊讶和烦恼完全是两码事，如果人们愿意这样说的话。在感情上对宇宙和精神法则的同等需要和矢志遵循不允许我像孩子那样想象这个世界会随着我的意愿而改变，让我认为艺术环境的突然变化使得当今的杰作与过去几个世纪的作品截然不同：它们几乎变得无法理解。

然而，青年诗人们会回答说："老师不得不向学生解释他的观点会让您感到惊讶。然而，这在哲学史上并不常见，尽管晦涩而深奥的康德、斯宾诺莎、黑格尔很难深入。您也许对我们的诗的性质不屑一顾，但那不是异想天开而是体系。"

小说家用在哲学家和文学家眼里毫无价值的哲学充塞小说，他所犯下的错误并不比我刚才归咎于青年诗人的错误更加危险，后者不仅在实践中犯下这种错误，而且还将之上升为理论。

青年诗人和这位小说家都忘记了这一点，实际上，文学家和诗人之所以能够像玄学家那样深入事物的现实当中去，那是通过另外一条途径，而借助于推理会冻结而不是激发唯一能够将他们带入世界核心的感情冲动。某种本能的力量而不是哲学方法让《麦克白》以其自身的方式成为一种哲学依据。毫无疑问，从本质上看，像这样形象地反映生活、与生活本身并没有什么两样的作品仍然是晦涩的，即使其思想会变得越来越明确。

然而，这完全是另一种类型的晦涩，有待于深入发掘的肥田沃土，通过语言和风格的晦涩来阻挠人们对此进行探索是令人不齿的可耻行径。

诗人并不诉诸我们的逻辑感官，所以他无法享受任何深奥的哲学家所拥有的貌似晦涩的权利。相反，难道诗人可以诉诸逻辑感官吗？形而上学的写作需要用一种非常严密而明确的语言，既然诗人无法这样做，他就只好停止写诗。

人们总是告诫我们，语言与观念是不能分隔的，那就让我们利用这个机会在此提请大家注意，哲学必须使用一种特殊的语言，因为哲学术语拥有一种几乎是科学的价值，而诗歌却不能使用这样的语言。对于诗人来说，词语不是纯粹的符号。象征派无疑会抢先赞同我们的观点：每一个词语都在其外形或和谐的音调中保留着词语原有的魅力或以往的辉煌，至少具有与其严格的意义同样强大的联想能力，它唤起了我们的想象力和感受力。谱写出某种潜在的音乐是我们的母语与我们的感受力之间的这些古老而又神秘的亲缘关系，而不是像外语那样的一种规范语言，诗人可以怀着一种无可甜蜜的温情让这种音乐在我们心中产生共鸣。他让一个古老的词义焕发青春，他在两个彼此分离的形象之间重新唤醒被人遗忘的和谐，他让我们每时每刻都心怀喜悦地呼吸故土的芬芳。对于我们来说，这就是法国言语的故乡魅力——这几乎就是如今阿纳托尔·法朗士先生的言语，因为他是仍然愿意或懂得运用法国言语的少数人之一。如果诗人采用一种我们不懂的语言，让那些即便可以理解，但至少也新潮得让我们目瞪口呆的形容词接二连三地出现在仿佛只能用无法翻译的副词来翻译的语句之中，那他等于就是将这种在我们心中唤醒无数睡美人的令人无法抗拒的权利拒之门外。我也许可以在你们的注释帮助下，最终将你们的诗当作一条定理或一个字谜来理解。然而，诗多少是需要有点神秘的，否则就不会产生完全本能和自发的诗意。

关于诗人们可能提出的第三条理由，我指的是比明确的普通感觉更难表述和更加罕见的晦涩观念以及这种感觉的优势，我不说也罢。

无论这种理论究竟是什么，诗人对晦涩感觉更感兴趣的原因在于他要让这些感觉变得明确，这是显而易见的。就好像他选择在深夜出游是为了像黑暗天使那样带来光明。

最后，我要谈谈晦涩的诗人为了捍卫他们的晦涩，即出于保护他们的作品免受庸俗伤害的愿望而经常援引的那条论据。这里的庸俗在我看来并非人们想象的那样。非常天真地将一首诗的概念具体化，以为能够通过思想和感情之外的其他途径来把握诗的概念（如果庸俗之辈也能把握诗的概念，那他就不会是庸俗的），这样的人对待诗的既幼稚又粗俗的观念恰恰可以被人指责为庸俗。小心谨慎地防止庸俗的侵蚀对于作品不起任何作用。对庸俗的全面回顾让我们认识到，无论是用一种简易的措辞奉承它，还是用晦涩的措辞诋毁它都永远不能让神射手命中目标。他的作品将无情地保留着他意欲取悦或触怒公众的痕迹，可惜这些平庸的欲望只能迷惑二流的读者……

请允许我重提一下象征主义，总而言之，尤其是在这里，象征主义试图忽视"时间和空间的偶发事件"，为的是仅仅向我们表现永恒的真理，它拒不承认另一条生活的法则，那就是普遍和永恒只有在个体身上才能得到体现。作品中的人如同生活中的人，即使是最普通的人也会有强烈的个性（参见《战争与和平》《弗洛斯河上的磨坊》），可以说，他们就像我们当中的每一个人，他们越是有个性就越能更大限度地体现普遍的灵魂。

因此，纯粹的象征主义作品有缺乏生活、进而缺乏深度的危险。如果作品中的"公主"和"骑士"并没有触动心灵，而是在玩弄一种含混不清而且艰深难懂的意义，那么应该充满生动象征的诗就只能沦落为冰冷的讽喻。

诗人必须更多地从大自然中得到启迪，如果说所有一切的本质就是一种晦涩，那么所有一切的形式就是个体和明晰。生活用自身的秘密教导他们去鄙视晦涩。难道大自然在我们面前藏起了太阳或成千上万颗闪闪发亮、无遮无掩、在几乎所有的人眼里熠熠生辉而又无法破译的星辰？难道大自然会生硬粗暴地不让我们亲身体验大海或四面来风的威力？大自然在每个人路过地球的期间向他明确解释了生与死最深奥的秘密。这是否意味着它们因此渗透着庸俗，尽管欲望、肌肉、痛苦、腐烂或旺盛的肉体的语言具有超强的表现力？我特别想说的是，既然月光是大自然的真正艺术时刻，尽管它如此温柔地映照在每个人身上，然而，只有在内行的眼里，用寂静演奏长笛的月光才是大自然许多世纪以来不用任何新词就能从黑暗中制造出来的光明。

在我看来，如此这般对现代诗和散文的评论是大有裨益的。对年轻一代的这些评论之所以显得苛刻，那是为了让它们看上去更符合一个老人的口吻，这就是所谓的爱之深，责之切，目的是让年轻人做得更好。请原谅这些评论的坦率，如果它们出自一个年轻人之口，也许会更加值得称道。

备受奉承的年轻一代 ^①

    年轻一代的选民并不比现今的选民更加明智，更难收买。因此，许多作家不仅把年轻人当作选民来奉承，甚至还亲自向他们介绍按照年轻人的趣味精心修改的种种规划，这也是最自然不过的现象。就像共和国那样，象征主义也有自己的支持者 ^②，他们同样也会站在任何一方，而不是对没有再次当选和重新被人阅读心甘情愿地听之任之。他们远远没有因为比我们年长而自封为我们的师长，他们试图来到学校跟我们在一起，隐藏起他们对我们作为后继者的仇恨，同时把我们当作弄臣来玩赏。然而，唯有将艺术当作一种如此世俗观念的作家才会这样做，他们如此天真地认为艺术王国来自这个世界，而我们只能为他们没有教给我们的这些课程感到惋惜。可惜的是，由于某些更加高深的原因，这些作家仍然我行我素，对年轻人言听计从，而不是向他们倾诉，他们确信——他们由此将最任性的希望称为确信——从年轻人那里听到了他们想听的话，同时又不

---

① 首先发表在《新杂集》上。从"结盟"这个词来看，这篇文章写于一八九一年。——原注
② 红衣主教拉维热里建议天主教与共和国结成同盟。——原注

再教导我们，那是我们有权从他们那里得到的教海。

还有比这更加古怪的事情。一位年轻人几年来一直没有勇气告诉他们："我们没有什么好说的，因为我们什么都不想。我们是有史以来最让人迷惑的年轻一代。我们之所以看上去比其他几代人更加充满希望，那是因为这些希望都是神童般的谎言。从来就没有这么多天才，正如人们再三重申的那样，某些风格的美雅是可以学会的，因为一个鲜有天赋的记者可以在几年之中通晓他的职业，就像一个高级妓女熟悉她的职业那样。你们无法成为这样的妓女，因为你们已经太老了。你们还会被其他人长期地蒙骗下去吗？"他也许会为此给出几条理由。责任感空前地淡薄，对传统的蔑视前所未有的彻底。聪明的年轻人不关心伦理生活，他们不工作，只阅读现代短篇小说，夸夸其谈地讨论蒙戴斯或莫雷阿①，金玉其外，败絮其中，就像从前的小学生那样肤浅，这层传统的金玉再也蒙骗不了任何人。现代文学的好学生潮流还能持续更久吗？那将是莫大的不幸……

---

① 卡蒂勒·蒙戴斯（Catulle Mendès，1841—1909），法国诗人。莫雷阿（Jean Moréas，1856—1910），用法语写作的诗人、散文家、艺术批评家。

于勒·勒纳尔[①]

他令人钦佩是因为他从不设法推托，在这一点上，他与几乎所有无法深入自身感觉的人截然相反，与其坚持和发掘内在的那种东西，他们躲躲闪闪，不再坚持，不能进一步深入自身的感觉，挫折接踵而至，结果是涵盖了一大片，他们认为这无论如何好过懂得如何深入重点。他在深入把握隐藏在感觉中的真实。全部真实？不！在最终达到某种深度和进入重点之后，他也有自己的小小推托之词，更加确切地说，那是他用两种不同的金属铸造的一首小诗，它只包含一部分真实。而这两种其他的东西并不是所有的真实，当他感到真实缺失的时候，他仍然奋不顾身地运用它们来成全他的作品和保存真实，因为没有这种合金，真实就会微不足道，这两种东西就是诙谐滑稽的矫揉造作。（珍珠鸡："它渴望受伤是因为它的鸡胸。它在地上打滚就像驼背。"母鸡："它从来不下金蛋，等等。"蝴蝶："这张

---

① 首次发表在《新杂集》上。标题出自普鲁斯特之手。文中影射的所有一切与一八九六年出版的《博物志》有关。于勒·勒纳尔（Jules Renard，1864—1910），法国作家，曾经入选龚古尔学院。《博物志》是他的代表作。——原注

对折的情书在寻找鲜花的地址。"）

请注意，这里的诙谐滑稽，即延续的形象（如上面提到的"珍珠鸡"）几乎总是矫揉造作的。这里的矫揉造作有时却是真实。因此，蝴蝶"寻找鲜花的地址"就不仅是矫揉造作，这就是说，在没有真实可以延续的时候，不妨延续双关妙语的形象，祭出一个只与词语表面形象有关的结尾。然而，蝴蝶"寻找鲜花的地址"确有其真实的一面，因为蝴蝶在前往每朵鲜花寻寻觅觅的时候有可能会弄错地址，走错人家。《追逐形象的猎人》①非常差劲（弱爆了）。

---

① 《博物志》这本集子当中的第一篇。——原注

艺术家剪影①

　　那是一种类型。这位先生养成的种种风雅习惯使得他必须经常去剧场，他必须有在剧场被人看见的幻觉，滑稽的是，他在自己的文章上署名"监察先生"或者"当班执勤的消防队员"，充当起擦亮人们眼睛或兜售节目的角色。这个人往往是青年人。他尤其热衷于撰写女演员剪影。他奉承漂亮的女演员，试图撵走那些没有天分的女演员，好让漂亮的女演员上场，他出卖自己的独立人格以博取她们的欢心。对于初登舞台的新人，他会用慈父般的语调。他会列举、比较、赞扬他赞赏的艺术家扮演的不同角色。"时而残忍犹如尼禄，时而忧郁犹如封塔西奥，时而冲动犹如吕意·布拉斯，等等，"他还会借鉴其他艺术的术

---

① 我是否有必要指出，这个剪影没有影射任何人的意思，这个人身上的所有特征纯属异想天开的杜撰？如果报刊中偶然出现过某个"监察先生"或者某个"当班执勤的消防员"，我也只好请他原谅我无意中引用了他的名字，正如我会原谅他请我注意我的"措词"那样；"兜售小型望远镜的商人"丝毫不令人妒忌。因此，我首先应该在这篇文章上署上我的名字。有时，我并没有企图一本正经地攻击亨利·戈蒂埃-维拉尔先生新近发扬光大的一种类型，更何况我也没有充分的理由这样做。——普鲁斯特原注
首次发表在一八九七年一月的《戏剧艺术杂志》上。——原注
亨利·戈蒂埃-维拉尔（Henri Gauthier-Villars，1859—1931），法国专栏作家，著名女作家科莱特的第一任丈夫。他在《巴黎回音》上署名发表了音乐批评文章《夏天马戏团的女引座员》。

语进行比较。有时借鉴音乐术语："沃尔姆斯先生演不好这个角色，他的嗓音就明白地写在那里。"他更多借鉴雕塑术语。雕塑为他提供了"古代"浅浮雕，"佛罗伦萨青铜像"，"精美的塔纳格拉小塑像"。他借鉴绘画语言来称赞萨拉·伯恩哈特[1]的金语"融汇色彩差异"，为的是从穆内-絮利[2]身上看见"一个从自己的画框中走下来"，"走在我们中间的提香"。

大艺术家从来不会有连续两天相同的时候。这样挺好，因为没有规律就是天才的标志之一。某一天，萨拉·伯恩哈特"显然在试图超越自己"。第二天，她又"低于自己的水平"，"没有表现出她的能力"。某些人"正在进步"，而另一些人则"误入歧途"。就连大艺术家也难以幸免这样的忠告。有时，一篇文章的标题就是《有点良心好不好，喜剧先生们》。

当批评家忘记了诸如"沃尔姆斯先生[3]溜走了"这样的短语时，他就会可笑地补充说："正如已故的鲁瓦耶-科拉尔所说"或者"请允许我斗胆如此表述"。

如果"来到他笔下的"名字是莫邦先生，他就会加上括号："你们全被下了毒药，先生们。"[4]

---

[1]　萨拉·伯恩哈特（Sarah Bernhardt，1844—1923），法国著名舞台剧和电影女演员。

[2]　穆内-絮利（Jean Mounet-Sully，1841—1916），法国舞台剧演员。

[3]　沃尔姆斯（Worms，1836—1910）和莫邦（Maubant，1821—1902）均为悲剧演员；下文中的儒勒·特律菲耶（Jules Truffier，生于1856）和拉斐尔·迪弗洛（Raphaël Duflos，1858—1941）均为喜剧演员。这四个人都是法兰西喜剧协会的会员。——原注

[4]　这是雨果戏剧《吕克莱特·波尔吉亚》中（第三幕，第二场）吕克莱特·波尔吉亚的喊叫。莫邦扮演剧中的贵族父亲。疑指他用浑厚的嗓音念出剧中的台词。——原注

我们跟随他进入艺术家的内心深处。我们由此得知，艺术家Z小姐既是"十分机灵的淘气包"，同时又是"狡猾的长舌妇"，特律菲耶先生是"业余时间"的敏感诗人，而迪弗洛先生是"我们时代最勇猛无畏的自行车骑手之一"。[①]

我们熟悉他的个人生活，因为他有暴露自己的需要，在他看来，他的思想似乎带有太多的普遍性，于是他就向我们公开自己的习惯。我们知道，首场演出的那天晚上，他是在城里吃的晚餐，为了准时赶到剧场，他在上咖啡之前就离席而去，而幕布要在很久以后才会拉开。他站在观众一边，

　　　　那是付出真金白银的人

（对一行著名诗句的戏仿），他指责歌舞剧场的行政管理，控告美术学院的院长。他将花费十年的时间出齐他的"剪影"，"他的铜板雕刻"和他的"石印红粉笔画"。迪凯纳尔先生[②]将在他的某封信的第一页上示意他会接受这样的题赠。目前，他正在设法进入《戏剧艺术杂志》。

---

① 对风雅冷嘲热讽的迪弗洛热衷于一种时髦体育活动：骑自行车。——原注
② 费利克斯·迪凯纳尔（Félix Duquesnel，1832—1915），戏剧导演，《高卢人报》的戏剧评论家。——原注

阿尔封斯·都德[①]，一件"艺术作品"[②]

身心俱美的艺术家寥寥可数。将艺术家其人当作他们的一部更有个性的作品来欣赏会给我们带来这种梦幻的乐趣，即人们所谓的审美乐趣。艺术家的肖像——无论是出自布拉克蒙[③]的德·龚古尔先生肖像，或是出自惠斯勒[④]的德·孟德斯鸠先生肖像——如同其他文人的肖像，并不完全符合每年都在展览馆里鱼贯而过的公众的街谈巷议，这帮人对一位小说家的秃顶与滑稽歌舞剧作者的丰腴同样好奇。他们中间既有画家，也有批评家，他们的相貌特征取决于他们的思想，正如他们的作品取决于他们的个性。

关于艺术家都德先生其人，该说的都已经说过了；今天我只想谈谈都德先生这件艺术作品。

---

① 阿尔封斯·都德（Alphonse Daudet，1840—1897），法国十九世纪著名现实主义小说家。

② 一八九七年八月十一日，阿尔封斯·都德去世前四个月，普鲁斯特在《通讯报》上发表了这篇有关都德的文章。——原注

③ 布拉克蒙（Félix Henri Bracquemond，1833—1914），法国画家、蚀刻版画家。

④ 惠斯勒（James Abbott McNeill Whistler，1834—1903），著名印象派画家。

那是一件绝无仅有的艺术作品，因为在其他所有的人身上，炽热的感情和强烈的表情确实破坏了线条造型的纯净，正如一块熔化的纪念章上变得模糊的头像。在都德先生的脸上，剧烈的痛苦并没有损坏至臻完善的美。前额上一分为二的发绺犹如两只强健而又轻盈的翅膀，他的额头上闪烁的岂止是一个殉道者的荣耀。那是一位天神或一个国王的荣耀。王家风范的魅力，挥洒自如的君王模样和姿态，显而易见的尊贵是附庸风雅之辈的想象和为门房而作的小说所不能企及的。这种荣耀既没有美那么具体，也不如高贵的思想和个性那么精神，它就像高贵的习惯，换句话说，这种无意识的高贵转变为身体与面部的优美线条，遒劲简练的动作，那是化身为血肉之躯的高贵。附庸风雅之辈的谬误在于他们仅仅从荣耀难得现身的王冠上寻找荣耀。从这个意义上来说，阿尔封斯·都德先生就是一个面容坚毅敏锐犹如撒拉逊城防铁器的国王，一个摩尔国王。我也知道怎样从一个国王和一个觊觎王位者身上，从凡·戴克画笔下的查理一世国王和穆内-絮利扮演的哈姆雷特王子身上分辨出一种货真价实的皇家气质。

我之所以允许自己暂时把都德先生看做一道风景，是为了能够在当下彰显他让人励志的伟大。第一次面对都德先生[①]的时候，我几乎不敢抬眼看他。我知道在过去的十年中，他一直

---

① 普鲁斯特与小说家的第二个儿子吕西安·都德的交情始于一八九五年。——原注

忍受着剧烈的痛苦，一天数次注射吗啡，刚刚躺下就疼痛难熬，每天晚上都要吞下一瓶氯醛才能入睡。我无法理解他怎么还能继续创作。尤其当我回想起自己的病痛曾经让我对其他人、对生活、对我不幸的肉体以外的一切无动于衷，我的思绪执迷不悟地围绕着这一切盘旋，就像一个躺在床上，脑袋冲着墙壁的病人，而相对他的病痛来说，我如此轻微的病痛无疑会被他当作一剂解药来品尝[①]。我简直无法理解他是怎样日复一日地抵御这些痛苦打击的，在他看来，我的视觉倒更像是一种拖累，我的健康身体是一种耻辱，就连我的存在本身都是一种烦恼。于是，我看到了这种可以让我们脸红的崇高，我们大家都是懦夫，确切地说，那个人的话[②]让我们意识到我们不是病人和奴隶，而是神灵和国王，让风湿病患者或瘫痪的我们站立起来，让我们平静安宁或狂热焦躁，让自私的我们把自己交付给他人，赋予完全沦落为肉体快乐与痛苦的奴隶的我们以思想：我看见了这个美丽的病人，病痛让他更加美丽，走近这位诗人，病痛也会变成诗，正如被火烧红的钢铁，他超脱了自己，把一切全部交给了我们[③]，为我的未来和其他朋友的未来操心，他朝我们微笑，赞美幸福、爱情和生活，这些东西他比我们之中的许多人更会享用，他继续思考、构思、口述、写作，像年轻人那样对真、美、勇气充满激情，他不断地向我们述说，更有勇气倾听

---

① 一八九三年前后，普鲁斯特童年时期所患的哮喘再次复发。——原注
② 指耶稣。据说都德的脸酷似基督。——原注
③ 影射圣保罗的话。——原注

我们的述说。在一次讨论中，他离开了片刻，从门口扔过来几句火热滚烫的话。回来的时候，他再次带着同样的热情继续煽风点火。我知道他再次发作的疼痛是如此的剧烈，为了不露声色，他出去注射了吗啡。他的前额闪动着滴滴汗珠。他仿佛刚刚结束了一场搏斗，正在享受胜利的宁静。正如维克多·雨果优美的诗句形容的那样，在这个美丽的前额上，从他仍然闪烁着青春"火焰"、已经变得"光明"的眼睛里，我看见了光明、思想、太阳神与背信弃义的暗夜幽灵在进行搏斗。获胜的太阳神缓慢地将后者推进黑暗的王国。在过去的一年中，都德先生的健康有所好转。在经历了一次旅行①，最后一次有可能让他付出生命代价的英勇壮举之后，生命重又回到了他的身上。他的肉体不再有任何希望。然而，所有的一切力量在一八九七年战争期间的敌人面前，在这场无声无息的战斗中，在这场坐着或躺着抗击敌人的可怕战斗中百倍增长，那是他重新创造希望和生活的灵魂。

"都德先生的健康有所好转，"这句话听上去让人不寒而栗，就好像唤起了我们对前世的神秘回忆，它让灵魂无所不能的光辉法则凌驾于物质需要的铁打法则之上。正因为如此，我才经常去贝尔夏斯街②，到都德先生这部精美而又崇高的艺术作品身

---

① 一八九五年五月六日至二十七日，都德在伦敦度过了几个星期。——原注
② 都德在一八八五年到一八九七年住在贝尔夏斯街。他在逝世前不久移居学院街41号。——原注

旁朝圣，我认为经常去那里会给每个人带来欢乐和精神享受，大自然用一种比我们的语言更有表现力和更加生动的语言，通过比我们的风格更加透明，比我们的思想更加深邃的眼珠，比我们的形象色彩更纯净的皮肤，通过被痛苦揉皱又被毅力抚平的肌肉的生硬语汇，用痛苦、美、意志和无所不能的精神所蕴含的全部意义让我们兴奋陶醉。

诀别 [1]

　　昨天的整个白天和今天早晨，都德的朋友们来到现在铺满了鲜花的床前向他道别，在遭受了这么多年殉道般的磨难之后，可以说，他是第一次在床上安息。所有的人都来了：从名声显赫的阿纳托尔·法朗士到最微不足道的我辈；他的对手如左拉和德律蒙 [2]；像德律蒙那样有段时间疏远过他、现在又要求死神略施小计、永远忘记短暂的意见分歧的人；称他为大师、刚刚从他沉默不语，无言之中仍然雄辩的嘴里请教最后一个忠告的人。他是一个崇高的楷模，就像巴雷斯 [3] 以及刚才含泪亲吻去世的朋友前额的埃尔维厄 [4]。

　　此时此刻，拉·冈达拉 [5] 将这些如此优美的不朽线条固定在一幅美妙的画稿上。最后一次端详阿尔封斯·都德，每个人都

---

① 这篇文章发表在一八九七年十二月十九日的《通讯报》上。阿尔封斯·都德于十五日在巴黎学院街41号逝世。——原注
② 德律蒙（Édouard Drumont, 1844—1917），法国记者、作家。
③ 巴雷斯（Maurice Barrès, 1862—1923），法国小说家、记者、政治家。
④ 埃尔维厄（Paul Hervieu, 1857—1915），法国小说家、剧作家。
⑤ 安东尼奥·德·拉·冈达拉（Antonio de La Gándara, 1861—1917），法国画家。

惊讶地发现，这是第一次看见他没有痛苦。

所有的人都感到失望沮丧，包括这个由他的无与伦比的妻子、比他的作品更令他骄傲的儿子们组成的神圣家庭。

看见这个伟人的一只虔诚的手将一只银十字架紧贴在胸前，我们不禁热泪盈眶，在生命的最后那些年中，他被钉在了十字架上。看见他胸前的这个银十字架还不及他迄今为止一直背负的十字架沉重，看见他胸前的这个与他相似、像他那样深受苦难的天主象征，我们不禁热泪盈眶。

罗贝尔·德·弗莱尔[1]

在近几年来初涉文坛的所有年轻人[2]之中，也许只有罗贝尔·德·弗莱尔无须这样扪心自问："也许我只会一事无成。也许我会为了一个影子放走我的猎物。我的写作生涯——遭到了所有的其他文人，而且是资深行家的否定——尤其表明我对其余的所有一切都缺乏使命感，完全缺乏在生活中成功所必备的各种素质。也许我就是居斯塔夫·福楼拜笔下的人物之一，而且还是《情感教育》中的那个弗雷德里克·莫罗。"也许唯有德·弗莱尔先生不能这样说他自己，他每天都有所作为，我不仅是认为他每天都有更多的成就，这完全是两码事。他在生活中为他的禀赋找到了尽善尽美的施展环境。在我看来，这种格外令人羡慕的环境展现出他身上的一种格外美妙和卓尔不群的能力，我是说相对那些一流的人物而言，他身上体现出来的禀赋多种多样，几乎可以说是包罗万象。您想，德·弗莱尔先生

---

① 这篇文章发表在一八九八年一月二十日的《戏剧艺术杂志》上，普鲁斯特没有署名。普鲁斯特与罗贝尔·德·弗莱尔是莫逆之交。——原注

② 罗贝尔·德·弗莱尔（Robert de Flers）生于一八七二年，大概卒于一九二七年。——原注

几乎从各个角落去挖掘掩埋在生活深处的现实。他多样化的思想使他能够得心应手地应付无数不同的方面。据我所知，他在二十岁的时候，即使还是一个从写诗中学习写诗的诗人，也已经能够深刻地领悟如像马拉美的诗句和巴雷斯的句式，撰写精美的小说，从各种传奇和实事中发掘其中蕴含的理念和诗意；在这一时期，他经历了从巴黎到耶路撒冷的海上旅程，带回来这本不仅让文人喜爱，而且还引起学者关注、受到法兰西学院嘉奖的游记①。他从来没有错过生活的一点一滴。他变得更有学问，着手整理我们大家做梦都想一睹为快却又无法接触的真迹手稿集册，他为好几家报刊撰写文学和戏剧评论。他对现在与过去同样狂热。剧院里的大戏或咖啡馆的歌舞杂耍表演给观众带来的各种狂热——唯恐被生活欺骗的年迈学者在他们的晚年有时会后悔自己没有领略过这些离奇古怪的狂热——这位年轻的圣贤也会为之疯狂一个小时，然后他就对此进行思考。如果您以为这就是全部，那您就大错特错了。伟大的博物学家约翰·卢博克爵士②的崇拜者得知前者跟从事棘手的商业企划的卢博克总经理是同一个人时喜出望外，您感受到的就是同样的惊喜。当您得知这个饱学之士，这个诗人，这个小说家，这个政论家就是自从执掌埃斯科里埃俱乐部③之后，将之变为剧场的年

---

① 一八九六年，罗贝尔·德·弗莱尔发表了他的游记《走向东方》。一八九六年五月二十六日，普鲁斯特在一封信中祝贺罗贝尔·德·弗莱尔"受到法兰西学院的嘉奖"。——原注

② 约翰·卢博克（John Lubbock，1834—1913），博物学家、银行家、政治家。——原注

③ 罗贝尔·德·弗莱尔很早就担任埃斯科里埃俱乐部的主席，该俱乐部创建于一八八六年，宗旨是革新戏剧。——原注

轻导演时，您也会喜出望外，他有博学多识的学者品位和不可思议的威望，格拉尼埃、梅耶、德·马克斯[1]那样的艺术家曾经在那里扮演作家，比如……所有那个时代最杰出的作家的角色——如果您去洛泽尔[2]，如果您知道每个农夫挂在嘴边的就是这个年轻人的名字，这个年轻人过着自己的生活，为了能够参与在别处鲜为人知的司法和慈善活动而大伤脑筋，他将自己的行政区域变成芬乃伦式的行省，当您得知这个罗贝尔·德·弗莱尔始终就是当地人真心实意地想要将他推选为议员的那个人时，您又会怎么说？这还没完，不过对于今天来说，这就足够了。让我们一起来欣赏这个人吧，他告诉您天才与成功，艺术与生活，生活与天才带来的享受，高尚的道德与人民的认可是可以调和的。

由此看来，在我们所有的人中间，似乎唯有他在研究唯一重要的东西，改变我们周围的生活，让生活变成美的殿堂和司法的避风港，而不是愚蠢的堡垒和凶神恶煞的虎狼窝。这又是为什么？因为他所具备的禀赋是那些有才能、熟悉司法条律和希望法治的人[3]（后者并不始终如一，而他却始终如一）从来不

---

[1] 亨利·梅耶（1857—1941）于一八九七年在埃斯科里埃把儒勒·勒纳尔的《决裂的喜悦》搬上舞台；他于一九〇一年进入法兰西喜剧院。让娜·格拉尼埃（1852—1939）和爱德华·德·马克斯（1869—1924）也颇有名气。——原注
[2] 罗贝尔·德·弗莱尔的外祖母住在洛泽尔的马尔齐厄城堡。——原注
[3] 这篇文章发表的前一个星期，即一八九八年一月十三日，左拉在《震旦报》上发表了他的信《我控诉》。——原注

具备的。毫无疑问，人们还可以列举其他的伟大学者，然而，您真的相信这些大学者能够赋予一位作者以才能，按照自己的情趣领导一个剧院，只能对一位女演员说话吗？他们也许优雅可爱却又无能为力。毫无疑问，我们的行省中不乏其他心怀慈悲的仁人志士。话说回来，向人民喊话，受人民爱戴，让人民信任，随心所欲地引导人民的难道不也是这批人吗？毫无疑问，也有其他过分讲究的艺术家品尝过波德莱尔主义从精神世界中发掘出来的那些最精美微妙的肉体快感。然而，这些人既不具备渊博的学识，通常也没有良好的文学素养，几乎从来不关心在社会中将司法理念付诸实施，他们定然永远无法确保这些理念成为现实。罗贝尔·德·弗莱尔尤其如此。假如我对他的形形色色的理念感到恐惧，假如我对这一切恒久而牢固的基础究竟何在产生疑问，我就会再度拜访最熟悉他的人，即见证了他的伟大个性的农民，在他们看来，他与那个在巴黎功成名就之后的罗贝尔·德·弗莱尔始终是同一个人，归根结底，那才是衡量他的价值的真正准则。

诗的创作[①]

诗人的生活中会有一些小小的事件，正如在其他人的生活中那样。他去乡村，他去旅行。然而，他度过一个夏季的那个城镇与日期一起，出现在一部作品最后一页的下方，我们由此得知，他与其他人分享的生活对他来说具有截然不同的用途，有时，如果出现在注明写作地点与时间的卷末的这个城镇恰恰就是小说中的那个城镇，我们就会觉得整部小说是某种基于现实的大幅度延伸，我们知道诗人眼里的现实与其他人眼里的现实截然不同，那里面包含着诗人苦苦追求却又很难呈现的某种珍宝。

由于某种神奇的缘故，从所有的一切当中轻易发现隐藏其中的某种珍宝，这样的精神状态十分罕见。由此可见，人们可以通过阅读、美酒、爱情、旅行、重返熟悉的地方来推断和努力再现天才：中途辍笔，重拾写作，三番五次重起炉灶，有时直至六十岁以后才完成作品，比如歌德的《浮士德》；有时是尚

---

① 这篇文章首次发表在《新杂集》。文中对马拉美之死和德雷福斯事件的暗示令人联想到这篇文章写于十九世纪的最后几年。——原注

未完成的作品被天才束之高阁，直到最后临终时刻才恍然大悟，就像堂吉诃德，曾经在一部巨著上花费了十年心血的马拉美让他的女儿烧掉他的手稿；失眠，疑虑，求助于大师的榜样、拙劣的作品，躲避在不需要天才的各种东西之中，从德雷福斯事件中寻找各种借口，家务琐事，毫无灵感的骚动激情，文学批评，评注在理性上看似正确、却又缺乏刺激的东西，而这种刺激就是精彩之物的唯一标志，我们以此分辨来到我们面前的精彩之物。就这样，不懈的努力最终让我们的美学关注直深入到思想的无意识领域之中，为此，我们仍然在睡眠中寻找我们看到的风景美，我们试图美化我们的梦中呓语，歌德临终之际就在谵妄中述说他幻觉中的色彩。

小说家的能力 [1]

　　我们都像奴隶面对皇帝那样面对小说家：只消一句话，他就能将我们赦免。由于他的缘故，我们抛开自己先前的环境去熟悉将军、纺织工、女歌唱家、乡村绅士所处的环境，去熟悉乡村生活、游戏、打猎、恨爱情仇、戎马生涯。由于他的缘故，我们变成了拿破仑、萨沃纳罗拉 [2]、农夫，还有更多——我们也许永远无法了解的存在——而我们只能是我们自己。小说家让群众、孤独年迈的教士、雕塑家、孩童、马匹、我们的灵魂开口说话。由于他的缘故，我们成为不断梦想各种生活方式的名副其实的海神普罗透斯。我们在交换彼此身份的同时感觉到，对于我们变得如此灵活、如此强大的存在来说，这些生活方式只是一种游戏，一个哀伤或喜悦的面具，而且是一个毫无真实可言的面具。我们的厄运或幸运暂时停止对我们施行专制暴政，我们玩味自己的厄运或幸运和他人的厄运或幸运。这就是为什

----

① 首次发表在《新杂集》上。这篇文章大概写于一八九五至一九〇〇年间普鲁斯特创作《让·桑德伊》时期。——原注

② 萨沃纳罗拉（Girolamo Savonarola，1452—1498），意大利道明会修士。曾为佛罗伦萨的精神和世俗领袖。

么我们在合拢一本甚至是令人悲伤的优秀小说时，我们仍然感到如此幸福的原因。

这个星期是……①

　　这个星期是复活节，每个人都决定尽快赶往乡村，就好像急着去看一出心爱的歌剧，迫不及待地投身于甜美温馨的音乐氛围之中那样。更何况那里的景象又特别的美妙，必须抓紧时间充分享受。因为樱桃树、苹果树和梨树身披雪白或粉红的轻薄裙纱流光溢彩的盛况只能维持几天的工夫。樱桃树的旁边绽放着柔弱的丁香花，丁香每年的花期可以持续好几个星期，面对这宛若仙境的美景，丁香花含着微笑躲闪一旁，就像那些时常欣赏另一位女子的女人——不胜娇羞的丁香花依然在那里姿态优雅地低垂着它们的紫色或天鹅般雪白的头颅。尽管丁香花的美显然不那么耀眼，可您也许喜爱丁香的美甚于樱桃树，您会发现丁香花的芬芳中有着一种独特的魅力。老栗树的每一层都布满了树叶，这些春天欢快的客人久久地享受着美好的季节，一些树叶比九月天的可怕大风摧残之下的其他树叶更加经久，衰败的树叶兀立在凋零的树枝上傲迎秋季的恶劣气候，努力地

---

① 首次发表在一九五九年的《观点》《文学艺术杂志》上。没有任何迹象表明普鲁斯特写作这篇文章的确切时间。文中的描写与《让·桑德伊》十分相似。——原注

延长着自己的逗留时间。白天，太阳在沉寂的空中煎熬，彼此紧挨着的树叶一连几个小时静止不动地安然休憩。在微风徐徐吹来的其他时候，树叶悬挂在不知疲倦的柔软树枝上，被树枝从地面上高高撑起，弯曲自如地与擦身而过的气流嬉戏，每片树叶都紧跟着另一片树叶随波逐流，整串的树叶似乎在赏心悦目的一致首肯中摇曳。寄居在树叶间的飞鸟就好像一个毫无拘束的客人，可以随意地去它想去的任何地方散步，直到寂静的大树里面的一切全部沉沉睡去才返回家园，人们只能听见一片树叶翻卷时掠过的轻微震颤，抑或做梦的树枝的含混呓语和神秘骚动，路过的风的声音没有将它们惊醒。自由自在地栖息在树上的禽鸟是何等的娇媚可爱。欢快轻柔的飞鸟敏捷灵巧地与树叶嬉戏却又不伤害它们，宛如一个调皮淘气而又天资聪颖的大哥之于钦佩他的小妹。在这些漫长的白昼，禽鸟用它旺盛的精力为这些被囚禁的漂亮树叶有点单调的寂静带来欢娱。鸣禽啼啭，所有的树叶都在聆听它的歌声。它不时地与另一棵树上的另一只鸟儿对谈，就这样从一棵树谈到另一棵树，而身份高贵的树叶是不会从旁插嘴的。树叶仍然彼此紧挨着沉默不语，时而轻柔地晃动着以保持平衡。没有树叶的树木死气沉沉，犹如百叶窗紧闭的空房子。现在，透过打开的窗户，人们可以看见，勃勃生机重又回到了这幢房屋。就好像五百片树叶刹那间在这棵再次迎来居民的树上搭建起它们美妙的绿色帐篷。现在，暴风雨可以来了。人们感觉到青春、生命，明天即将在一个崭新的太阳底下闪耀光芒的生命就在这里。天空中云遮雾罩，下雨了。然而，树木却没有收起它蔚为壮观的绿叶，在雨天没有光照的晦暗气氛中，树叶也许会显得更加翠绿，一直绿到树叶的边缘，仿佛从里面迸发出一种光芒，一种生命，一个它们身上藏匿的夏季，对这浓艳而又匀称的翠绿感觉灵敏的树木让雨开怀大笑，信誓旦旦地许下诺言，待乌云散去之后，太阳再现蓝天，阳光洒满路径，围绕着阴影的散步会重新开始。这个灰暗的白天几乎比金光灿烂和湛蓝的白天更加美好，因为有披挂树叶的树木给人带来强烈的快感。鸣禽仍然在继续啼唱，在这个雨天里，鸟儿出乎意料而又无伤大雅的歌声打破了宁静；犹如阴暗中悄悄散发幽香的花朵，这种香味要比大白天滚烫的太阳逐渐暴晒之下的花香更令人回味。沉浸在幸福之中，茫然的焦虑更是一种享受，忧郁也比幸福更加令人迷醉。常常有这样的事，当大雨迟迟不下的时候，鸣禽通常会一分钟不停地重复着同样的啼鸣，结果却像一个人自说自话，不断地重复着简短的祈祷那样令人疲惫；有时，一个沉闷的语句可以让人感觉到一种迷茫的骚动逼挤下鼓胀的咽喉。在其他人看来，鸣禽的啼叫声是如此的尖利刺耳，以致让人怀疑它们是否弄痛了自己。白天仍然炎热。午饭后只能稍微走一走。如果想要在烈日当空之下喘过气来，就必须试着去一里之遥，另一个行政区的小树林。小时候，您永远无法走到那里，您对那个地方的人的生活想入非非，他们有时会在星期天来到您的小城镇，硕大的帽子和头饰底下流露出陌生的神情，他们生活在充满清泉和紫罗兰的小树林，那是一个您从未见过的必定凉爽的美好地方。走到他们最近的住宅大概要花费两个多小时。下午动身的时候，天气已经不那么炎热，抵达那里已是傍晚时分，那个地方显得愈加美丽，愈加神秘，愈加清新。我记得在我很小的时候，有一天，我被人领到卢瓦河的源泉旁边。那是一个长方形的小小洗衣池，成千条小鱼聚集在里面，好似一团黑簇簇、微微蠕动的东西围着人们扔下的最细小的面包碎屑。洗衣池周围有一条结实坚硬的小路，泉水和卢瓦河全都不见了踪影。沿着这条看不见泉水和卢瓦河的小路走上两里地，卢瓦河的源泉就在那里汇入伊利耶尔^①宽阔优雅的河流之中。我不明白为什么从这个小小的洗衣池底下前赴后继地涌现出来的小水滴，就像不断换水的玻璃鱼缸中看到的水珠，居然会是卢瓦河的源泉。然而，卢瓦河与这个小小的洗衣池之间缺乏任何联系，水池旁边任何时候都拉着禁止我触摸的绳索，这更增加了我对这个地方的神秘感，使之具有某种与自然生活的起源相关联的不可思议特征。在我眼里，从某种同样抽象、几乎同样神圣的意义上来看，这个充满蝌蚪的水池底端点点滴滴冒出来的泉水就是卢瓦河的源泉，正如某种图形对罗马人来说象征着河流。我隐约地感觉到，络绎不绝地前来此地浣衣的妇女之所以偏爱选择这里甚于其他任何地方，原因在于这里的泉水既出名又神圣。

---

① 法国厄尔-卢瓦尔省的地名。

诗或神秘的法则 [1]

侦探一动不动地站在那里绘制平面图，好色之徒在窥视女人，体面的男人停下脚步察看一幢新建筑或一项重要的拆建工程的进展。然而，诗人却停留在那个体面的男人不屑一顾的任何东西面前，以至于让人怀疑他是恋人或侦探，他似乎对这棵树打量了很久，他也确实在打量这棵树。他停留在这棵树面前，充耳不闻外界的嘈杂声音，再次重温他刚才的感受，在这个公园的中央，草坪上孤零零的这棵树出现在他的面前，树枝末梢上的一簇簇白花就像解冻之后留下的无数小雪球。他停留在这棵树面前，他要寻求的那种东西无疑已经超越了这棵树本身，因为他再也体会不到他先前的感受，继而他又突然间重新感受到先前的感受却又无法将之进一步深化。大教堂里的一位游客在血红色的尖形玻璃前面驻足欣赏似乎合乎情理，艺术家在彩绘玻璃窗的木质分枝或狭小空隙之间安装了成千上万块这样的玻璃，他将这些血红色的尖形玻璃按照绝妙的对称法镶嵌在墙

---

① 首次发表在《新杂集》上。普鲁斯特在这篇匆匆写就的文章中表明了他在创作《让·桑德伊》时对文学创作问题的关注。——原注

100

上。然而，诗人在这棵树面前停留一个小时并不合乎情理，他在打量这个叫作重瓣樱桃树的物种，他想知道这个物种无意识而又明确的建筑意图在春天来临之际是怎样安排这无数凹凸有致的小雪球的，尚未凋谢的花朵在黑暗中从这棵树无以计数的枝杈间散发出淡淡的幽香。

诗人在审视这棵重瓣樱桃树的同时似乎也在审视自己，他自己身上的某种东西有时掩盖了他从中看见的东西，他不得不等待片刻，就好像一个过路的行人暂时遮住了重瓣樱桃树让他不得不等待那样。诗人倾心的也许就是丁香花从每个淡紫色的塔尖散发出来的源源不断的清香；他刚才暂时后退是为了更好地感受这种清香。他再次闻到了这种香味，丁香花始终默默地带给他同样的芬芳。他盯着看居斯塔夫·莫罗 [①] 的《年轻人与死神》是白费功夫，那个年轻人既不会对他说一句话，也不会变换一种新的表情。在这些东西面前，他就像那个不断地反复阅读课本、却又找不到人们向他提问的答案的大学生。他可以不断地反复阅读课本，可他眼皮底下的课本还是老样子。他不应该指望从课本中找到结论。当他打量一棵树的时候，行人却停下脚步打量一辆华丽的马车及其随从或珠宝商的陈列橱窗。一旦诗人从他自身的神秘法则中感受到所有事物的美，他就会兴高采烈地去体验这种美，立即让我们发现这种美的妩媚可爱，

[①] 居斯塔夫·莫罗（Gustave Moreau，1826—1898），法国象征主义画家。他的绘画主要取材于基督教传说和神话故事。

用一小部分神秘法则向我们展示这种美，那是通达神秘法则的一小部分，他即将描绘的一小部分，他拜倒在这些神秘法则脚下并且正面描绘这些神秘法则，诗人兴高采烈地体验并且让人领略所有事物的美，无论是一只玻璃水杯还是一些钻石，无论是一些钻石还是一只玻璃水杯，无论是一片田野还是一尊雕像，无论是一尊雕像还是一片田野。人们从夏尔丹的绘画中看到的不仅是布尔乔亚的一顿家常便饭的那种美，人们还可以想象诗能够存在于粗茶淡饭之中，于是人们在看到首饰的时候便掉转眼睛。然而，在读过《印度王公的钻石》①或看见居斯塔夫·莫罗的绘画之后，人们又把钻石和宝石当作同样美的东西来追求，看见居斯塔夫·莫罗的绘画之后，人们以为这些东西只有在它们的自然状态中才能显示出美，正如田野中的鲜花和生龙活虎的动物，人们蔑视一切种类的艺术品，将艺术品留给毫无想象的富人。在看见居斯塔夫·莫罗的绘画之后，人们开始爱好奢侈豪华的衣饰，爱好那些远离其自然美雅、被当作象征看待的东西，乌龟被写进抒情诗，前额上紧束着的鲜花被当作死亡的象征，人们以为一尊雕像会糟蹋一片田野，因为人们希望沉浸在真正的田野之中。人们感受和向往艺术天地的美，那里的悬崖峭壁上耸立着一尊尊雕像（正如莫罗的《萨福》中那样），喜欢将各种经过诗人思想加工的东西当作理性的形式来欣赏，这

---

① 罗伯特·路易斯·史蒂文森（Robert Louis Stevenson，1850—1894），苏格兰小说家、诗人与旅游作家，也是英国文学新浪漫主义的代表之一。《印度王公的钻石》是他的短篇系列小说。

些东西在诗人的独自安排下接二连三地出现，从围绕雕像的鲜花到雕像，从雕像到路过雕像的女神，从乌龟到抒情诗，而女人胸衣上的鲜花几乎等于是首饰和衣料。

诗人的思想充分体现了这些神秘法则，当这些表现日渐明显强烈，严重脱离他的思想基础时，它们就会渴望离他而去，因为能够经久不衰的所有一切都渴望离开脆弱枯朽，今天晚上就会腐烂或者再也不能让它们重见天日的所有一切。因此，每当人类感觉到自己足够强壮并且还有一条出路的时候，人类时刻都想躲在囊括了人类全部内容的一个完整的精子里面，避免成为也许今天晚上就会死去、也许无法完全容纳人类的那个人，那个人承载的人类（因为他是沦为俘虏的人类的依靠）也许不再足够强壮。这就是诗之所在，当诗感觉到自己足够强壮的时候，渴望逃避也许今天晚上就会死去的这个老朽，在那个人身上（因为他是沦为俘虏的诗的依靠，他会变得病态或心不在焉，成为不太强壮的凡夫俗子，在享受中消费他随身携带、在他自己的某些生存环境中日趋衰败的这种珍宝，因为他的命运仍然与诗的命运密不可分），诗不会再有这种能够让他全面发展的神秘力量，它渴望以作品的形式逃避那个人。在诗如此渴望得到传播之时，请看诗人是怎么做的：在拥有可以倾泻诗的词语容器之前，他不敢传播诗。如果他遇到一位挚友，对某种肉体享受听之任之，诗就会失去自己的神秘力量。诗会由于已经找到少许含糊的话语而几乎得以脱身，毫无疑问，重复这些话语总有一天会让他感受到诗的力量，毫无疑问，如果他将诗隐藏在这些话语底下，就像把钓到的一条鱼隐藏在草丛底下那样，他也许就能重新创作诗。当关在一间屋子里的诗人开始传播诗的时候，他的思想每时每刻都向他抛出一种有待复活的新形式，一种有待灌装的羊皮酒袋，多么令人晕眩的神圣事业！此时此刻，他在用自己的灵魂换取普遍的灵魂。他的身上完成了这种伟大的转换，如果您走进去，强迫他重新成为他自己，那对他又是怎样的打击！您会发现他在那里神情迷惘，沦为前所未有的骚乱的牺牲品。他莫名其妙地看着您，然后朝您微笑，甚至连一句话都不敢说，他在期待您再次走开。他那迟钝的思想就像困在海岸上的海蜇，如果没有潮水涌上来将它卷走，它就会死在那里。您可以寻找他自我封闭的原因，可您从中根本看不见受到您打扰的那个神情迷惘的犯罪同谋。那又是为什么？难道受害者在您走进来的时候就消失不见了吗？原因在于他只在自己身上下功夫：当您找到他的时候，另一个人已经不在那里了；正如您在寻思海德究竟对杰克尔做了什么：当您看到杰克尔的时候，海德已经无影无踪，当您看见海德时，杰克尔已经踪迹全无[①]。您始终只能看见一个人。

　　每当人们不把诗人与神秘的法则联系在一起，让他感觉到贯穿他和所有事物的是同一种生活的时候，他并不感到幸福。然而，这种事情经常发生，因为每当他用同一种无动于衷的方式寻找某种东西，旨在让他的个性从内向朝外向转变的时候，

---

① 指史蒂文森的小说《化身博士》（1886 年）。——原注

他就不是那个部分的他：那个他能够与全世界的美沟通，就像在电话间或电报间里那样。

直到他不再了解他天性中的这份财产，换句话说，在所谓的乐趣不再给他带来任何东西的那个年龄，他觉得生活非常凄惨。到了后来，他就不再寻找幸福，除非是在他看来确实存在的这些高尚时刻。所以，在利用他曾经有过的每个机会将他对神秘法则的感情形式化之后，他就可以毫无遗憾地死去，就像昆虫在产下了所有的卵之后从容赴死那样。让诗人的身体在我们面前变得通明透亮，让我们得以窥见他们灵魂的既不是他们的眼睛，也不是他们生活中的事件，而是他们的书，恰恰是来自他们灵魂的那种东西在书中出于一种本能的欲望，希望自己经久不衰，从自身中摆脱出来，在他们的老朽躯壳中苟延残喘。我们还看到，诗人不屑于写出他们对这样或那样的事物，对这本书或那本书的尽管是如此非凡的观点，他们懒得记录亲身经历的奇异场面以及从熟悉的王公那里听来的历史性话语，这些东西本身十分有趣，甚至会让女管家和厨师的回忆录令人好奇。然而，对于他们来说，写作更多是为某种生育能力而保留的专利，一种特殊的欲望向他们发出写作的邀请，而他们对此根本无法抗拒。其他种类的写作只会削弱这种生育能力，尽管听说过关于这样或那样艺术作品的那些人会惋惜这些更加光彩照人的东西并非出自他们之手。然而，（这个对象）正是这些作品的精华之所在，其中不乏离奇古怪而又不可理喻的因素：毫无疑问，由此便产生了与他们所依赖的一切种类的再创作休戚相关的欲望，可它并不依赖于表面上更加非同凡响的思辨，但是他们事先知道这些思辨其实并不那么非同凡响，或者不那么具有个性，正如人们所说，由此可见，他们对此的思考缺乏这样的魅力，在写作的同时，这种乐趣与个人储存和再创作（与此相对应的是心智上的健康体魄与爱情）息息相关，比如他们喜爱的东西：城镇里浓荫如盖的公园广场的清新凉爽，一位智者手中的钻石闪烁的光焰，改变个性和带来幸福的酒精含量多少有点高的饮料，不久前新搬来小镇定居的外乡男人，没有人知道他来自何方，可他却是个举足轻重的人物而且混得不错，他从前犯下的罪行仍然留在人们以为已经遗忘的那个同谋的记忆中，这些罪行再次重演，有可能损害您的名声，赋予曾经消失在所有习惯的变迁和美妙的普遍看法之中的各种悔疚以某种能量。您前去拜访一个伟人，甚至欣赏他深邃的眼睛，您从中看到的所有东西不会比打量一个恋人的眼睛，甚至听见他说"她真美"时看到的所有东西更多，您可以想象其中交织着独特的魅力和各种梦幻，那是他用灵魂中对这个女人绽放的爱编织出来的。

灵感的衰退 ①

　　所有体验过所谓灵感的人都熟悉这种突如其来的热情，那是一个美妙的念头降临在我们身上的唯一标志，灵感的突然降临促使我们快马加鞭地紧随其后，词语立即变得透明富有弹性而且彼此互相呼应。对此有过一次体验的那些人都知道，没有必要阐述对我们来说是如此准确的每个观念，在我们看来是如此精巧的每个构思，他们期待激情在我们身上重新燃烧，那是值得称道、能够在晚些时候将其他的心灵投入同样的激情的唯一标志。可悲的是，在这个激情不再重新焕发青春的时代，我们枉费心机地从每个降临在我们身上的念头中期待这种热情，重新焕发青春的头脑仿佛消除了所有的隔阂，我们面前不再有任何障碍和限制，我们的全部本体仿佛是某种有待注入模具的岩浆，被浇铸成随心所欲的形状，属于我们的一切荡然无存，不再成为阻碍。因为我们能够在我们的创作中保留我们的美雅，这种美雅仍会取悦于我们所爱之人，正如在我们面带温柔和

---

　　① 　首次发表在《新杂集》上。这篇文章大概写于《让·桑德伊》创作时期。尽管普鲁斯特仍然年轻，他还是唯恐灵感不会持久。——原注

优雅的时候，我们的眼神就能让人指认出来："那就是他。"也许我们在跟朋友交谈时，通常也会带着技艺高超的熟络和唯我们独有的表达方式。我们可以把这些东西保留在我们的创作中。因为作为神秘的造物，赋予一切以唯我们独有的某种形式，我们具有这样的禀赋，而且我们无疑保留了这样的禀赋。众所周知，像这样的篇章写起来毫无激情可言，让我们身心愉悦的极少数念头不会萌生出其他的念头；地球上所有的判官都会对我们说："这就是你们写出来的最好作品。"而我们则会忧伤地摇头，因为当时的那种奇异力量只用了一分钟的时间就让我们不可重复地写出了这一切。毫无疑问，在最后的这首协奏曲中，仍然回荡着人们喜爱和熟悉的音调，然而，一个念头再也不会萌生出成千上万个念头，而这样的素材既无价值又极为少见。即便这些让鼎盛时期的大师陶醉的作品能够继续让其他人陶醉也无济于事，对于大师来说，这根本算不了什么。他日益憔悴，每况愈下。

然而，就在这个时期，冬天不再给他留下任何印象，因为在他的眼里，如今的岁月彼此相似，季节的神秘力量再也没有让他邂逅令他激动的任何神秘力量，您瞧，在这个离他很远的省城中，有两个军官也许以为他已经死了，因为没有人知道究竟，他们在约会，而其他的人在散步。他们坐在钢琴前面。于是……

波斯人信札及其他：沙龙中的喜剧演员（一）①

贝尔纳·德·阿尔古弗
致弗朗索瓦丝·德·布勒伊夫

　　　　　　雷斯·布瓦弗里斯厄，罗歇昂马什②

我亲爱的：

　　我的爱人，你让人送来的这些奶油乳酪美味可口。我真心希望你在看见我咬碎奶酪上的草莓时恰到好处地制止我，品尝鲜红的草莓无须具备擅长色彩的画家的经验和美食家的直观感知！你一定要知道是什么让我嫉妒吗？这样做未免有点不太好吧。你说你不会怨恨我，可我心里十分明白，你会怨恨我的！接着你会说："这个是谁告诉你的？"可我不能出卖我的那些密探，当然

---

① 普鲁斯特的这篇仿书信体文章发表在一八九九年九月十九日的《通讯报》上。——原注
② Rocher-en-Marche，直译为"前进中的岩石"。此地名不见于他处，恐系作者杜撰。

109

我也不愿意这样做，因为你很清楚我并没有派人盯你的梢。

　　街上还有行人路过。这也没有什么可以大惊小怪的，然而，这有时足以带来许多痛苦。自从我的姊妹对社交活动的爱好和你生活中的职责把我们俩一个打发到都兰，另一个派到北方开始，天晓得是出于哪种地理上的需要，要在法国的两端设下先是连接在一起、共一个河床的两条河流，我不知道怎么对你说才好，只有去阅读《旅行与度假名胜》，这让我备受打击！当然了，在这里收不到《费加罗报》，不过，有《高卢人报》第四页就足够了。那是一种忧郁的读物。每当我看见对你可能会有诱惑、动身前往安德尔-卢瓦尔省的某个男人的名字时，我就会感到痛心难过！当我读到这样的字句："在都兰人的记忆中，人们从来没有像今年这样尽兴；节日接踵而至，接连不断，"看到图尔纳福尔打扮成猴子，德·蒂昂热小姐化装成煤气灯时，我并不为此感到震惊。然而，一些客人的名字——如果您曾经就在晚宴现场——让我禁不住想哭。最后是传统的结束："德·图尔纳福尔伯爵和德·蒂昂热小姐领衔的终曲舞无比欢快、活力四射，黎明时分，曲终人散，非常高雅的女主人答应，紧接着这个极为风雅的节日之后：明天赛马，等等。"即便知道那是老生常谈我也无可奈何，我对所有这些让女主人答应紧接着再给我换一种新酷刑的卑鄙客人勃然大怒。

　　倘使我当时在场的话，我反而会觉得这一切有趣好玩，我会急不可耐地期待我们一起跳舞的翌日早早到来。我恰好遇见刚刚来自那里的波布瓦（居伊·德·波布尔）。我真想问他有关那里所有人的情况！其中的一个问题尤其让我如鲠在喉，不吐不快。蒂埃里是否在那里？我鼓足勇气，没有让这个问题脱口而出。当然了，假如我亲爱的宝贝同意由她自己来解答这个问题的话，我是不会对她横加阻拦的，也许这对她十分重要。你知道我在求你。我对您的大慈大悲坚信不疑，我好心的夫人。

怎么！你不知道博纳米是谁吗？木头脚跟啊！他还是那个联谊会的副主席。他的木头假脚给他带来了社会财富，先是给予他社交界的身份，那是人格个性不可缺少的首要组成因素。你想，如果博纳米先生双脚健全的话，他还要煎熬多少年才能让自己名列上流社会人士的名单。"我曾经跟某位博纳米先生共进晚餐，他是谁？"——"噢！对了，好像是乔治·博纳米？"——"噢！我不知道这个金黄头发的人是不是叫乔治。"——"也许吧……我也不太清楚。"任何钉子都无法将这个滑头的落魄流浪汉牢牢地固定在沙滩上，于是，准备迎接他的记忆海岸又重新将他扔进怀疑的潮水和辽阔的未知之中。博纳米用不着经历这第一个阶段，他的残疾犹如士兵的伤痕让他迅速晋升。如果有人犹豫片刻："博纳米·雅克？"——"雅克我不认识，可我知道木头脚跟，不就是有一只木头脚的那位先生吗？"——"噢！对了，正是他，那就是博纳米，埃斯库福拉克·拉托尔纳家族的一位了不起的朋友。"

可这还不算完。博纳米还是风度翩翩的美男子，正如人们所说的那样，拖拖拉拉的步态就是其中的一个重要组成部分（看上去像是"天生的"），他行走时轻微的踌躇，他那只风情万种的木头脚博得了女人的同情，甚至引起她们的好奇，就像轻微的斜视，佩戴得体的单片眼镜要比直视的目光和明亮的眼睛更具独特的美。在一条无可挑剔的长裤底下，有一只小小的漆皮高帮皮鞋里装着一只木头脚，看似潇洒、优雅缓慢的不均衡步态出卖了这个真相，那就叫独具一格，对于一个女人来说，一种瑕疵几乎就是得到宠爱的许诺，人们无从想象无情的缓慢和人为的资源也能赢得宠爱（我毫不忌讳对你提及这种事情，因为我知道你只喜爱天然的东西）。十年前，如果有人对所有附庸风雅的小女人说："我无法理解一个女人会爱上一个有着一只木头脚的男人。"她们会无比轻蔑地回答说："没有人像他那样漂亮潇洒。"言下之意："包括双脚健全的您！……"

然而，一位伟大的女艺术家如果没有音语调上的缺陷，她的崇拜者还会同样爱她吗[1]？不过博纳米在女人中间遇到了对手，他的这些对手腿脚灵便，喜爱漂亮的马车和仆从的老一套把戏，他们不理解为什么人们卖掉马车购买汽车。要知道，他曾经娶过德·图尔纳福尔老公爵的一个侄女！可以肯定的是，这个女人出生于埃坦普，结婚不久就死了，她好像再也不用忍受博纳米的魅力了，而那些仅仅看见他深思熟虑的步态的少妇却花枝招展地在赛马场上恭候他的到来。可惜啊！这些事情对我们的内心逐渐失去了其独特的吸引力，总之，在他的妻子看来，这个漂亮潇洒的美男子并不存在，因为她看见了他的脓

---

[1] 　指萨拉·伯恩哈特（参见《让·桑德伊》）。——原注

疮，对迟到的恐惧，大清早让自己返老还童的染发剂。

你不是抱怨苍蝇吗？我们这里也有许多苍蝇；可我喜欢听见房间里苍蝇的营营声，放下窗帘是为了隔热。

夏季的感受奇妙非凡，因为只有夏天才能给我们带来这样的感受。美妙如歌的岂止是红喉雀在露天的合鸣和夜莺的啼啭。苍蝇的营营声才是夏季的室内乐。听见这种声音就足以寻回整个夏天。苍蝇令人联想起夏天，它们不仅是对夏季诗意的概括，而且还宣告夏季的来临。你知道吗？大热天躺在床上，苍蝇在身上漫步，那该有多美。你试试。我希望你会因此回想起至少是美好的某种东西。

贝尔纳

原文与抄件相符

马塞尔·普鲁斯特

波斯人信札及其他：沙龙中的喜剧演员（二）^①

贝尔纳·德·阿尔古弗
致弗朗索瓦丝·德·布勒伊夫

　　　　　　　　　　阿姆斯特尔旅馆，阿姆斯特丹

我亲爱的：

　　多么不可思议的一个星期！首先，德·图尔纳福尔夫人看到在圣克洛水边举行节庆的预告，她打算带我们去那里，你也一定从所有的报纸中听说了这个消息。顺便说一句，在那里，我认出了我曾经在你堂姐家里看到的那幅画像的原型。你还记得那幅画像吗？虽然那是于贝尔·罗伯特^②一个世纪之前画的圣克洛大喷泉，可如今看起来仍然非常逼真。我感受到了远处环绕喷泉的丘陵呈现出来的古老魅力，位于中央的大喷泉在风吹日晒中微微颤动，就像一片巨大的洁白羽毛。我认出了

---

① 普鲁斯特的这篇仿书信体文章发表在一八九九年十月十二日的《通讯报》上。——原注

② 于贝尔·罗伯特（Hubert Robert, 1733—1808），法国画家，以描绘"废墟之美"而著称。他绘制了很多古希腊罗马废墟的作品。

这喷泉，正是它，那何止是在漫长而短暂的生命过程中不断更新的流水。喷泉丝毫没有失去它的轻盈和清新，在间歇性的喷射和似水柔情中傲然挺立，摇曳着骚动和呢喃的羽冠，金黄的太阳为它镀上了一片美丽的云彩，上升的喷泉每次都会穿越云层，准确地说，喷泉似乎在这种看似静止的层层攀缘中将溅落的细小水花迅速地射向水池，就像打渔的沉子，在水池中荡漾出唯其独有的涟漪，轻微的水声加深了随之而来的寂静，更加协调的水柱再度喷射的声音在寂静中隐约可闻。空中飞溅的小水珠最终无力地重新坠落下来！这一切是多么的迷人可爱。

继而我们得知，在安特卫普举行的凡·戴克画展即将结束；老图尔纳福尔坚持非去那里不可，于是我们径直来到阿姆斯特丹，我就在当地的一个房间里给你写信，从这个房间可以看见运河，硕大的海鸥缓慢地扇动着它们的巨大翅膀迅速飞过，仿佛在街道和广场的角落寻觅、闻嗅和感受大海，把某种海洋的气息切实地带给这座城市，它们的本能似乎告诉它们，大海就在底下：海鸥在这里翱翔，就像在波浪上和海风中那样，带着它们不知疲倦的焦虑，它们的力量和它们熟知的元素中所蕴含的那种欢快的醉意，用它们的喊叫来吮吸和致意。

对于一座城市来说，这些鸟类是多么美妙，它们是翱翔着的纹章！不过，我想说的是你和你的信，我从你的信中发现，我的宝贝真是博学多识，竟然会从十八世纪引经据典，这让我感到非常骄傲。你教我去爱，我通过你了解的那些东西，我们从彼此相爱中得到的所有这些馈赠，对我来说就像闪烁着往日温馨的辉光，佩戴起来美妙无比的首饰那样弥足珍贵。天哪！在这个被我疯狂地称为我的弗朗索瓦丝的女人身上竟然有这么多近在我眼前却又不为我所知和我无法控制的东西，可我更喜欢亲自从你身上发现的这些东西，在疲惫和猜疑的时候，它们就像是对不复存在的爱情的一种看得见、摸得着的抵押。

你还记得那天你背诵我教给你的诗句的情形吗？我从来没有像当时那样爱你。请听来自勒蒙多尔的这封信，它像不像你的信和你在奥弗涅、勒蒙多尔和鲁瓦耶的客栈所说的那些话："大家都这样跟我打招呼：夫人身体有恙吗？这样的话使让我不胜其烦，尽管我对此信以为真。水边人山人海，这让我十分沮丧。一大群饥饿的跳蚤将我的眠床变成了地狱。（……）我想看一看散步的地方。人们给我指出十几步远的一个令人讨厌的地方。我回来时比我出去时更加忧伤。我趁着有人动身离开的机会提升了住房的档次，来到一个至少在勒蒙多尔还算过得去的可以烤火的房间，面对供人饮用的喷泉。""趁着有人离开的机会！""有人动身离开！"您还不知道吧，弗朗索瓦丝，我们入住的客栈的看门人对我们说话时用的就是这个字眼："这个星期有许多人要动身离开。"

这封来自勒蒙多尔的信写于一八〇三年八月。看门人没有想到他竟然使用了德·博蒙夫人的措辞。因为这是后者在写给儒贝尔的信中的措辞。是的，就是她，"赫库兰尼姆古城残破的轮廓无声无息地在空气中流淌。"① 那个波利娜·德·蒙莫琳② 酷似我的宝贝，正因为如此，我在很长的一段时间里叫你波利娜，因为我不敢用弗朗索瓦丝称呼你。那是她的名字而不是你的名字。对于我来说，仍然用这个名字称呼你，触摸你的翻版，这就等于走完了一半的路程。更何况她从前说"动身离开"并不是为了让你惊奇，正如人们今天所说的那样。

因为我的小女生知道，一切都很少改变，她比一个老学究更熟悉亚里士多德的篇章，为了证明男人不能同时体验不同类型的乐趣，他列举了这个例子："当戏文拙劣、兴趣锐减的时候，人们开始在包厢里吃糖。"我知道德·博蒙夫人在其他地方还有一个房间，可恶的小说家 X 就居住在那里。正如城堡导游所说："这是玛丽·斯图亚特下跪的地方，这也是我现在存放扫帚的地方。"你向我讲述的奥弗涅小说十分优美。一八〇三年在勒蒙多尔客栈出品的小说《阿达拉》③ 比如今的小说更有价值。德·博蒙夫人寻求延年益寿是为了将自己的生命献给夏多布里

---

① 赫库兰尼姆古城（Herculaneum），位于今埃尔科拉诺，面向那不勒斯湾，是公元七十九年被南意大利维苏威火山爆发作造成的火山碎屑流所摧毁的古城。

② 波利娜·德·蒙莫琳（1768—1803），路易十六的一位部长的女儿，一七八六年嫁给德·博蒙伯爵。——原注

③ 热恋之中的波利娜模仿夏多布里昂的《阿达拉》写作的一部小说。夏多布里昂的小说《阿达拉》发表于一八〇一年四月二日；不久波利娜便租下萨维尼的这幢房子；夏多布里昂在五月份与她在这里相聚，并且一直住到秋天。——原注

昂。两年前，她在萨维尼租下一幢房子，好让他在那里安心地完成《基督教真谛》。夏多布里昂已经开始欺骗她，让谢纳多莱写信告诉德·博蒙夫人，说他没有离开阿维尼翁，而当时他却在布列塔尼的德·夏多布里昂夫人身边，他已经有十年没有跟她见面了。

　　然而，人们却让她明白了这一点，从他写的书来看，他现在是一个非常虔诚的基督教作家，他不至于在生活中藐视一桩像婚姻那样的圣事。德·博蒙夫人离开勒蒙多尔前往罗马寻找成为外交界巨大丑闻的那个人，在她寿终正寝之后，有一天，那个人居然胆敢声称，他在认识雷卡米埃夫人之前没有体验过真正的恋情。多么无聊！我有许多事情要告诉你，如果我不就此打住的话，这封信就无法发出。明天我会写信告诉你有关德·蒂昂热先生以及其他许多事情。后天我将回到布瓦斯费里兹尤。结果是一场疯狂。你可以想象拉佩纳暴跳如雷是因为没有预先得知那是一个阴谋，或至少是一个所谓的阴谋。他会为此付出沉重的代价并且在那里与显贵攀上关系。

　　王公们应该敲打那些附庸风雅的人，而不是向他们的同党请教。人们可以为阴谋出力，正如人们为慈善拍卖出力。在许多人看来，改变政府的形式无关紧要，除非这样做能够让他们得到打猎的邀请。他们对回到君主政体嗤之以鼻。你真的以为他们会对在你家里重新兴建大教堂感兴趣吗？他们希望应邀参加你的盛会，为阴谋出力就像为拍卖出力，人们在慈善拍卖中

更关心女施主的素质而不是拍卖的收益。如果你见到亲王，请
代为致意。

你的贝尔纳

原文与抄件相符

马塞尔·普鲁斯特

三、世俗人生

一个具有历史意义的沙龙 ①

玛蒂尔德公主殿下的沙龙

有一天，路易–拿破仑亲王 ②，如今的俄罗斯军队将军，在贝里街的沙龙里第一百次向几个知己表示他想进入军界的欲望，他的姑妈玛蒂尔德公主对此深感忧虑，唯恐这种志向会夺走她最挚爱的侄子，她对在场的人大声叫嚷道：

"真的吗？怎么就这么固执！——不幸的是，这不是理由，因为你的家族已经出过一个军人了！……"

"他的家族已经出过一个军人了！……"必须承认，这让人轻易联想到他与拿破仑一世的亲戚关系。

其实，玛蒂尔德公主的精神风貌中最动人的特点也许莫过于她谈论与出身等级有关的一切时的那种爽快。

"法国大革命！"我听见她对圣日耳曼郊区的一位贵妇人说，"要是没有法国大革命，我也许会在阿雅克修大街卖橘

---

① 这篇文章发表在一九〇三年二月二十五日的《费加罗报》上，作为《巴黎沙龙》系列中的一篇。普鲁斯特用的是假名多米尼克。——原注

② 热罗姆亲王的小儿子（1864—1932）。——原注

子呢！"

这种得意的谦卑和直率，她近乎庸俗的尖酸刻薄的表白让公主的话语中带有一种既独特又略显青涩的那种妙趣横生的味道。我永远忘不了她回答一位妇女时的那种诙谐而又粗暴的语气，这个女人问她：

"我冒昧地请教殿下，公主王妃是否会与我们这些普通的布尔乔亚女人有相同的感觉？"

"我不知道，夫人，"公主回答道，"您不该对我提这种问题。我又不是神权的化身。"

从公主的眼睛和微笑里，从她待人接物的所有方式中流露出来的一种极度的温情冲淡了她身上的这种有点男性化的粗鲁。为什么要分析这种待人接物的魅力呢？我宁愿试着让您感受一下公主会客的情景。

请您随我一起去贝里街，千万不要耽搁太久，因为那里的晚宴不会很晚开场。

晚餐很早就开席了。也许不会像阿尔弗莱德·德·缪塞到来的那个时期那样早，他生平只有这么一次在公主家用晚餐。大家等了他一个小时。当他大驾光临的时候，晚餐已经进行到了一半。他烂醉如泥，一言不发，从餐桌起身离开晚宴。那是他留给公主的唯一回忆。然而，直到今天，那里还是全巴黎邀请客人七点半前来用晚餐的少数府邸之一。

晚餐后，公主来到小客厅，坐在一张宽大的扶手椅上，从外面看进来，椅子在右面，而且是在屋子的最里面。从大厅看去，这张扶手椅反而在左面，而且面对着刚才招待客人饮料的小房间正门。

此时此刻，晚上邀请的宾客还没有到。这里只有用过晚餐的客人。公主身边有常来光顾贝里街她家晚餐的一两位常客：风趣得如此潇洒而又潇洒得如此风趣的贝内岱蒂伯爵夫人，拉斯波尼小姐，公主的亲随埃斯皮纳斯夫人，备受众人爱戴尊重、才华出众的《巴黎杂志》主编的妻子冈德拉克斯夫人。

餐桌上坐在公主左边的冈德拉克斯先生这会儿翻阅的可是《巴黎杂志》？刻板的夹鼻眼镜遮掩了他和蔼可亲的眼睛里细微的表情，黝黑的长髭须看上去威风凛凛。

皮雄先生刚才打开的可是他自己的那本《不列颠杂志》？他的单片眼镜架得四平八稳，纹丝不动，显示了佩戴眼镜的那个人在晚会开始之前阅读这篇文章的坚定决心。

在这同一张餐桌上，在晚餐之后与会客之前的放松间歇，人们经常看到一个年纪很大、模样年轻的小老头，他的脸颊像孩子般光鲜，一头短短的银发，穿着极为考究，他的谦恭礼貌体现了他在待人接物上的细心谨慎。那是贝纳岱蒂伯爵，法国现任和历任柏林大使的那位伯爵（一八七○年他还来过这里）的父亲。他是一个真正的才子，风度优雅无懈可击，两年前，他的死曾经让公主深感忧伤，他每年都在公主身边度几个月的时间，抑或在巴黎，抑或在圣格拉蒂安。

也是在这个时期，公主的一个莫逆知己难得来到公主家里，他专以头脑简单地牺牲自己来博取大家的欢心，可他仍然不失

125

为上流社会的佼佼者。天真幼稚到一定的程度就会变成可笑滑稽，在那些以自己的方式从他的讲话中取乐的老谋深算之徒的心目中，公主这位朋友的价值就在于他的天真幼稚。

一个雪天的夜晚，公主在晚餐后对她的一位朋友说："我亲爱的，既然您一定要走，那就请您至少带上一把雨伞。虽然现在雪已经停了，不过这雪还会再下的。"

"用不着雨伞，不会再下雪了，公主。"这个人打断了公主，因为他喜欢插嘴，"不会再下雪了。"

"您怎么知道的？"公主问道。

"这个我懂，公主，不会再下雪了……不可能再下雪了……有人撒过盐！"

大家都忍不住笑了起来，可那位朋友却说：

"再见了，公主，我明天再打电话给殿下向您领教殿下的消息。"

"啊！电话，多么美妙的发明！"这位技艺高超的插嘴者感叹道，"那是有史以来的绝妙发明……（同时又唯恐有所失实）当然啦，是自从旋转餐桌发明以来！"

我不知道这个可爱滑稽、风趣诙谐得不由自主、此时此刻有点与世隔绝的人当天夜晚是否留在了公主家里。

然而，他却在那里大出风头，他出人意料的插嘴，他深思熟虑之后的发现让所有的宾客充满了甜蜜的欢乐！请听他是怎么说的吧，对他十分器重的福楼拜竟然有一天为他朗读《布瓦尔和佩库歇》。

公主对如此之多的不实之词感到恼火，她有点激动地表示异议。居斯塔夫·福楼拜友人的附议更是肯定了公主的看法：

"您搞错了！"

"不会的，我确实没有搞错；"看到人们发笑的神情，他做出了这样的让步，"噢！确实是我搞错了，公主，我有点糊涂了。是我搞错了。他是给我朗读了《布瓦尔》，我对此确定无疑。不过嘛，您说得也有道理，他没有给我朗读《佩库歇》。"

我们在这些回忆上耽搁了许多的时间。公主客厅的大门已经半开半掩，即将进去的那个贵妇人——没有人知道她是谁——正在最后一次整理容妆；先生们离开了他们浏览杂志的桌子。大门完全敞开了：进来的是让娜·波拿巴公主，后面紧跟着她的丈夫，德·维尔纳夫侯爵。大家都站起身来。

在让娜公主走向公主的中途，公主站起身来欢迎让娜公主和德·特雷维斯公爵夫人，后者是同德·阿尔比费拉公爵夫人一起进来的。

每位进来的贵妇都向公主行屈膝吻手礼，公主挽起贵妇，拥吻贵妇，或向她不太熟悉的贵妇屈膝还礼。

这是大名鼎鼎的施特劳斯律师和出生哈莱维家族的施特劳斯夫人，她的才智和美貌都给人以强烈的独特诱惑；路易·冈德拉克斯先生、德·迪雷纳伯爵和皮雄先生殷勤地围绕着她，而施特劳斯先生则在神情狡黠地四处张望。

大门又敞开了，进来的是德·格拉蒙公爵暨公爵夫人，继而是至高无上的波拿巴家族，拥有帝国所有最高头衔的家族，里沃里家族，即德·埃斯林亲王暨王妃以及他们的孩子，欧仁和若阿香·缪拉亲王暨王妃、德·埃尔沁格公爵暨公爵夫人、德·拉莫斯科瓦亲王暨王妃。

这是居斯塔夫·施伦贝尔热[1]先生、巴斯特[2]先生、杜·博斯先生暨夫人、保尔·德·普塔莱斯伯爵暨伯爵夫人、乔瓦尼·博尔热斯亲王，他学识渊博，既是哲学家同时又以健谈而著称；布尔都[3]先生、德·拉博尔德侯爵、乔治·德·波托-里什先生暨夫人。

小客厅里已是济济一堂，资格最老的常客指点着去大厅的路径，关系比较疏远的宾客会带着某种腼腆羞怯去欣赏那里陈列的艺术瑰宝，就像大师眼里的小学生。

玛德莱娜·勒梅尔[4]画的皇太子肖像，杜塞画的公主肖像，埃贝尔画的公主肖像，画中的公主有着非常漂亮的眼睛，她佩戴的珍珠是如此的温馨，这些肖像让人驻足不前。

博纳[5]目光敏锐地打量着面前的肖像，精美的绘画让他眼光发亮，他与夏尔·埃福吕西互相交换对技巧的感想，后者是《美术报》的主编，撰写过一本关于阿尔布雷特·丢勒的精彩著

---

① 居斯塔夫·施伦贝尔热（Gustave Schlumberger，1844—1929），法国历史学家、考古学家。

② 巴斯特（Bapst，1853—1921），德国珠宝商。

③ 让·布尔都（Jean Bourdeau，1848—1928），籍籍无名的哲学家。

④ 玛德莱娜·勒梅尔（Madelaine Lemaire，1845—1928），法国画家，曾经为一八九六年普鲁斯特发表的第一部作品《欢乐与时日》画插图。

⑤ 莱昂·博纳（Léon Bonnat，1833—1922），时装画家，尤其精通上流社会贵妇时装。

作，他们的声音低得让人难以听清。

公主再也坐不住了。她从众人身边走来走去，迎接刚到的宾客，混迹于每个人中间，对每个人都说上一番特别有针对性的话，过不多久，当那个人回到家中时，他会觉得自己才是晚会的中心。

这个沙龙（我们就"沙龙"这个词的抽象意义而言，因为公主的沙龙先是设在库塞尔街，后来又移到贝里街）让人联想到十九世纪下半叶的一个文学之家：梅里美、福楼拜、龚古尔、圣伯夫每天都来这里，在真正亲密无间、完全无拘无束的气氛之中，公主有时会出人意料地突然现身，邀请他们共进午餐；他们没有任何文学秘密要向公主隐瞒，而公主也不会因为王族的身份而对他们有所保留，公主奉陪他们直到最后——不仅提供日常的简单服务（圣伯夫说："她的府邸就是某种美雅的内阁。"），而且还提供举世瞩目的重要服务：阻止某些迫害，解除某些偏见，提供工作上的便利，促使人们走向成功，让生活变得温馨，改变命运——人们不得不相信，上流社会的某些权贵总会对文学史产生一种卓有成效的影响，很少有女人像公主那样如此高超地利用这样的权势。

"公主喜好古典派，"圣伯夫说过，"所有的王公都喜好古典派。"

圣伯夫有没有搞错，人们不禁会产生这样的怀疑，公主选择福楼拜，器重龚古尔是否属于古典派的行为——在这个方面，她的情趣远远超过了她的同时代人和圣伯夫本人的情趣。

然而，从公主对待他们的方式中可以看出，她更多是以一个挑剔的女友的那种忠诚对待两个心仪的男人，而不是名副其实地偏爱这个人的天才，那个人的禀赋。

有多少生前默默无闻的伟大作家因此将珍贵的友谊归功于他们的内心素质和社交魅力！回首往事，我们认为是他们的天才赢得了这些友谊。

总而言之，公主的名字被镌刻在法国文学的黄金桌上。梅里美的整整一卷《致公主的书信》；福楼拜的无数信札、圣伯夫的一卷《星期一丛谈》《龚古尔日记》中善意而又巧妙的许多篇章都给予公主以最好和最高的评价。

泰纳、勒南，还有其他许多人也是公主的朋友，她晚年在泰纳的《拿破仑·波拿巴》问世之后与泰纳有过争执。泰纳对公主说：

"您务必阅读这本书，请您告诉我您对这本书的看法。"

他把这本书寄给公主。她读到了拿破仑就好像某个雇佣兵队长的那些可怕的独立篇章。翌日，她把自己的名片寄给泰纳，确切地说，是把她的名片放在泰纳夫人家中，她本应去拜访泰纳夫人，名片上写着这些简单的字母："P.P.C."（特此告辞的缩写）。这就是她的答复，意即再也不会去她家拜访。

过后不久，她又向曾经对她大名鼎鼎的叔叔恶言相向的这位作家大发雷霆。在场的若斯-玛丽亚·德·埃雷蒂亚[①]热心地

---

① 若斯-玛丽亚·德·埃雷蒂亚（José-Maria de Heredia，1842—1905），出生于古巴的法国高蹈派诗人。

为泰纳辩护，他因此得罪了公主，公主有些冲动地向他证明了她的气恼。

"殿下您大错特错了。"埃雷蒂亚说，"当您看到我站在一个不在场的朋友一边，甚至不惜与您作对，您应该反过来这样理解，这就证明我忠诚可靠，值得大家信赖，尤其是您。"

公主微笑着同他亲切握手。

公主与她的朋友之间洋溢着一种非常宽松自由的气氛，这一点在他们对"公主"的称谓中得到了充分的体现，按照礼节，他们应该称呼她"夫人"。他们不会错过反驳她和顶撞她的机会。因此，人们有点惊奇地在圣伯夫的书中读到这样的句子："她与她的兄弟——拿破仑亲王——在这一点上十分相像，如果人们可以从观察家的角度倾听他们的谈话。"

难道人们不可以这样做吗？

从细致的观察中获益的只能是公主，即使她无法从中获益又有何妨？Amicus Plato sed magis amica veritas（以柏拉图为友，更要以真理为友）！

一个艺术家只能为真理服务，对身份地位无所顾忌。他仅仅应该在自己的描绘中考虑到这一点，秉承差异化的原则，比如国籍、种族、环境。一切社会条件都各有其影响，艺术家应该怀着同样的好奇心表现一个王后的举止和一个女裁缝的习惯。

公主与泰纳、圣伯夫发生了争执。另一位法兰西学院院士在他的晚年与公主重归于好。

我想谈谈德·奥马尔公爵。

一八四一年，当公主重返法国时，她受到王室家族令人羡慕的礼遇，她从未忘记自己对王室的亏欠，她在任何时候都从来不允许别人当着她的面谈论或许有损于奥尔良家族的任何事情。

然而，帝国政府的做法就不同了：王族的财产被充公没收，尽管有玛蒂尔德公主和德·汉密尔顿公爵夫人从中周旋。不久，继拿破仑亲王的一次演说之后，人们又回想起德·奥马尔公爵写给公主的那封可怕却又绝妙的书信。

从此以后，公主似乎再也没有见过德·奥马尔公爵。实际上，他们在许多年里生活在彼此相距甚远的地方。继而，时间抹煞了怨恨，而感恩之情却没有因为时间而递减，就这样，这两位天性如此相似的编外亲王公主彼此之间产生了某种相互的倾慕，他们之所以成为人上人只是缘于他们的出身，他不完全是奥尔良家族的同党，而她也不是十足的波拿巴主义者，而他们却拥有相同的朋友，当代伟大的"有识之士"。

几年来，这些人彼此之间再三重复着亲王对公主、公主对亲王的那些客套话。最后，在小仲马的安排下，他们终于有一天在博纳的工作室中会面。

他们已经有四十多年没有见面了。四十多年前，他们既标致又年轻。他们现在依然标致，却不再年轻。

他们先是风情万种地在暗处彼此疏远，谁也不敢指出对方的变化。他们相互之间用恰到好处的语调和极有分寸的感情来表达这些微妙的差别。继之而来的是真正的亲密，这种亲密一直持续到亲王去世为止。

玛蒂尔德公主原本可以嫁给她的堂兄拿破仑皇帝，或她的堂兄俄国沙皇的儿子，如果她愿意的话，然而，她却在二十岁的时候嫁给了德米道夫亲王。

当她以德米道夫王妃的身份抵达俄罗斯时，她的姑父、曾经希望她成为自己媳妇的尼古拉沙皇对她说：

"我永远不会原谅您。"

他仇视德米道夫，禁止人们当着他的面提到德米道夫这个名字，他时常突然来到他的外甥女家吃晚饭，甚至不看她的丈夫一眼。

当他觉察到外甥女的不幸时，他对她说：

"需要我的时候，您总能找到我的；您可以直接跟我说话。"

他信守诺言：这一点，公主永生难忘。

当她以皇帝堂妹的身份返回法国时，她迫不及待地给尼古拉沙皇写信。

沙皇给她回了信（一八五三年一月十日）：

"我亲爱的外甥女，收到您那封美妙可爱的信让我感到非常高兴。这封信印证了您令人敬重和令我愉快的种种情感；按照您的说法，法国新近的好运已经找上了您，尽情享受这好运给您带来的恩惠吧；这些恩惠只有在像您这样感恩的手中才会得到妥善的安置。我很荣幸能够在其他时候给予您以援助……"

然而，克里米亚战争爆发了。

公主被夹在法国公主的爱国主义与对她姑父和恩人的

感激之间，她给尼古拉沙皇写了一封令人动容的书信，即便是最吹毛求疵的沙文主义也对此无可挑剔。沙皇的回信如下（一八五四年二月九日）：

"我亲爱的外甥女，我十分真诚地感谢您在信中向我表露的高尚情感。您永远不会随着动荡的政局而变心。对此我坚信不疑；然而，在目前的形势下，来自另一个国家的美好而友善的话语会让我感到格外的满足，在最近的这段时间里，俄国及其君主不断地遭到这个国家最恶毒的指责。同您一样，我也为不久前俄国与法国之间良好关系的终结而感到惋惜，尽管我曾经为开辟一条友好协商的道路竭尽全力。看到法国皇帝登基，我由衷地希望恢复帝制的必然后果不是与俄国为敌的对立以及两国之间的武力冲突。上天保佑，让一触即发的暴风雨烟消云散！相隔四十多年之后，欧洲注定还要再度沦为上演同样的血腥戏剧的舞台吗？这一次的结局又是什么？人类对此根本无法明察洞见。不过我可以向您保证，我亲爱的外甥女，无论局势如何变换，我对您的真挚情感一如既往。"

这两封信都曾经发表过。但是，结尾的某些细节却从未面世，甚至完全不为人所知（正如本文至此使用的一切素材）。

尼古拉沙皇对玛蒂尔德公主的真挚情感来自皇室家族的传统，尼古拉二世也不断地向她证明了这一点，只是在恭敬的程度上有细微的差异，因为后者是年轻的晚辈。

众所周知，在庆祝年轻的沙皇第一次访问巴黎期间，曾经在巴黎荣军院举行过一次仪式。

公主接到政府的邀请前往贵宾台观礼；然而，当事关拿破仑特权本身之时，她——如此简朴、对身份地位的特权如此不屑一顾的她，正如我们所见——却再次展示了她那完好无损的拿破仑式的骄傲。

她让人答复说，她去巴黎荣军院根本无须邀请，因为她有"自己的钥匙"，如果她觉得有必要，她会以这种方式去那里，这是唯一适合她、拿破仑侄女的方式。要是人们同意她以这种方式去那里的话，她就去，否则她就不去。

然而，她会"用自己的钥匙"去那里的说法意味着她打算去自己姑父的墓地，尼古拉沙皇也要去那里拜谒！……

人们还没有大胆到如此地步；然而，就在沙皇前往拿破仑一世墓地拜谒的当天早晨，公主的一位朋友——据信是海军上将迪佩雷，大清早就赶到她家，告诉她最后的障碍已经扫除，她获准"用自己的钥匙"前往巴黎荣军院，如果她觉得有必要的话。

拜谒马上就要开始了。公主仅有不多的准备时间，她随身携带了一位女友，权且充作当天的伴妇（我们不记得究竟是拉斯波尼小姐还是贝纳岱蒂子爵夫人），在接受了与她的身份相称的所有礼遇之后，她便与她的伴妇一起进入任何人都无法入内的地下墓穴。

片刻之后，沙皇与她在那里重逢，向她表示各种由衷的崇高敬意。

陪同沙皇的是共和国总统费利克斯·富尔，他被引荐给公主，他向公主行吻手礼，自从这一天起，就像其他所有人那样，他不断地展现无懈可击的圆滑手段，娴熟自如地以此将最坚定的共和主义与久经考验的爱国主义撮合在一起。

丁香庭院与玫瑰画室 [1]

玛德莱娜·勒梅尔夫人 [2] 的沙龙

如果巴尔扎克活到今天，他也许会用这番话作为一篇小说的开头：

"从梅西纳大街到库塞尔街或豪斯曼林荫大道，蒙索街是必经之途，那是以一七八九年革命前的一位爵爷命名的一条街道，过去的私家花园如今变成了公园，摩登时代显然会让他羡慕不已，诋毁过去而不是尽量理解过去，这样的习惯已经不再是如今所谓的才智超凡的思想家不可救药的怪癖，我是说，沿着蒙索街，穿过横贯的梅西纳大街来到弗里德朗大街，人们会情不自禁被一处古意盎然的别致景象和一处遗迹所打动，用生理学家的语言来说，艺术家会为之欢欣鼓舞，工程师则会大失所望。其实，蒙索街靠近库塞尔街的地方让人赏心悦目，某个地势低矮的小公馆 [3] 根本无视任何行路规则，朝着街上的人行道纵深推

---

[1] 首次发表在一九〇三年五月十一日的《费加罗报》上，署名：多米尼克。——原注

[2] 玛德莱娜·勒梅尔（Madelaine Lemaire，1845—1928）。——原注

[3] 玛德莱娜·勒梅尔居住的很"小"的公馆实际上就位于蒙索街35号。——原注

进一尺半，好让这个地方有足够宽敞的空间停泊许多车辆，带着某种傲慢的卖弄越过街沿，交通因此变得十分艰难，这种机关职员和布尔乔亚的典型做派恰恰就是鉴赏家和画家所深恶痛绝的。小公馆的体积不大，两层楼的建筑毫无遮拦地伸向街道，一个镶有玻璃门窗的大厅坐落在丁香树丛之中，丁香花从四月份开始吐露的浓郁芬芳就引来行人驻足，让人立即感觉到丁香的主人肯定是具有奇异力量的能人，所有的权势都会在这样的兴致或习惯面前俯首称臣，警察局的法令和市镇议会的裁决对这种人等于废纸一张。"等等。

　　然而，这种并不属于我们的叙述方法有着很大的弊端，如果我们在通篇文章中都采用这种手法，赋予这篇文章以一卷书的冗长篇幅，这在《费加罗报》是绝对行不通的。我们还是长话短说吧，街道上的这座公馆是一处住宅，坐落在花园中的这个大厅实际上是某个奇异能人的画室，这个人在海外和巴黎都同样大名鼎鼎，一幅水彩画的下方签着这个人的名字，这幅水彩画因此比其他任何画家的水彩画都更加炙手可热，印着这个人名字的一封请柬可贵的程度超过了其他任何女主人的邀请：我说的这个人就是玛德莱娜·勒梅尔。在这里，我要谈论的不是那位伟大的女艺术家，我不记得是哪位作家[①]说她是"继上帝之后创作玫瑰花最多的人"。她也画过风景、教堂和人物，因为她的非凡才华遍及各种体裁。我想尽快追溯这段独一无二的沙

---

　　① 据说是小仲马。——原注

龙历史，再现和回顾这个沙龙的魅力。

起初那并不是沙龙。刚开始的时候，玛德莱娜·勒梅尔夫人与她的几位同行和友人在她的画室中聚会；最早被获准进入这个画室的只有让·贝鲁、皮维斯·德·夏瓦纳、埃德华·德塔伊、莱昂·博纳、乔治·克拉兰[①]，他们前来观赏一幅画上的一朵玫瑰花渐渐地——而且很快地——呈现出生活中深浅浓淡的苍白或鲜红。当德·加尔公主、德国皇后、瑞典国王、比利时王后造访巴黎时，她们要求前往画室参观，勒梅尔夫人不敢贸然将他们拒之门外。她的女友玛蒂尔德公主和她的学生德·阿伦贝尔公主也不时来到画室。人们逐渐地了解到，这个画室中举行过几次小型聚会，在这种没有任何准备、没有任何意图的"晚会"中，每位宾客都"各尽所长"，各显其能，知己之间的小小欢聚引起的轰动胜过了最引人注目的"盛会"。偶尔在此露面的雷雅纳[②]曾经希望与同时到来的科克兰和巴尔泰在这里上演一出独幕剧，马斯内和圣桑在这里演奏过钢琴，莫里[③]甚至在这里跳过舞。

整个巴黎都想削尖脑袋钻进这个画室，却又无法一下子挤进去。在晚会即将举行之际，女主人的每位友人都身负使

[①] 皮维斯·德·夏瓦纳（Puvis de Chavannes，1824—1898）是才华横溢的画家，除了他之外的这些人都是"美好时代"的上流社会画师。——原注
[②] 当时名噪一时的喜剧演员。——原注
[③] 罗西塔·莫里（Rosita Mauri，1856—1923），西班牙舞蹈家。——原注

命，前来为自己的朋友索取一张请柬，勒梅尔夫人五月份的每个星期二都会来这里，蒙索街、伦勃朗街、库塞尔街的车辆几乎无法通行，她的不少宾客难免要留在花园里绽放的丁香花下，因为他们不可能全部留在即使是如此宽敞的画室内，那里的晚会刚刚开始。刚刚开始的晚会就在水彩画家停止作画的间歇举行，画家将于翌日大清早继续加工这件作品，精美而简洁的画面已经清晰可见，栩栩如生的硕大玫瑰仍然"摆放"在盛满水的花瓶中，在画好的玫瑰前面，它们的复制品也同样栩栩如生，与它们相映成趣。玫瑰花旁边，基南夫人的一幅肖像刚刚开头，却已经逼真得让人叫绝，另一幅肖像画的是德·拉谢弗里埃尔夫人的儿子，他出生在塞居耶家族，那是勒梅尔夫人应德·奥松维尔夫人的请求而作的，这两幅肖像吸引了大家的关注。晚会刚刚开始，勒梅尔夫人就向她的女儿投去担忧的一瞥：一张空椅子也没有了！而在别人家里，这正是搬出扶手椅的时候；陆续进来的有前众议院议长保尔·德夏内尔[①]先生和现任众议院议长莱昂·布尔热瓦先生，意大利、德国和俄国大使，格雷福尔伯爵夫人，加斯东·卡尔梅特先生，弗拉迪米尔女大公爵和阿岱奥梅·德·舍维涅伯爵夫人，德·吕伊公爵暨公爵夫人，德·拉斯泰里伯爵暨伯爵夫人，遗孀德·于泽公爵夫人、德·于泽公爵暨公爵夫人、德·布里萨克公爵暨公爵夫

[①] 保尔·德夏内尔（Paul Deschanel，1856—1923），曾于一八九八至一九〇二年担任众议院议长。他在一九一二至一九二〇年间被选为共和国总统。——原注

140

人、阿纳托尔·法朗士先生、儒勒·勒梅特尔先生、德·奥松维尔伯爵暨伯爵夫人、埃德蒙·德·普塔莱斯伯爵夫人、福兰先生、拉夫当先生、大获成功的《韦尔吉》①的杰出作者罗贝尔·德·弗莱尔和加斯东·德·卡亚韦先生和他们可爱的妻子；旺达尔先生、亨利·罗什福尔先生、弗雷德里克·德·马德拉佐先生、让·德·卡斯泰拉纳伯爵夫人、德·布里耶伯爵夫人、德·圣约瑟男爵夫人、德·卡萨—菲埃特侯爵夫人、格拉齐奥利公爵夫人、波尼·德·卡斯特拉纳伯爵暨伯爵夫人。宾客源源而至，没有片刻的停息，那些新来乍到、没有希望找到座位的客人围绕着花园兜圈子，他们占据了餐厅台阶的位置或者干脆直挺挺地站在前厅的椅子上。习惯于霸占最佳景观座位的居斯塔夫·德·罗特希尔德男爵夫人失望地在一条搁脚凳上弯着身子，她爬上凳子是为了看见在钢琴前就座的雷纳尔多·阿恩。另一个向来惯于安逸的百万富翁德·卡斯泰拉纳伯爵很不舒服地站在一张长沙发上。勒梅尔夫人的座右铭好像来自《福音书》："那在前的将要在后了。"换句话说，后来的就是那些最后来到的客人，无论他们是法兰西院士还是公爵夫人。然而，勒梅尔夫人表情丰富地用她的漂亮眼睛和美丽微笑向远处的德·卡斯泰拉纳先生示意，为他没有得到妥善的安排而致歉。因为她也跟大家一样，对他青眼有加。他"年轻、可爱、牵走

---

① 轻歌剧《德·韦尔吉陛下》(1903)：弗莱尔和卡亚韦合著的歌剧剧本，克洛德·泰拉斯谱曲。——原注

了所有人的心"，勇敢、善良，阔绰而又不狂妄，讲究而又不张扬，他的拥戴者为他如痴如醉，他平息了对手的怨恨（我们是指他政治上的对手①，因为以他的个性，他只有朋友）。他对待自己年轻的妻子②十分敬重，担心勒梅尔夫人为了让客人进来不发出声音而半开半掩的花园大门中透进来的冷风会吹到她身上。他严肃认真地研究与他的行政区有关的实际问题，这让跟他交谈的格罗克洛德先生感到惊讶，对于一个只顾自己享受的男人来说，这是十分难能可贵的。看到布律热尔将军③也站在那里，勒梅尔夫人更是深感不安，因为她始终对军队怀有某种偏爱。当她看到让·贝鲁④甚至无法挤进大厅时，那就不再是小有不快的烦恼了；这一回她再也忍不住了，她拨开堵住进口的人群，隆重迎接这位光彩照人的年轻大师，受到新老社交界一致推崇的艺术家，整个社会求之不得的可爱人物。更何况让·贝鲁还是一个最风趣幽默的人，一路上，每个人都会让他停下来交谈片刻，眼看着她无法将他从所有这些妨碍他前往为他保留的专座的崇拜者手里争夺过来，勒梅尔夫人无可奈何地做了一个滑稽好笑的失望姿势，重新回到钢琴旁边，雷纳尔多·阿恩正

---

① 波尼法·德·卡斯特拉纳（Boniface de Castellane，1867—1932），大名鼎鼎的"波尼（Boni）"，分别在一八九八年、一九〇二年、一九〇六年当选为众议员。——原注
② 安娜·古尔德（Anna Gould），美国铁路大王的女儿。波尼与她于一九〇六年离婚。——原注
③ 布律热尔将军（Le général Brugère，1841—1918），一九〇三年曾任巴黎行政官。一九〇四年被任命为大元帅。——原注
④ 让·贝鲁（Jean Beru，1848—1935），风俗画家。——原注

在那里准备开始唱歌，他在等待喧闹声平息下来。一个尚且年轻而又附庸风雅的谄媚文人正在钢琴旁边同德·吕伊纳公爵亲热地交谈。德·吕伊纳公爵是个精明却又不失可爱的男人，能够同他交谈自然会让这个文人深感荣幸。可他尤其醉心于在众人面前显摆他在同一位公爵交谈。我忍不住对我的邻座说："在这两个人中间，好像他才是'尊贵的（honoré）'那一位。"读者显然会忽略这个同音异字文字游戏的含义，他们也许不知道，德·吕伊纳公爵的姓氏"凑巧"就是奥诺雷（Honoré 是尊贵的意思——译者注），正如看门人所说的那样。然而，随着教育的进步和知识的传播，即使存在着这样的读者，他们也只不过是微不足道而又无关紧要的一小撮，人们有资格这样认为。

　　保尔·德夏内尔先生就马其顿的问题询问罗马尼亚公使馆秘书安托万·比贝斯科亲王[①]。所有那些说这位年轻的"王子"外交官将来前程远大的人仿佛变身为拉辛笔下的人物，因为他那神话般的外貌令人联想起阿喀琉斯或忒修斯。此时此刻与他交谈的梅齐耶尔先生[②]看上去就像一个正在请教阿波罗的大祭司。然而，这个普卢塔克的语言纯洁主义者号称，达芙妮的神谕是用非常拙劣的语言编撰出来的，虽然如此，人们却不能如此形容王子的答复。他的话语仿佛插上了飞快的翅膀，酝酿出

---

①　一八九七年前后，普鲁斯特与安托万·比贝斯科和埃马纽埃尔·比贝斯科关系密切，在他们的侄女玛尔塔撰写的《比贝斯科亲王》一书中，有关于同普鲁斯特一起跳舞的回忆。——原注

②　阿尔弗莱德·梅齐耶尔（Alfred Mézière，1826—1915），法兰西院士，曾经发表过许多研究英国、意大利、德国文学的专著。——原注

美味的蜂蜜，来自故乡伊米托斯山的蜜蜂，却又带着蜇刺。

勒梅尔夫人在每年的同一时期（绘画沙龙对外开放，女主人工作不太繁忙的时期）举办的这些晚会似乎总是选在万象更新和丁香盛开的花季，一踏进画室的门口，就能闻到从窗口袭来的丁香花沁人馨香，年复一年，周而复始，以往的美好去了又来，只是重现的美好无法替代我们从往日香消玉殒和备受爱戴的姊妹身上得到的所有美好，还有伴随这种美好而来的忧伤。多少年来，我们曾经领略过勒梅尔夫人举办的无数次盛会，五月——温暖和煦、香气袭人的五月永远冻结在今天——星期二的这些盛会让我们想到，画室里的这些晚会有点类似于我们的春天，这些散发着芳香的春天如今已经远去。我们经常匆匆赶赴画室举行的晚会，因为生活中掺杂着美好，也许我们去那里不仅是为了观赏绘画和聆听音乐。我们在宁静的夜晚令人窒息的寂静中行色匆匆，夏季的这些飘逸而又温煦的阵雨有时在水珠中夹杂着花瓣。在这个充满回忆的画室，如此这般的美好先是让我们心旷神怡，继而又随着时间的推移逐渐消失，虚幻的谎言和不真实的假象相继浮出水面。在如此这般的盛会中，也许会缔结爱情的最初姻缘，继而就只能带给我们重复的背叛，最终演变为一种敌视。现如今，回首往事，我们可以一个季节接着一个季节地历数我们的创伤，埋葬我们的死者。因此，每当我在颤抖和褪色的记忆深处追忆往事，审视其中的一次盛会，有过可能却又从此无法实现的赏心悦事如今让我深感郁闷，我似乎听到它用诗人的口吻对我说："请看着我的脸，尽可能面对面地凝视我的脸；我回想起从前可能发生的事情，从前可能发生却又不曾发生的事情。"

弗拉迪米尔女大公爵[①]坐在第一排，介于格雷福勒伯爵夫人与德·舍维涅伯爵夫人之间。她离开画室尽头搭建的小舞台只有一小段距离，所有的人都必须从她前面经过，无论是络绎不绝前来向她致意的人，还是重新回到自己座位上的人，亚历山大·德·加布里亚克伯爵、德·于泽公爵、维泰莱希侯爵和博尔杰斯亲王在沿着面对殿下的长凳经过时，表现出他们的良好教养和机智灵活，在朝着舞台方向后退时向她深鞠躬致意，从未回头哪怕是往他们身后瞥一眼，以便估算有没有后退的空间。即便如此，他们之中没有一个人走错过一步，既没有滑倒或者跌倒在地，也没有踩到女公爵的脚，更何况任何笨拙的举止都会造成最难堪的后果，这是不可否认的事实。所有的目光都转向如此精致优雅的女主人勒梅尔小姐，她的美雅令人羡慕，她正在忘我地微笑着倾听那位迷人可爱的格罗克洛德[②]。就在我打算描摹一位著名幽默作家和探险家的肖像的时候，雷纳尔多·阿恩已经开始演奏《墓地》开头的那些音符，我不得不把《一周快事》作者的剪影重新放进我的下一个"沙龙"，从此之后，这个人去了马达加斯加，他在那里宣示福音而且成就斐然。

---

① 亚历山大三世的表姊妹和尼古拉三世的姨妈。她大概卒于一九二〇年。——原注

② 埃蒂安·格罗克洛德（Étienne Grosclaude，1858—1932），记者、幽默作家。一八九八年，从马达加斯加旅行回来之后，他撰写了《一个巴黎人在马达加斯加》。——原注

《墓地》开头的那些音符一下子就征服了最浮躁、最叛逆的听众。自从舒曼以来，音乐刻画的痛苦、温情和面对大自然的宁静具有一种前所未有的人性真实，一种前所未有的绝对美。每个音符都是一句话语——或一声呐喊！这个名叫雷纳尔多·阿恩的"天才乐器"脑袋稍微后仰，忧郁伤感和有点倨傲的嘴里流泻出最优美、最忧伤、最温暖而又富于节奏的滚滚声涛，他紧紧扣住了所有人的心弦，湿润了所有的眼睛，我们在他传向远方的令人倾倒的震颤中瑟瑟发抖，相继倒伏，犹如风吹之下悄无声息而又无比庄严地起伏的麦浪。接着，阿洛德·博埃先生热情洋溢地演奏起勃拉姆斯的舞曲。然后，是莫纳–絮利的诗歌朗诵，最后，德·索里亚先生唱起了歌。然而，不止一个人还会难以忘怀地回想起昂贝里欧墓地的那些"草丛中的玫瑰"。玛德莱娜·勒梅尔夫人让人打断了有点拔高声调与一位贵妇闲聊的弗朗西斯·德·克鲁瓦塞[1]，后者似乎并不明白这是在向她的交谈对象下达禁令。德·圣保罗男爵夫人答应送给加布里埃尔·克劳斯夫人一把她亲自绘制的扇子，作为交换，克劳斯夫人答应某个星期四前往尼托街演唱"我已经原谅[2]"。关系比较疏远的客人渐渐离去。那些与勒梅尔夫人关系最密切的客人还在继续这场由于范围缩小而变得更加美妙的晚会，半空的大厅可以让人离钢琴更近，更加专注、更加集中地聆听雷

---

[1]　弗朗西斯·魏纳（Francis Wiener, 1877—1937）曾经化名弗朗西斯·德·克鲁瓦塞让人上演他的通俗喜剧。——原注

[2]　出自舒曼最著名的歌剧曲《诗人之爱》。——原注

纳尔多·阿恩为姗姗来迟的乔治·德·波托-里什再次演奏的一支乐曲。"您的音乐中有某种美妙（似乎在挥手之间甩出这个形容词）和痛苦（似乎在再次挥手之间又甩出这个形容词）的东西让我感到无比快乐。"《往昔》[①]的作者逐个地向他吐出每个形容词，仿佛他能从中感觉到美雅。

他似乎在用幸福的声音讲述这些词语，用微笑陪伴它们的美，用性感的漫不经心从嘴角里吐出这些词语，犹如点燃一支喜爱的香烟冒出来的轻烟，他右手并拢的手指之间仿佛正夹着这样一支烟。"然后，一切都归于平静，盛会的火把熄灭了，音乐戛然而止，"勒梅尔夫人对她的朋友们说，"你们下个星期二早点来吧，我已经邀请了塔玛尼奥和雷泽凯[②]。"她尽管放心。届时人们会早早光临的。

---

① 《往昔》，波托-里什（Porto-Riche，1849—1930）的喜剧，一八九七年在奥岱翁剧院首次上演。——原注
② 二十世纪初著名的男高音歌手。——原注

埃德蒙·德·波利尼亚克王妃的沙龙 [①]

今天的音乐，从前的回音

"从前"……将从前与今天彻底分开大概是不可能的，那也许是一种亵渎。我想说的是，德·波利尼亚克王妃希望我们尤其不要提起王子，哪怕是一个字。在莎士比亚的悲剧中，赫瑞修说："哈姆雷特王子是个好王子。""晚安吧，好王子，让成群的天使唱着歌伴随你安睡。"可惜的是，德·波利尼亚克亲王早在两年前就永远安息了，毫无疑问，天使们唱着他最心爱的那些不可言喻的圣歌伴随他安睡。

他是一个好王子，一个才智出众的人，一个能力超凡的音乐家。他的宗教音乐和乐曲如今深受高雅人士的赞赏。他的音乐之所以不为大众所知，原因在于演奏起来难度极高……音乐厅让他感到恐惧。露天演奏更适合于他。树林里的音乐在他看来十分优美。维克多·雨果曾经说过：

[①] 首次发表在一九〇三年九月六日的《费加罗报》上，署名赫瑞修。魏纳雷塔·辛格，缝纫机制造商的女儿，一八九三年嫁给德·波利尼亚克亲王。亲王卒于一九〇一年八月初。——原注

……一支看不见的长笛

在果园里的叹息。

最平静安详的歌

是牧羊人的歌。

　　德·波利尼亚克亲王也这样说过："我的音乐座右铭就是：
旷野（Pleins champs），"他却没有将之写作："plain chant（意即：
单声圣歌）"。格雷福勒伯爵夫人的朋友们还记得，为了让人听
到王子的音乐，她曾经打算在瓦朗热维尔^①的树林里举办一次
晚会

在宁静的月光染蓝的树林底下^②，

在那里

乐曲还有片刻的延续。

　　人们也许还记得，德·波利尼亚克亲王的超前思想不仅表
现在文学艺术方面，而且还表现在政治方面，他甚至比最超前

---

①　法国默尔特–摩泽尔省的市镇。
②　选自雨果的诗。——原注

的年轻人的思想更加超前，很难想象他就是查理十世的那个反动部长的儿子，这简直就是一个奇迹，他父亲曾经签署过著名的法令，一八三〇年被监禁在汉姆。埃德蒙亲王就是在这一时期在这个地方出生的。让种族传承却又无法料知个性的老天爷给了他瘦长的身材，军人和朝臣的刚毅而又精明的面庞。埃德蒙·德·波利尼亚克亲王身上驻守的精神之火逐渐按照他的思想铸造他的面容。然而，他的容貌特征依然秉承了他的祖先，覆盖在他充满个性的心灵的外表。他的身材和他的面容就好像由废弃的城堡主塔改建的图书馆。我还记得在教堂里举行他的葬礼的那个悲伤日子，巨幅的黑色布单上方是鲜红的帽形王冠，上面只有一个字母 P。他的个性消失不见了，他重又回到了自己的家族。

他只能是一个波利尼亚克。

他的后人也许会发现他很像他的祖先和他的兄弟，然而，他们之中的某个人，与他的心灵更加相通的某个人，也许会在他的肖像前面停留更久，仿佛眼前的这位兄弟是他从前似曾相识的知音。他并不蔑视贵族，可他却把精神上的贵族看得高于一切。一天晚上，斯温伯恩（在布鲁克夫人家中，如果我没有记错的话）对他说："我真心认为我的家族与您的家族有那么一点血缘关系，我对此深感荣幸。"王子带着发自内心深处的真诚回答他说："要知道，在这两个家族的亲戚中，最尊贵的人就是我！"

在生活中永远向往最崇高，可以说怀着最虔诚的目标的这个男人有时也会孩子气十足地疯狂放松，那些"凄惨倒霉"的高尚人士却认为这个伟大的高尚人士不惜屈尊的这些消遣粗俗不堪。然而，当他同时运用言语和音乐即兴表演讽刺晚会的节目时，他又是那么的滑稽可笑。他手指底下源源不断地流泻出华尔兹舞曲，此时此刻，看门人在通报每位来宾。

"请问您尊姓大名，先生？"

"居谢瓦尔先生 ①。"

"不，先生，我在向您请教您的尊姓大名？"

"无礼！居谢瓦尔先生。"

于是，看门人去请示主人：

"男爵先生，这位先生说他叫居谢瓦尔先生，还要通报吗？"

"真见鬼，怎么办才好呢？稍等片刻，我去问问男爵夫人。"

继而是一阵骚乱：刚才通报的是里科尔医生。

"原来是您呀，医生，对不起，请您稍候……"

"不行，我的朋友，在这里不行，你心里明白……"

"我们可以去小客厅待一会儿。"

"不，不，不要利口酒，不要烟卷，不要……"

华尔兹舞曲越来越欢快，人们依稀可以听见一对男女互相指责的对话："混蛋，昨天我在植物园的猴子前面等了你一个小时。"用如此冷漠的方式演绎出来的这些疯狂不再让我们发笑，它们已经一去不复返……一如他那样。

---

① 普鲁斯特的拉丁文教师。——原注

夏季，他有时去昂菲翁，住在德·布朗科旺公主家；有时去博内塔布勒，住在德·杜多维尔公爵家；有几次去肖蒙，住在阿梅代·德·布罗格利公主家。他在枫丹白露有一处漂亮的府邸，那里的森林风景启迪他写出了好几首乐曲。在他的住处演奏这些乐曲时，仿佛有摄自森林和经过无穷放大的照片在乐池背后流光溢彩。如今的所有创新，音乐与映画相结合，念白加音乐伴奏，他就是这方面的倡导者之一。然而，无论接踵而来的演变或模仿会是什么，科唐贝尔街公馆的装饰依然十分"新潮"，尽管它并不总是那么协调。在他最后的那些年里，他尤其喜欢阿姆斯特丹和威尼斯，他擅长色彩的眼光和音乐家的耳朵在这两座城市之间找到了光线与安宁的双重亲缘关系。他最终在威尼斯买下一座漂亮的宫殿，他说过，唯有在这座城市里，人们可以打开窗户跟人交谈而无须提高嗓音。

十多年前，王子与森热小姐结婚的时候，一年一度的绘画沙龙通常会收到或奖赏为数可观的展品。王子是音乐家，王妃也是音乐家，两个人都对各种形式的才识感觉敏锐。唯一不同的是，王妃总是怕热，而王子总是非常怕冷。他也知道置身于科唐贝尔街的画室接连不断和人为造成的穿堂风之中的后果。他尽量想方设法地保暖，始终裹着格子花呢长巾和旅行毛毯。

"您还想怎么样？"他对嘲笑他这身奇异装束的那些人说，"阿那克萨哥拉 ① 曾经说过，生活就是旅行。"

---

① 阿那克萨哥拉（前 500 年—前 428 年），伊奥尼亚人，古希腊哲学家、科学家，他首先把哲学带到雅典，影响了苏格拉底的思想。

嫁给王子的森热小姐曾经生活在一个充满艺术气息的优雅环境之中，她的姊妹嫁给了德卡兹公爵，她与拉罗什富科、克鲁伊、吕伊纳和贡托-比隆家族有密切的亲缘关系。德·波利尼亚克亲王的一个姊妹是德·杜多维尔公爵的第一任妻子。德·波利尼亚克王妃因此成为出生在拉罗什富科家族的德·吕伊纳公爵夫人的姑母，出生在于泽家族的德·吕伊纳公爵夫人和德·诺阿耶公爵夫人的姑婆。德·波利尼亚克亲王又通过马伊-内尔家族与埃梅雷·德·拉罗什富科伯爵夫人和德·凯尔圣伯爵夫人有了更加密切的亲缘关系。可以说，从音乐的角度来看，科唐贝尔街大厅的音乐表演水准始终是一流的，在那里，时而可以听到演奏完美的古典音乐，比如《达耳达诺斯》①，时而是对福莱刚刚创作的所有乐曲，福莱的奏鸣曲，勃拉姆斯的舞曲的独特而又热烈的诠释，用上流社会编年史的语言来说，那是"一种至高无上的风雅"。这些盛会往往在白天举行，透过玻璃门窗的棱柱透射进来的太阳光照亮了画室，闪耀出千万道光芒，眼看着王子引领着容光焕发而又面带微笑的格雷福勒伯爵夫人入座真是一大快事，伯爵夫人是容貌出众的大美人和品位良好的鉴赏家，她也是王子的狂热支持者。她敏捷而又礼貌地挽着王子的手臂在汹涌而来的窃窃私语声中穿过画室，她的出现引起了众人的艳羡，当音乐响起之时，她专注地聆听着，神情急切而又温顺，美丽的眼睛凝视着听到的旋律，犹如：

---

① 拉莫的抒情悲剧（1739）。——原注

153

从远处窥视自己猎物的一只金色大鸟[1]。

　　王子以恰到好处而又和蔼可亲的周全礼数接待他的所有来宾，两位无与伦比的少妇走了进来，他的脸上（那是我们所见过的最精美的面容）洋溢着慈父般的喜悦和温情，在这里我们只想提一下她们的芳名，详情留待日后赘述，马蒂厄·德·诺阿耶伯爵夫人和亚历山大·德·卡拉芒-希梅王妃[2]，她们与生俱来的卓越才华已经让王子惊为天人。这两个名字意味着文学荣耀与绝色美貌并举的双重权威，如今已经成为每个有思想的人仰慕的巅峰。多么美妙的时辰！充沛的阳光照亮了克洛德·莫奈的《荷兰哈勒姆附近的郁金香花圃》，据我所知，那是他最美的画作。王子在结婚之前的一次拍卖中曾经觊觎这幅画。他曾经说："太气人了！一个美国女人竟然从我手中将这幅画夺走了，我诅咒讨厌这个名字。几年之后，我要娶那个美国女人为妻，这样一来，我就能重新占有这幅画了！"这些美妙的时辰，这些风雅和艺术的盛会终将重现。届时出席的宾客不会有任何改变。拉罗什富科、吕伊纳、利涅、克鲁伊、波利尼亚克、马伊-内尔、诺阿耶、奥利昂松家族会让德·波利尼亚克王妃置身于挚爱之中，王子的死丝毫没有改变这份挚爱，可以说，她给

---

① 选自埃雷迪亚的诗。——原注
② 安娜·德·诺阿耶，法国女诗人。卡拉芒-希梅王妃是她的姐妹。——原注

王子带来的美好年华反而又为这样的挚爱增添了一层深深的感激，她非常理解王子，在他生前对他一往情深，在他死后对他虔诚恭敬，正是她实现了王子的艺术梦想。从前欢快的家庭舞会中使用的同样音乐也许还会重新在大厅中回荡，然而，这些音乐与人们听惯了的巴赫的奏鸣曲或贝多芬的四重奏没有任何相似之处。王妃会敦促埃德华·德·拉罗什富科伯爵的几位朋友去跳沙龙舞，好让她的孙侄们也参加到跳舞的行列，科唐贝尔街的大厅对这些舞客非常熟悉，从维尔德–德利尔先生到贝尔特朗·德·阿拉蒙伯爵和德·阿尔比费拉侯爵（人们不久就再也不能称他为舞客了，因为他在准备撰写他的土耳其行记的其中一卷，整理第一帝国的一位著名元帅未曾发表过的令人惊心动魄的回忆录，只有梯也尔先生见识过这些回忆录，他在撰写《执政府与帝国》时不失时机地利用过其中的资料）。然而，致力于艺术和快乐，或严肃或琐碎的这些难忘时光即使能够美妙无比地重新再现，某种不可取代的东西也会改变。我们再也看不见思想家、艺术家、精神上美轮美奂、多情而又善良的埃德蒙·德·波利尼亚克亲王了。当然，他是"一个好王子"，正如赫瑞修所说的那样。我们也像赫瑞修那样，对如此喜爱天使的歌，听着这些歌声永远安睡的已故王子再说一遍："晚安，好王子，让成群的天使唱着歌伴随你安睡。"

德·奥松维尔伯爵夫人的沙龙 ①

出于事业的需要，反对派的报刊上逐渐浮现出一张"教权主义者"勒南的面孔（而且比政府描绘的那个"反教权主义者"勒南更加逼真），从此之后，勒南的"语录"不胫而走。我的同行博米埃先生 ② 的那篇可爱喜人的《雕塑的答复》——初看之下，好像纯属知识领域，然而，在这篇文章中，那个明显的思想抄袭者却懂得如何运用阿里雅娜的精巧机关，在勒南作品的迷宫中放设一条难以察觉的导线——这部举足轻重的作品创立了一个学派——却又始终算不上大师之作。人们从未像现在这样大量阅读（或大量浏览）《童年与青年时代的回忆》《戏剧集》《哲学对话》《散记》。既然勒南的一句话如今被习惯性地用来为"巴黎报刊头条"加冕，那么，请原谅我用勒南的一句话作为"社交界闲谈"的开头。在"巴黎政治报刊头条"与"社交界"这两

① 这篇文章发表在一九〇四年一月四日《费加罗报》上，署名：赫瑞修。奥特宁·德·奥松维尔伯爵（Le Comte Othenin d'Haussonville, 1843—1924）是斯达尔夫人的曾孙，法兰西学院院士。伯爵夫人以美艳著称。——原注
② 安德烈·博米埃（André Beaunier, 1869—1925），评论家和政论家，与普鲁斯特关系密切。——原注

者之间，勒南会觉得其中最轻佻浅薄的也许还不是社交界。

勒南在正式加入法兰西学院的入院演说中指出："当一个民族能够让我们用自己的肤浅制造出……比我们十七世纪和十八世纪更加高尚的显贵，比那些向我们的哲学微笑的女人更加妩媚可爱的女人……比我们父辈的社会更加惬意、更加崇高的社会之时，我们就会心悦诚服。"

勒南的这种观念并非空穴来风（古往今来，又有哪种观点会是空穴来风？）。在同一个演说中，在《哲学戏剧》和《精神与伦理改革》中，他指出，德国必须历经艰辛才能产生像十七世纪和十八世纪法国社会那样的社会，"像一七八九年法国王朝时期的绅士那样的绅士"，由此可见，他再次回到了这种观点上。他后来甚至回过头来反驳这种观点，这是他偏爱的回顾一种观点的方式之一。然而，如此这般的种种观点在我们看来却有点独特罕见。可爱迷人的举止风度，礼貌与优雅，甚至思想，这一切是否确实具有一种绝对价值，值得思想家去权衡考虑呢？如今，人们对此很难相信。这样的观点对勒南的读者逐渐失去了它们仍能呈现给读者的少许意义。

然而，勒南的某个青年读者也许会对我们说：这些人身上是否还存在着精神与伦理的高贵遗传？这种遗传最终造就了肉体，将书本上的和没有生命的这种"生理上的高贵"引进这个肉体。我们是否能够暂时以"幸存者"的名义（人们也许尚且年轻，没有长期的生活经历却还活着，甚至终其一生都没有生活经历却只是生活过）探讨这种文明的两种范式？勒南断言，这种十分精深的文明从某种程度上可以为一七八九年前的旧王朝提供依据，让他喜爱法国的轻松甚于德国的博学。难道我们没有看见这些人的高贵身架就是一尊天然高贵的雕像，而他们死后的雕塑就躺在小教堂深处他们的坟墓上？这个读者又补充道："当然，我希望这两种才识之士能够体验今天的生活，即使他们不能引领今天的生活，进而为今天的生活传递些许往日生活的美雅。"我会这样回答这个年轻人："那就请人给您引荐德·奥松维尔伯爵夫妇。"如果我打算在最理想的环境中进行这种体验，我会尽量把引荐的地点放在科佩①那幢浸透着往日时光的宅邸，德·奥松维尔夫妇只是这种往日时光的延续、鲜花和果实。

我不想为了我不明真相的一则趣闻轶事而站在他的同党一边，去伤害在思想和言行方面都极具天赋的饶勒斯先生。然而，应该对此感到不满的究竟是谁？一天，这位令人敬佩的演说家在一位收藏名画的贵妇家参加晚宴，他在华托的一幅画前赞叹不已，可她却说："大人，如果您掌权的话，这一切就会从我这里被没收。"（她是指共产主义掌权）然而，这位新世界的救世主却用这些不可思议的话安慰她："女人②，不要为此担忧，因为这些东西还会归您保管；其实，您比我们更熟悉、更喜爱这些名画，您会更加精心地保管它们，所以，这些名画最好还是由您保管。"以此类推，我可以想象任何东西应该归属于喜爱和熟悉它们的人，饶勒斯先生会在一个集体主义的欧洲把科佩"留给"

---

① 德·奥松维尔伯爵继承了德·斯达尔夫人的城堡。——原注
② 普鲁斯特搞笑地让饶勒斯借用福音书的语言。——原注

德·奥松维尔先生"保管"，因为他比任何人都更喜爱、更熟悉这个地方。德·奥松维尔小姐甚至在她逝世之前就将科佩拱手相让，因此可以说，科佩已经归属德·奥松维尔先生。

除了这块领地，他还完全"拥有"这块领地的臣民。他在这个时期撰写的《内克尔夫人的沙龙》一书证明，从那时起，他就已经"通过正当的合法权利"拥有科佩。他也可以"通过正当的出身权利"拥有科佩。这并不是德·奥松维尔先生撰写的最佳作品。当时，德·奥松维尔先生的父亲[①]仍然健在，而《内克尔夫人的沙龙》的作者还是德·奥松维尔"子爵"。从某种意义上来说，他的天才尚未"显山露水"，缺乏崭露头角的机会。他还不能娴熟地把握自己的风格，对句式的运用犹豫不决而且信马由缰，有点漫不经心的感觉。过不多久，他就完全掌握了这种更加紧凑、卓有成效的方法，他因此成为法兰西学院最机智、最完美的演说家，最尖锐辛辣的历史学家。然而，即便如此，他的著作读起来也非常令人享受。让人感觉到科佩的未来产业已经"非他莫属"。据说，有一天，我们贵族中深孚众望的某个人物邀请一位外国客人参观他的城堡，来访者对他说："太不可思议了，您的这些小玩意儿真可爱。"城堡的主人不乐意了，他忿忿不平而又振振有词地回答说："小玩意儿！小玩意儿！对您来说，它们是小玩意儿！对我来说，它们是传家宝。"

---

① 帝国时期自由派敌对势力的头目，一八七八年被任命为元老院终身议员。一八六九年被选为法兰西学院院士。——原注

同样，这位走马观花地参观科佩的外国客人只看见曾经属于德·斯达尔夫人的一件家具，而德·奥松维尔先生却认出他祖母的安乐椅。在金秋的一个懒洋洋的白天来到科佩是一件赏心乐事，仍然湛蓝的湖泊上的葡萄树泛出金黄，略带寒意的这幢十八世纪宅邸的所有一切都是栩栩如生的历史，居住在这里的后裔们既有"品位"，又懂生活。

这是一座已经成为历史文物的教堂，弥撒照旧在这里举行。德·夏特勒公爵夫人居住着德·斯达尔夫人的房间，德·贝阿恩伯爵夫人居住着雷卡米埃夫人的房间，德·塔朗莱夫人居住着德·卢森堡夫人，德·布罗格列王妃居住着德·布罗格列公爵夫人的房间。他们仍旧像故人那样交谈、唱歌、欢笑、坐汽车外出兜风、吃夜宵、阅读，却又以自己的独特方式，并不热衷于模仿先辈，生活还在继续。然而，生活不知不觉地在为此设置的各种物品中延续，从"那个时代人物"的装束打扮，古色古香的摆设中"再现原貌"的"老巴黎"恰到好处地散发出更加浓郁、更加沁人心脾的往日馨香。过去与现在擦肩而过。德·斯达尔夫人的图书馆里，有着德·奥松维尔先生最喜爱的书籍。

除了我们已经提到的这些人之外，经常出现在科佩的还有德·奥松维尔夫妇最亲密的几位好友，他们的子女勒马鲁瓦伯爵夫妇、德·马耶伯爵夫人、德·博纳瓦尔伯爵夫妇，他们的连襟和堂兄弟阿尔库、菲兹-雅姆和布里格利。某一天，德·博沃王妃和德·布里耶伯爵夫人从洛桑来到这里，同行的有德·普塔莱斯伯爵夫人和德·塔莱朗伯爵夫人。德·夏特勒公爵时常来这里逗留。来自安费恩的德·布朗科旺王妃、马蒂厄·德·诺阿耶伯爵夫人、德·卡拉芒-希梅王妃、德·波利尼亚克王妃。来自蒙特勒的德·贡图夫人；来自普雷尼的阿道夫·德·罗特希尔德男爵夫人。出身塞居尔家族的德·盖尔纳伯爵夫人在这里的几次表演深受欢迎。格雷福勒伯爵夫人前往卢塞恩时也在这里停留。

然而，德·奥松维尔夫妇的社交魅力犹如取自源头的甘冽泉水，在巴黎十分有用。大家都在那里欣赏到德·奥松维尔伯爵夫人异想天开的无与伦比穿戴，高傲而温柔的美丽头颅高高昂起，头戴冠冕或"羽冠"，棕褐色的眼睛聪慧慈祥。每个人都欣赏她迎接客人时仪态万方的礼节，十分殷切而又非常含蓄，全身前倾以示亲热却又不失尊贵，然后再用一个令许多人沮丧的协调体操动作将对方甩在身后，将这人远远地打发到他原本该去的地方。这种"保持距离"的方式与德·奥松维尔先生如出一辙，而且被称为款待男士的自然"习惯"(就这个词十七世纪沿袭拉丁文的意义而言)。由于德·奥松维尔夫人的知交范围十分有限，况且她又是如此的简单率真，许多人只知道她的这种王家风范的待人接物方式，只能以此推测她身上的美妙智慧和心灵。德·奥松维尔先生显然是大名远扬的人物。他是各种文学沙龙的点缀，他的殷切让那些被引荐给他的人信以为真，让他们相信有可能与他进一步交往，这些人往往不习惯准确地诠释巴尔扎克的所谓"礼仪宝典"。由此产生了许多滑稽可笑的失望沮丧。况且人们还会大错特错地认为，德·奥松维尔先生从来不受社会等级偏见的约束。"告诉您说吧，在这个社交圈里，我属于一个绝对不在乎个人价值的小团体。"加斯东·德·卡亚韦和罗贝尔·德·弗莱尔①的惊人之作《大力神的丰功伟绩》②中的人物之一就是这样说的，在这出最脍炙人口的轻歌剧中，有着一些伟大喜剧的精彩场面。德·奥松维尔先生在社交圈和上流社会都不属于这个团体。对他来说，最为重要的恰恰就是个人价值。在圣多米尼克街的沙龙中，雷米尔蒙女修道院长③，她的肖像就悬挂在高墙上，曾经看见过各种类型、各个派系的成功人士川流不息，其中的许多人无须任何贵族家世证明就能进入他的贵族领地。在所有的"保守派"当中，德·奥松维尔先生是最真诚、最勇敢的"自由派"。我将援引他加入法兰西祖国同盟④时对他的那次不太引人注目的采访，他在采访中从自己的角度解释了应该如何协调对祖国的爱与对正义的尊重；以及他最近关于保尔·布尔热的《阶段》⑤的那些信札。在反对迫害方面，没有人比他更为胜任，而如今的受害者是天主教徒。早在

---

① 普鲁斯特的这两位朋友曾经于一九〇一年上演喜歌剧《大力神的丰功伟绩》。——原注
② 加斯东·德·卡亚韦（Gaston de Caillavet, 1869—1915）与罗贝尔·德·弗莱尔合著的喜歌剧。
③ 贝娅特丽克丝·德·利勒博纳（Béatrix de Lillebonne, 1662—1738），生于一六六二年，一七一一年被任命为雷米尔蒙女修道院院长。——原注
④ 创建于一八九八年，该组织反对声称德雷福斯无辜的那些"知识分子"。伯爵只是有保留地参加该组织。——原注
⑤ 在这部小说（1902）中，布尔热试图指出，即使是对那些最有天赋的个人，社会升迁也应该缓慢地逐级进行。——原注

"反对教权主义"泛滥之前，他就同阿纳托尔·勒鲁瓦-博里厄先生一起痛斥所有其他形式的宗派思想，无论是由此引起的后果还是在此之前的预兆。

他的威望使他当之无愧地被推选为顾问去仲裁许多文学争议和形式上的弊病，后者被勒南称为 Morbus litterarius（咬文嚼字）。他的一丝不苟让他成为有人听信、有远见卓识、和蔼可亲、有点吹毛求疵、也许还有点危言耸听的医生。他的见解有时会因为唯恐变成阿谀奉承而显得悲观，不足之处在于这些见解有可能让天才感到气馁。然而，这种情形终究是十分罕见的。相反，当他施展自己的才华用以解乏的时候，人们有时会用其他人的才华来告诫和引导他。然而，在其他的时候，人们更乐意看见他在这种文学法官的身份之上再增添一种政治法官的身份。他的宽容广博的思想，他的大慈大悲的心灵会让他成为好国王或公正开明的王子的模范朝臣。

波托卡伯爵夫人的沙龙 ①

　　小说家好像经常以某种先知先觉的准确细节提前刻画在他们之后很久才会存在的社会甚至人物。就我本人而言，我从来没有阅读过《卡迪央王妃的秘密》，我们看到其中的那位王妃"现在过着一种十分简朴的生活，居住在距离她丈夫的公馆两步之遥的地方，那座公馆不是财富就能买到的，她喜欢底层的那个长满灌木的小花园，四季常绿的草坪给她的隐退生活带来了欢悦；"——我从来没有看见过《巴马修道院》的这个章节，我们从中看到，比埃特纳拉伯爵夫人离开她丈夫的那一天，"整个下午，上流社会所有的车马随从都停在这幢住宅前面，她在这幢住宅里只有一间套房"——想不到巴尔扎克和司汤达"根据指定的法令"，预见并且预言了波托卡伯爵夫人的生存状况，甚至不惜为她安排最微不足道的各种细节。

　　比埃特纳拉伯爵夫人！卡迪央王妃！多么妩媚可爱的形象！她们并不比波托卡伯爵夫人更有"文学情调"，更加"栩栩

---

① 首次发表在一九〇四年五月十三日的《费加罗报》上。埃马纽埃尔·波托卡伯爵夫人在十九世纪末巴黎上流社会和文学生活中占有重要的地位。——原注

164

如生"，更何况她又是那样的与众不同。一个不受青睐的访客摁响了夏多布里昂街小公馆的门铃，看门人冷冷地回了一句话："伯爵夫人已经出门。"而德·吕伊纳公爵夫人的车马随从正在大门口踱步，还有德·盖尔纳伯爵夫人停在那里的轿车，这一切分明告诉我们："伯爵夫人"确实已经回家了。看见这样的情形，我无数次想到了您（我是指您的外在生活环境，当然不是指您的生活本身）。为了不让那个被拒之门外的伤心访客徒增屈辱，我一直等到他走远，这才走近看门人，不等我开口，他就向我坦白承认："伯爵夫人在家。"夏多布里昂街的门扉再次重重关闭，人们仿佛神奇般地来到距离巴黎十里远的地方，因为巴尔扎克描写的"那个长满小灌木和草坪的小花园"立刻让想象置身于异国他乡，沉浸在花园里无声的语言和芬芳的喧嚣之中。在走近一位女神之前，初次觐见总是要穿过宽阔的地带。

　　来到伯爵夫人的候见厅，我们已经失去了对城市和时日的所有回忆和所有关注。即使必须来一次漫长的朝圣才能找到一幢与世隔绝的府邸，我们还是来了。然而，由于某些同样十足巴尔扎克式的原因，我们马上就会对此做出解释，对于伯爵夫人来说，从巴黎市中心被流放是远远不够的。她需要切实有效的流放。而现在，伯爵夫人的"一小撮信众"，正如圣西蒙谈论费纳隆时所说的那样，每天都不得不长驱直入欧特伊，几乎直到布洛尼林园门口，去泰奥菲尔·戈蒂埃街的梧桐树，拉封丹街的栗树与皮埃尔-盖兰街的杨柳树之间寻找这位不需要任何人的蛮横女友，她根本不在乎住在外省会给大家带来的不便，为了再次证明她对人类的蔑视和对动物的热爱，她竟然住到她自称是一个也许任何人都不会来、可以让她照料她的狗的地方；因为这位对朋友忠心耿耿的女人始终扬言要彻底超脱所有的人类情感，她对人类怀有犬儒主义哲学的蔑视，怀疑友情，追求恒久，嘲笑哲学，然而，面对她收养的可怜的瘸腿狗，她却大动感情，不惜放下她的高贵身段。为了照料这些狗，她有一年没有睡觉。据说她就像巴尔扎克笔下的卡迪央王妃，尽管如此，她却是"今天巴黎最擅长穿着打扮的妇女之一"，可她不再穿着打扮，邋遢随便，听凭身体发福，一心都在她的狗身上。她每天夜晚随时起床照料一条患有癫痫的母狗，她最终治愈了这条可怜的狗。她只为狗而出门，而且选在适于遛狗的时间，正如她的女友，伟大的艺术家玛德莱娜·勒梅尔仅仅去过一次展览会，"为的是让她的卢特见识一下埃菲尔铁塔"。有时，在布洛尼林园树林深处的一条偏僻小径，晨雾之中，随着一阵犬吠声，伯爵夫人"一手牵着她的那条惊恐万状的苏格兰牧羊犬[①]"突然出现，她那洁白的美色堪可媲美冷漠的月亮和狩猎女神阿尔忒弥斯，诗人[②]向我们描述了同样的一队随从：

　　　　时辰已到，穿过荆棘和野草，

---

① 引自埃雷迪亚的诗句。——原注
② 仍指埃雷迪亚。——原注

在高大的牧羊犬中间……娇美华贵，
所向无敌的阿尔忒弥斯让树林惊骇。

由于这些狗在巴黎过于吵闹，妨碍了邻居，她便来到欧特伊。然而，她的"一小撮信众"紧随不舍。所有她的死党，遗孀德·吕伊纳公爵夫人、德·布朗特夫人、德·吕贝萨克侯爵夫人、德·卡斯泰拉纳侯爵夫人、德·盖尔纳伯爵夫人、杰出的女歌唱家，我今天姑且不说出她的名字，德·加内侯爵夫人、德·贝阿恩伯爵夫人、德·凯尔圣伯爵夫人、杜布瓦·德·莱斯坦先生、德·洛侯爵，他是极品男人之一，他无法跻身于顶尖行列，没能在高就的职位上闪光发亮仅仅是由于政治变迁的阻挠，可亲可爱的德·吕伊纳公爵、马蒂厄·德·诺阿耶伯爵，德·吉什公爵刚刚把这位伯爵的一幅高贵生动的华美肖像放到沙龙中展览、德·卡斯泰拉纳伯爵（我们已经在谈论玛德莱娜·勒梅尔夫人的沙龙时提到过他，我们不久还会再次提到他），维泰莱希侯爵、维多尔先生，最后是让·贝鲁先生，我们曾经在玛德莱娜·勒梅尔夫人的同一个沙龙中提到过他的荣耀、天才、威望、魅力、心灵和思想——所有的人都会走到天涯海角去寻找她，因为他们不能没有她。一开始，他们最多只是让她感觉到，为了看见她，他们不惜进行一次十分艰难的旅行，而她似乎并没有注意到这一点。第一次去朝拜的德·拉罗什富科伯爵告诉她说："这地方太美了。附近是否有什么稀奇古怪的东西可供参观？"在拜访伯爵夫人的常客当中有这么一位，本报的读者尤其喜爱这个人的名字，读者习惯于在这个人的专栏中寻找某种哲学契机，引起轰动的效应，比如他的这篇关于写作癖的文章打动了多少苦于缺乏文学经历的上流社会青年，尽管他并没有针对这些人。这个人就是加布里埃尔·德·拉罗什富科伯爵。你们大家都看到过这个伟大的年轻人，他前额上的似两颗名贵宝石般的明亮眼睛来自他母亲的遗传。然而，与其让我来向你们讲述这一切，因为我们的合作伙伴没有在这里互相吹捧的习惯，我宁可援引一位权威判官对这个人的看法。欧仁·迪弗耶先生不久之前曾经说过："他会是一个超凡出众的天才；他会成为他那个世界的荣耀，他也会成为他那个世界的耻辱。[1]"

出生于皮尼阿泰利家族的波托卡伯爵夫人是教皇英诺森十二世的后裔，圣西蒙曾经对这位教宗有过绝妙的评论："那是一位伟大而又神圣的罗马教皇，真正的牧师和真正的万众之父，圣彼得的座椅上难得见到像他这样福祉功德无量的教宗，他带走了全世界的悔恨。他的名字叫安托万·皮尼阿泰利，一六一五年出生于那不勒斯的一个古老家族，一六九一年七月十二日被选为大主教……他出任过马耳他宗教裁判所的判官，驻波兰的教廷大使，等等……每个法国人，尤其是那个执政的家族应该对这位教皇留有弥足珍贵的亲切回忆。"（《圣西蒙》第二卷，第364—365页，谢吕埃尔出版社）波托卡伯爵夫人的这部分家谱不会让我们觉得无足轻重。在我看来，她是个热情洋溢的爱国主义者，法兰

---

① 四个月之后，普鲁斯特在一九〇四年九月对他的母亲预言："某夫人会为加布里埃尔·德·拉罗什富科自杀。"——原注

西的朋友，忠诚的保皇党人，我敢说，她有点像是宗教裁判所的伟大判官，正如她的祖先。她故意带领她的异教徒女友（当然，除了一两个其他女友，比如她挚爱的那位精致优雅的卡昂夫人，还有像卡恩夫人那样杰出的妇女）去看歌剧，我有时会扪心自问，换作另一个时代，她是否还会兴高采烈地带领她们去焚尸柴堆。她思想解放，不带任何偏见，却又一味地沉湎于社会迷信。她充满矛盾，富有而且美貌。

她认识二十世纪末所有最奇特的艺术家。莫泊桑每天都去她家。巴雷士、布尔热、罗贝尔·德·孟德斯鸠、福兰、福雷、里纳尔多·阿恩、维多尔也去她家。她还是一位著名哲学家的朋友，尽管她对这位友人始终亲切忠诚，可她还是喜欢羞辱他的哲学。在那里，我还发现罗马教皇的这位侄孙女喜欢羞辱至高无上的理性。据说她为著名的卡罗编写过滑稽故事[1]，这不禁让我联想起康帕斯伯让亚里士多德手足并用，四脚行走的故事[2]，那是中世纪出现在大教堂里的仅有的古代故事之一，它旨在告诉世人，异教哲学无法让人免遭情欲之苦。因此，传说中波托卡伯爵夫人编写的滑稽故事里的那个唯灵论哲学家很可能就是面带微笑和逆来顺受的受害者，我似乎从那不勒斯式的欢悦中看到了来自

---

[1] 传闻中伯爵夫人拿埃尔姆·卡罗（1826—1887）开玩笑的故事。——原注

[2] 在《法国十三世纪宗教艺术》中，埃米尔·马尔出示了一张在里昂大教堂的浮雕上拍摄的"亚里士多德背妓女康帕斯伯，手足并用，四脚行走"的照片。埃米尔·马尔（1862—1954）是与普鲁斯特保持通信联系的其中一人。——原注

某种隔代遗传的为基督教辩护的下意识忧虑。一旦跨越了这个高傲而又稀罕的造物绝妙的各种心血来潮，人们就会对她的友谊喜出望外，并且养成一种如此刺激的习惯：他们无法拒绝这些迷人和诱人的欢悦，迷人是因为伯爵夫人本人永远只是她自己，换句话说，她是别人无法代替的，诱人是因为她永远在下一分钟让人感到陌生，因为她时刻都在变化，而且永远如此。

可以理解，她的古典美、她的古罗马式的端庄、她的佛罗伦萨式的美雅、她的法国式的礼貌和她的巴黎式的思想极具诱惑力。波兰也是她的祖国（因为她嫁给了波托卡伯爵这个可爱亲切的男人），她本人曾经说过，她身上具有巴黎街头机灵调皮的流浪儿的俗话中所说的那种东西，那种东西与她雕塑般的沉稳端庄以及流水淙淙、鸟语啁啾的嗓音（那是这位伟大的女音乐家所能演奏的最悦耳的乐器）形成了鲜明的对照，请允许我们援引这样的话作为结束。一天，她感到寒冷难耐，于是便去取暖，没有回应向她问安的那些忠实常客，后者对这种失迎有点不知所措，只好恳切而又窘迫地自言自语，恭敬地吻着她似乎在毫无觉察的情况下伸向他们的那只手（我美，哦，美得不共戴天，就像石头的梦[1]），她向一个最宠爱的人指了指她刚才凑过去取暖的火炉，也许是一阵忧郁或欢乐再次袭来，她叫嚷道："我的舒贝尔斯基[2]！这就是波兰留给我的一切！"

---

[1]　选自波德莱尔的诗《美》。——原注
[2]　上个世纪末常用的一种取暖火炉。——原注

170

美术与国家 [①]

先生:

　　您寄给我的问卷已经收到,对此我深感荣幸。您借口进一步明确您提出的问题,急不可耐地向我们指出您希望按照哪种思路来设计答案。经过两页十分有趣而且必不可少(您说得太好了)的解释,您有理由认为,读者已经做好了充分的"准备",您再也不必煞费心机地说出您的想法,和盘托出您的意图,这根本不是"问卷",而是对一种意见进行公民投票表决。因此,经过这些"必要的解释",您赋予您的问卷一种彻底开诚布公的新形式:"您能接受罗马的百年专制吗?等等。您认为国家有权奴役个性吗?"面对这样的问题,谁敢斗胆回答说,他赞成罗马专制和奴役个性?当然,总有您意想不到的事情发生,

---

[①] 在一九〇四年九月的《人生艺术》杂志上,莫里斯·勒伯隆向一些文学艺术界名人提出了一些问题。普鲁斯特认为他受到了污辱,于是写了这封信给莫里斯·勒伯隆表明他的态度。莫里斯·勒伯隆(Maurice Le Blond, 1877—1944),记者,他非常欣赏左拉,在德雷福斯案件过程中始终站在左拉一边,他娶了左拉的女儿德尼斯为妻。——原注

万一有这样不大可能出现却又碰巧出现的大胆狂徒，您又会带着怎样的嘲讽对此横加痛斥："如果真是如此的话，那就意味着现状良好。"

好吧，先生！无论如何，在任何情况下，国家永远都没有"权力"奴役个性，您是否认为这一点至关重要？要"想"奴役一位艺术家的（这种）个性，首先必须具备一种比他更强的个性的正能量。如此这般的奴役距离自由的开始不太遥远。继而是懒惰、疾病、附庸风雅的负能量。然而，先生，您怎么会希望"国家"去奴役个性呢？就拿任何一位官方画家来说吧，我比您更喜欢他们的绘画。也许您确实认为在这个画家那里能够找到一个遭到国家扼杀的开明的精神乌托邦，那是克洛德·莫奈甚至维亚尔[1]向往的生活境界。您是否以为"遭受国家奴役"的克洛德·莫奈先生能够画出 M.Z.？我认为，如果没有自由而只有戒律，我们就会实实在在地死去。我并不认为自由对艺术家非常有用，可我却认为戒律对精神病患者，尤其是对今天的艺术家大有裨益。因为戒律本身是一种内容丰富的东西，尽管它有其规定的价值。不管怎样说，让货真价实的"大师们"去负责教学也许是比较好的选择。正因为如此，我要向您推荐一个不太极端的结论，那也许就是针对您提出的问题的十分明智的回答。

---

[1] 爱德华·维亚尔（Édouard Vuillard, 1868—1940），法国画家，纳比派成员，以象征主义创作室内场景中的人物活动。

您为什么要求取消美术学校，而不是要求克洛德·莫奈先生、方丹-拉图尔①先生、德加先生、罗丹先生去那里授课？这是一个有趣的问题。更何况我并不知道现任的教授们姓甚名谁，然而，不要忘记，居斯塔夫·莫罗和皮维斯·德·夏瓦纳②曾经在波拿巴街授课。再者，据我推测，最伟大的艺术家不一定最擅长讲授许多"其他"课程。加斯东·布瓦西埃先生③显然是比皮埃尔·洛蒂先生大为逊色的作家。然而，从前者的授课中学到的东西也许会比后者更多。我承认，官方绘画就像官方音乐，比官方文学和官方哲学更加远离真正的绘画。总而言之，我们杰出的作家之中的绝大多数都是或者可以是（如果他们愿意的话）法兰西学院院士。拉什利埃先生、达尔吕先生、布特鲁先生、柏格森先生、布伦斯维克先生④在大学任职。相反，我们最伟大的画家和最伟大的音乐家中的绝大多数并没有在学院任职，他们不见得会有进入学院的机遇。

　　最后，先生，关于这第一点，鉴于您对此有太多的深入了解，即便我要向您声明，我对这个问题外行到了可怕的地步，可我还是坚持介于两者之间的结论。重新恢复更加自由地选择

---

　　①　亨利·方丹-拉图尔（Henri Fantin-Latour，1836—1904），法国画家。擅长花卉、巴黎艺术家和作家群像。

　　②　皮埃尔·皮维斯·德·夏瓦纳（Pierre Puvis de Chavannes，1824—1898），法国十九世纪后期的重要壁画家。

　　③　G.布瓦西埃（Gaston Boissier，1823—1908），巴黎大学教授，《西塞罗与他的朋友们》的作者。——原注

　　④　这五个人都是哲学家，其中达尔吕、布特鲁和柏格森对普鲁斯特的思想形成产生过一定的影响。——原注

教授的教育，尤其是让克洛德·莫奈、德加、方丹–拉图尔、罗丹先生那样的人（还有您跟我一样熟悉的其他人）授课。我援引的这些名字特别能够说明问题，这些艺术家所达到的炉火纯青程度是今天任何人都无可非议的。

至于第二个问题，我不会向您提供任何结论，因为在我看来，目前状况良好。尽管我并不认为某些地方享有美的独家特权，比如梅特林克先生①新近的篇章中的罗马，但是罗马似乎仍然还是能够最具刺激性、最持久地促发一个艺术家想象的地方之一。我认识许多没有官方背景的年轻人，他们在长期研究之后来到罗马度过了几个年头。我当然认为美也可以在别处找到，美无所不在。既然有必要精心选择，那么在我看来，人们没有理由认为其他任何美丽的地方，比如翁弗勒、坎佩累，或其他任何地方比罗马更美。

至于理想的"古罗马"对我们施行的"专制"，您是否认为只有在迫使我们屈服于其他人的同时，我们才会逐渐意识到我们自己？拜占庭的庄严呆板对古罗马艺术家施行的专制空前绝后。难道就没有什么比他们的雕塑更加精美的东西吗？继之而来的那些更加自由化的作品仍然戴着这副枷锁，向我认为无与伦比的这种魅力卑躬屈膝。"世界上最美的雕塑"，惠斯曼②如是

---

① 梅特林克刚刚发表了《双重的花园》，其中有一章关于"罗马景象"。——原注

② 惠斯曼（Joris-Karl Huysmans，1848—1907），法国小说家。这句话引自他的作品《大教堂》（1898）。

说，"中世纪最美的雕塑"，罗斯金如是说——就是查尔特勒大教堂的西门廊。没有哪件杰作比兰斯的这些令人赞叹的雕塑更加独特，更加自然，更加法国化。而艺术家却仍然是拜占庭戒律和风格的奴隶！我们看不出这种"专制"影响会导致对艺术家个性的过分奴役。其中的自由与屈服兼而有之。您难道不认为印象派画家的影响远比古罗马更加专制吗？艺术影响必须依赖官方约束才能实现的观点是一大谬误。爱情就是最伟大的暴君，没有独特见解的人只会卑躬屈膝模仿人们喜欢的东西。事实上，对艺术家来说，只有一种名副其实的自由，那就是独创性，缺乏独创性的人就是奴隶，国家也许会照料他们，也许不会。千万不要试图砸碎他们的锁链，因为他们立即会锻造出其他的锁链。与其模仿让-保罗·洛朗斯先生，他们会模仿瓦洛东先生①。最好还是让他们保持原先的状态。

---

① 让-保罗·洛朗斯（Jean-Paul Laurens，1838—1921），官方画家。他是一位更加"激进"的画家。费利克斯·瓦洛东（Félix Vallotton，1865—1925），瑞士画家、漫画家，他是一八九〇年左右法国独立派画派成员。——原注

四、创作年代

阅读的日子①

　　您无疑已经读过德·布瓦涅伯爵夫人的《回忆录》。这个时期"病人真多"，于是书籍便找到了读者，甚至女读者。毫无疑问，在不能外出和无法出门拜访的时候，人们宁可待在家里接待客人而不是阅读。然而，"在传染病流行期间"，就连接待来访的客人也不无危险。这位贵妇在门口停留了片刻——仅仅是片刻而已——浑身上下充满威胁地向您叫嚷道："您不害怕腮腺炎和猩红热吗？我先告诉您一声，我的女儿和孙儿们染上了这些传染病。我能进来吗？"她不等答复就闯了进来。另一位不那么坦率的贵妇掏出她的表："我必须赶紧回家：我的三个女儿正在出麻疹，我得挨个儿去探望她们；我的昂格莱丝躺在床上，从昨天起她就发着高烧，我真怕接下来会轮到我，我起床时就感到不舒服。不过我还是硬撑着来看望您……"

　　既然不想过多接待客人，又不能没完没了地打电话，那就只好阅读了。我们只有在走投无路的时候才会阅读。首先，我们有许多电话要打。我们就像孩子那样与神力嬉戏，丝毫不畏

---

　　① 首次发表在一九〇七年三月二十日的《费加罗报》上。——原注

惧神力的秘密，只是觉得电话是"如此的方便"，确切地说，我们就像被宠坏的孩子，觉得电话"不怎么方便"，我们让《费加罗报》充斥着我们的抱怨，却并不觉得这个奇妙的仙境变化太快，其实，有时只需几分钟的时间，我们渴望交谈的对象，那位无影无踪却又无所不在女友就会出现在我们身边，她正在自己的餐桌旁，置身于她居住的遥远城市里，她的天空与我们的天空迥然不同，那里的气候不同于这里的气候，我们对她即将向我们讲述的处境和烦恼一无所知，当我们心血来潮的时候，这一切（她，还有她身边的全部氛围）突然间从几百里之遥的地方应邀来到我们的耳边。我们就像童话故事中的人物，巫师让这个人物如愿以偿地在一道魔光中看见他的未婚妻，她也许正在浏览一本书籍，也许正在流泪，也许正在采摘鲜花，而此时此刻正在十分遥远的地方的她却近在身旁。

为了让这个奇迹在我们面前重现，我们只消将嘴唇凑近那块神奇的魔板，呼唤——有时要等上一段时间，我愿意等待——那些警觉的圣女，我们每天都听到她们的声音却从未谋面，她们是我们无所不能的守护天使，在这些昏天黑地中嫉妒地看守门户，让缺席的面孔出现在我们身边，却又不允许我们一睹她们的真容；我们只能呼唤这些隐匿不见的达那俄斯的女儿们 [1]，她们不断地倒空、填满和传送声音的黑暗瓮罐，当我们

---

[1] 希腊神话中埃及国王柏罗斯之子达那俄斯与许多情人或妻子所生的五十个女儿的总称。

向一位女友悄悄地倾诉隐私的时候，嫉妒的复仇三女神却用嘲讽的口吻对我们叫嚷道："我听见了！"而我们却不想让任何人知道这个隐私，无论那是神秘之神恼怒的侍女、不近情理的诸神，还是驳接电话的小姐！当他们的呼唤回荡在我们仅仅为幽灵幻影出没的暗夜敞开的耳鼓之际，传来了一种轻微的声音，一种抽象的声音——声音的距离消失不见了——那是我们的女友向我们倾诉的声音。

当她向我们倾诉的时候，此时此刻，如果窗外令人心烦地传来一个行人的歌声，一个骑车人的喇叭声，或遥远的士兵列队行进的军乐声，我们也会清楚地听见这一切（仿佛是为了告诉我们，我们身边的那个人就是她，还有此时此刻围绕着她，在她耳边鼓噪、分散她注意力的所有一切）——本身没有意义，与主题无关的真实细节却因为向我们揭示了这个奇迹的全部真相而变得十分必要——朴素可爱的地方色彩特征，对她的住宅面临的外省街道和马路的描述，这是一位诗人的选择，如果他想让一个人物栩栩如生，展现人物周围的环境。

是她，是她的声音在向我们倾诉，然而，她却在那个遥远的地方！有多少次，我可以气定神闲地聆听她的声音，虽然不经过时间漫长的旅行就无法见面，可她的声音却近在我的耳边，我更加深切地感受到最甜蜜的亲密接触的这种假象有多么令人绝望，当我们的心爱之物看似伸手可及的时候，我们距离这些东西究竟还有多远。这种近在咫尺的声音就是实在的分离中的真实存在。同时也是对一种永恒分离的预期。听见这样的声音却又看不到在如此遥远的地方对我说话的那个女人，我总会觉得这样的呐喊来自人们无法自拔的内心深处，我体验过总有一天会束缚我的焦虑，这个孤独的声音不再依附于我此生也许无缘重逢的肉体，当这种声音再次回到我的耳边低声絮语的时候，我真心希望能够在这个过程中亲吻这些永远在尘埃中的芳唇。

我是说，在决定阅读之前，我们还试图聊天、打电话，我们查询了一个又一个电话号码。然而，黑夜女神的女儿、话语之神的信使、不露真容的女神、任性的守护女神有时不愿意或不能够为我们开启看不见的门扉，我们恳求的神秘之神装聋作哑，令人肃然起敬的印刷术发明人，爱好印象派绘画和驾驶机车的年轻王子——古登堡和瓦格拉姆①！——她们不知疲倦地祈求的这些人对她们的请愿不予答复；在这种情况下，既然我们无法拜访客人又不想接待客人，既然接线员小姐没有替我们接通电话，我们就只好闭上嘴巴开始阅读。

再过几周，我们就可以读到德·诺阿耶夫人②的新诗集《眼花缭乱》（我不知道她是否会保留这个标题），这部诗集要比天才之作《数不尽的衷情》和《白日阴影》更加高明，在我看来，这部新诗集实际上可以与《秋叶》或《恶之花》相媲美。在等待期间，人们可以阅读这本精美纯正的《马尔加雷·奥吉尔维·德·巴里》，R.德·于米埃尔的翻译精彩完美，那只是一位农妇的生平传记，由她的诗人儿子叙述。噢，不；在不得不阅

---

① 当时巴黎两个电话转接站的名称。
② 德·诺阿耶夫人（Anna Noailles, 1876—1933），散文诗人，普鲁斯特的朋友。普鲁斯特对她的评论显然有过分夸张之嫌。

读的时候，我们宁可选择像德·布瓦涅夫人的《回忆录》那样的书籍，这些书会让我们产生这样一种幻觉，仿佛我们还在继续出门作客，前去拜访我们无法会面的那些人，由于我们并非出生于路易十六时代①，况且那些人与您所认识的人并没有很大的不同，因为他们与您认识的人几乎同名同姓，他们的后裔与您的朋友出于对您欠佳的记忆的充分尊重而保留了同样的姓氏，他们也被称作：奥通、吉兰、尼韦隆、维克蒂尔尼昂、若斯兰、莱奥诺、阿尔蒂斯、蒂克迪阿尔、阿代奥姆或雷尼尔夫。更何况那是一些很美的教名，不会遭人取笑；它们来自如此悠远的过去，仿佛在自身的奇异光芒中神秘地闪烁，犹如铭刻在我们大教堂彩绘玻璃中的先知和圣人的名字缩写。尽管约翰本身更像今天的一个姓氏，难道这个名字注定要被一支饱蘸猩红、海青或天蓝颜色的笔刷用哥特字体涂写在一本祈祷书上吗？面对这些名字，凡夫俗子也许会再三重复蒙玛特尔的那首歌：

> 布拉冈斯，人们熟悉的鸟；
> 它的骄傲自豪必然深奥，
> 为了冠上……一个这样的名字！
> 不要那个跟大家一样的称号！

然而，如果诗人是真诚的，他就不会分享这种愉悦，他的眼睛紧盯着这些名字向他揭示的往事，他会用魏尔伦的诗作为

---

① 德·布瓦涅伯爵夫人生于一七八一年的"路易十六时代"。——原注

回答：

　　　　我看见、听见的许多事情
　　　　来自卡洛林①这个名字。

　　往事也许渺如烟海。我宁可认为这些难得传到我们这里的
名字，由于它们与某些家族的传统密切相关而在从前变得十分
普遍——平民与贵族的名字莫不如此——因此，透过这些名字
向我们呈现的带着神灯的逼真色彩的各种图景，我们看到的不
仅有强悍的蓝胡子老爷或塔楼上的忠实女伴，还有在绿色的草
地上弯着腰的农夫，骑着马行进在十八世纪尘土飞扬的道路上
的军人。
　　毫无疑问，他们的名字带来的这种中世纪印象往往无法阻
止人们频繁地使用这些名字，而以此冠名的那些人却没有留住
和理解其中的诗意；然而，我们是否可以理所当然地要求这些
人无愧于他们的名字呢？最美的东西也很难与他们的名字相匹
敌，没有一个国家、一座城市和一条河流的风光能够充分满足
它的名字从我们身上激发出来的梦幻欲望。明智的做法也许就
是用阅读《哥达年鉴》和《铁路指南》来取代我们所有的社交
和无数旅行……

---

①　公元七五一年，卡洛林家族取代墨洛温家族，正式坐上法兰克王国
　　的王位。在王朝其后的鼎盛时期，卡洛林家族在名义上复辟了罗马
　　帝国。

十八世纪末和十九世纪初的回忆录，比如德·布瓦涅伯爵夫人的回忆录，它们之所以令人感动是因为这些被当作第一手历史资料的回忆录给予现当代和我们今天毫无美感的生活以一种十分高贵却又非常忧郁的期待。回忆录让我们得以轻而易举地把我们在生活中遇到的——或者我们父辈熟悉的——那些人当作回忆录的作者或其中的人物的父辈，后者可能参加过法国大革命，亲眼目睹玛丽—安托瓦内特从他们面前经过。因此，我们可能看见或认识的人，我们亲眼看见过的那些人就像这些与真人一般大小的蜡像人物，站立在这些全景图画的最前列，脚底下踩踏着真正的草地，向空中挥舞从商人那里买来的手杖，他们似乎仍然跻身于打量着他们的人群中间，逐渐将我们引向画面的背景，借助于巧妙安排的过渡，展示现实与生活的立体风貌。出生于奥斯蒙家族的这位德·布瓦涅夫人就是在路易十六和玛丽—安托瓦内特的膝盖上长大的，这是她告诉我的，当我还是青少年的时候，我经常在舞会上看见她的侄女，出生于奥斯蒙家族的德·马耶老公爵夫人，八十多岁的她依然雍容华贵，她前额上翘起的白发令人联想到最高法院院长头顶上的假发。我还记得我的父母经常跟德·布瓦涅夫人的侄子德·奥斯蒙先生共进晚餐，德·布瓦涅夫人曾经为德·奥斯蒙先生写下了这些回忆录，我从父母的故纸堆中——其中就有他写给我父母的许多信件——找到过他的照片。为此，我对舞会的最初回忆的线索来自我父母的那些在我看来有点模糊却又非常真实的叙述，一条几乎是无形的纽带将这些回忆与德·布瓦涅夫人保留的记忆维系在一起，她向我们讲述她曾经参加过的最初盛典：这一切最终用轻浮浅薄却又诗意盎然的经纬编织出一块梦幻的布料，那是现在与已经遥远的过去之间的轻便桥梁，它连接着生活与历史，让历史更加生动，让生活几乎成为历史。

可惜我已经写到了这份报纸的第三栏[①]，而我的文章甚至还没有开始。这篇文章应该叫做：《附庸风雅与子孙后代》，可我却不能采用这个标题，因为我在为自己保留的这块地盘上还从未向您提起过有关附庸风雅或子孙后代的任何字眼，您以为这两个人注定永远不会凑在一起，这对后者是莫大的荣幸，我打算把这个问题交给您去处理，阅读德·布瓦涅夫人的《回忆录》会引起您的深思。这一切留待下次再说。然而，如果某个人前来恳求我的关注，犹如梦幻中不断徘徊于我的思绪及其对象之间的幽灵，在我必须对您说话的关头转移我的注意力，我就会疏远他，就像尤利西斯用宝剑摆脱聚集在他周围的幽灵那样，为的是让他现出真身或进入坟墓。

如今，我无法抵御这些幻觉的呼唤，我眼睁睁地看着它们在我透明的思绪中半深半浅的地方飘忽。吹玻璃的师傅经常成功地在闪耀着深暗色和玫瑰红的两泓浑浊水浆之间，用半透明的材料表述和塑造从遥远的地方向他展现的梦幻，来自心灵的一道变幻莫测的光芒会让这些梦幻相信，它们仍然在活跃的思维中继续嬉戏，我也想这样做却又做不到。正如那些令古代雕

[①] 这篇文章实际上在《费加罗报》上几乎占据了三栏。——原注

塑家心醉神迷的海中仙女，当她们在大理石浮雕的波涛中游泳的时候，她们相信自己仍然置身于大海之中。我错了。可我不想重起炉灶。我下次再跟你们探讨附庸风雅与子孙后代时，我会开门见山，不再离题。如果某种突如其来的念头，某种冒昧的奇思异想试图涉足与它毫不相干的事情，让我们的谈话有再次被打断的危险，那么我就会立即请求它不要打扰我们："我们正在谈话，请不要打断我们，小姐！"

《眼花缭乱》[1]

《眼花缭乱》

德·诺阿耶夫人著

"上帝啊，你们究竟想要什么？"圣伯夫这样回答德·龚古尔先生兄弟，后者口口声声地抱怨说，人们总是没完没了地谈论伏尔泰的天才。"我打算通过谈论伏尔泰，把话题引向天才；况且我们大家都承认，作为天才，他确实不枉虚名！"读完德·诺阿耶夫人最近的一部诗集《眼花缭乱》[2]，人们会情不自禁地想到圣伯夫的这番话，它也同样适用于德·诺阿耶夫人。在谈论她的时候，人们也可以说，作为天才，她也确实不枉虚名！这让人联想到儒贝尔在《阿达拉》付梓问世时写给德·博蒙夫人的那封信[3]，在谈论《眼花缭乱》的时候，人们也可以写

---

[1] 首次发表在一九〇七年六月十五日的《费加罗报》文学副刊上。——原注

[2] 《眼花缭乱》于一九〇七年问世；在此之前，安娜·德·诺阿耶发表过另外两部诗集《诉不尽的衷情》（1901）和《白日阴影》（1902）。——原注

[3] 这封信写于一八〇一年三月六日，而《阿达拉》要到四月二日才面世。这段引文经过普鲁斯特的处理调整，但是总体上大致准确。——原注

得同样精彩："……对某些人来说，这部作品中的维纳斯在天上，而在另一些人看来，维纳斯却在地上，然而，每个人都能感受到她的存在。这本书与众不同……优秀的鉴赏家也许会从中找到有待修饰的地方，可他们却找不出任何有待期盼的东西。这位工匠的手中攥着魔力和法宝。这本书之所以成功，那是因为它出自一位魔法师之手。"长期以来，每当《两世界杂志》《巴黎杂志》或《费加罗报》介绍德·诺阿耶夫人的新诗时，人们总会听见《雅歌》式的提问："那个正在前行、犹如棕榈形状的烟柱、散发出没药乳香和所有脂粉芬芳的女子，她是谁？"诗人用她的诗回答我们，就像苏拉米特①那样："请跟随我来，到花园里看一看山谷中的草丛，看一看葡萄树有没有发芽，石榴树有没有开花。我花园的一些小树林里，石榴树与最美丽的果实，女贞树与甘松茅，番红花、桂皮、肉桂、没药与各种香气袭人的树木错综交杂……"我将在后面用一个词来形容这个花园，"这个我总要提到的花园"，正如德·诺阿耶夫人在《眼花缭乱》的一首诗中形容的那样。她就这样带着微笑谈论她自己。然而，我还想试着谈论一点其他的东西，从她的作品中纯粹是作为陪衬的那个部分，从难得有人经过的旁门左道入手。即便如此，这个便捷的入口仍然会更加迅速地将我们引领到心灵深处。

居斯塔夫·莫罗经常在他的油画和水彩画中试着将诗人当作抽象的概念来描绘。诗人骑着马居高临下，鞍鞯上镶满珠宝，

---

① 即《雅歌》中对主的称呼。

跪倒在地上的人群朝他投去爱慕的目光。人群中包括东方的不同种姓，可他却不属于其中的任何一种，他身披雪白的平纹细布，斜挎着曼陀铃，深情地闻嗅着手中的那枝神秘鲜花的芳香，脸上铭刻着天堂般的温情，仔细端详之下，人们不禁要问，这位诗人莫非是女人。也许，居斯塔夫·莫罗的意思是说，诗人的身上兼有一切人性，其中应该包括女人的温柔；不过，依我看，他还想用诗来装饰这个诗魂的面容、衣着、姿态，为此他将这个场景放在印度和波斯，唯独如此，他才能让我们猜疑诗人的性别。如果他要描绘他心目中的我们时代和我们国家的诗人，让一种弥足珍贵的美萦绕他的诗人，那么他就不得不把诗人塑造成女性。即使是在东方，甚至在希腊，他也经常必须这样做。所以，他向我们呈现了一位女诗人的形象，后面紧跟着一位缪斯走在紫红色的深山小径上，一位天神或一个半人半马的怪物有时会从那里经过。更何况那是在鲜花环绕的水彩画中，犹如一幅波斯细密画，天神小巧玲珑的女乐师贝莉[1]骑在一条龙的身上，将一朵圣洁的鲜花高举在自己面前畅游天空。画家始终技巧性地赋予这些面孔以某种宗教色彩的美：以表情倾倒众人的男诗人，极富灵感的女诗人，遨游在波斯天空、歌声散发出天神魅力的小女人，我始终可以从中辨认出德·诺阿耶夫人的身影。

我不知道居斯塔夫·莫罗是否感觉到，这个女诗人的美妙

---

[1] 阿拉伯神话中的神仙。

190

构思产生的间接效果就是有朝一日能够更新诗作本身的结构。在我们这个悲惨的时代，在我们所处的环境之中，诗人，我指的是男性诗人，当他们向鲜花盛开的田野投去心醉神迷的一瞥时，他们不得不在某种程度上把自己排斥在包罗万象的美之外，在想象中将风景置之度外。在他们的感觉中，围绕着他们的那种美雅就停留在他们的圆顶礼帽、他们的胡须、他们的夹鼻眼镜上。而德·诺阿耶夫人却清楚地知道，掩映在一个流光溢彩、千娇百媚的夏季花园中的她不是最逊色的一个，正如那个为自己的身体感到羞愧的男性诗人，她会藏起了自己的双手，因为这双手：

> ……犹如一只精巧的碗盏
> 那是一件日本瓷器。

还因为：

> 无数遍轻柔地抚摸
> 触碰森林里的草木，
> 留住了它们的神秘图案
> 槲树矮小的身躯。

为什么她藏起来不让人看见：

它面庞上的明媚阳光，

成千上万道光芒，

……它面颊上的黎明，湛蓝漆黑的深夜

映满它的发丝。

　　其中的一种许多诗人根本无法企及的浑然天成与她的天才技巧水乳交融，使得她有时能够带着这种优雅的大胆描述古希腊夭折的少女，她们的墓志铭所构成的这些诗句酣畅自如地向路人倾诉。至于那些男性诗人，如果他们想把温情脉脉的诗句放进一张优雅的嘴里，他们就不得不杜撰出一个人物，让一个女人开口说话，而德·诺阿耶夫人既是诗人又是女主角，她直截了当地表达她的感受，无须任何虚构的技巧，而且更加真实感人。如果她想为自己过于短暂的一生，青春易逝和"她岁月中的甜美贞操"而哭泣，如果她渴望（这种令人羡慕的渴望，在这本书的每一页上时而滋生，时而满足的渴望确实使它"温暖犹如阳光，清新犹如西瓜"）坐在"森林的阴影底下"，她无须把自己无辜清白的悔疚或火热滚烫的欲望放到另一个女人的嘴唇上。她是诗句的作者兼主角，她懂得如何将拉辛与他笔下的公主，将谢尼埃与他笔下的年轻女俘集于一人之身。奇怪的是，在《眼花缭乱》这本书中，德·诺阿耶夫人的音容笑貌几乎出现在每一页上，她越是试图把自己的形象从书中抹去，将自己的身体紧缩在墙壁上，她的形象就越发可爱动人：

她宛若檐壁上的这些女仙

腿和手被束缚在岩石中间。

　　然而，这还是作者形象最少的诗集之一。所有一切可以构成德·诺阿耶夫人带有社会性和偶然性的那个"我"，诗人们有时非常热衷于让我们了解的那个"我"，在这四百页当中却没有提到过一次。几乎没有什么高贵可言，根本不足挂齿的阿尔弗莱德·德·缪塞厚着脸皮跟我们大谈"他头盔上的金鹰"，而阿尔弗莱德·德·维尼也在那些崇高的诗句中跟我们大谈他的"贵族镀金盾形纹章"，如果您在阅读《眼花缭乱》的时候不知道作者名叫德·诺阿耶夫人，那么我敢说您未必猜得出她所处的社会环境；您会以为她是一位名闻遐迩的年轻公主，而不是在街头演奏长笛或以采摘橘子维持生计的女人。就这点而言，她的作品酷似我刚才提到的居斯塔夫·莫罗笔下的印度诗人：女诗人不带有任何种姓特征的标志，正如这位男性诗人那样。甚至在她致儿子的两首诗中（其中的一首题为"诗节"，这首诗拿来给安德烈·博尼埃的奇妙无比的《托博尔国王》[①]作题辞真是绝配！），当她对儿子谈到制约他的祖传旧习时，她根本不理解自己祖先的灵魂，而任何一个毫不相干的人都会在这里不失时机地对此借题发挥；她首先考虑到她自己的感受，这种

---

　　① 一九〇五年发表的政治讽刺诗。毫无疑问，普鲁斯特是通过《费加罗报》结识安德烈·博尼埃的。——原注

令人钦佩而又恐怖可怕的感受让她不寒而栗，她为自己曾用一位王室总管的姓氏①向这个当时尚在襁褓中的婴孩"如此细嫩的血脉"灌输一位伟大诗人的遗产（这份难以承受的沉重遗产让生活变得格外艰难和危险）而感到自豪。所以，没有哪本书当中的"我"如此这般地既多又少；我们不久就会看到，过多的这个深刻的"我"会让作品个性化并且经久不衰，人们可以用一个词来给那个过少的"我"下一个定义：这个"我"令人憎恶。

我想撰写的一本书标题也许就叫《天堂六花园》，德·诺阿耶夫人的花园会是所有花园中最浑然天成的一个，可以说，那是唯一完全自然纯真、只有诗才能进入的花园。在其他的花园里，自然纯真并不总是与感情直接结缘，而诗本身有时通过研究或哲学的旁门左道也能迂回曲折地进入（更何况我还远不敢大胆断言那是一种谬误）。姑且不论科尼斯顿湖畔天使造访过的约翰·鲁斯金花园，对此我有太多的话要说。而莫里斯·梅特林克花园则是围绕着一棵柏树和一棵意大利五针松的那种"纯朴不变而又清新"的景象，正如他在六十年来法国最优美的散文篇章中所说的那样，以至于他"无法想象天堂里或九泉之下绚丽多彩的生活会没有这些树木"，弗朗德勒的维吉尔曾经从麦

---

① 德·诺阿耶夫人儿子的姓氏安娜-儒勒让普鲁斯特联想到王室总管安娜·蒙莫朗西。——原注

秸蜂笼附近的这座玫瑰红、黄色和粉蓝的花园里收获了许多无与伦比的诗，一踏进花园，我们就联想起他所热衷的研究，人们怎么能说他从不寻找诗以外的其他东西呢？没有必要像他的蜜蜂那样降落到开花的椴树上或池塘上，鞭子草就在那里等待，恋爱的时辰一到，它就会在水面上开花，他仅仅是在探访水井附近、紫罗兰色的鼠尾草旁边的欧洲夹竹桃，或勘查油橄榄园里的一个荒芜的角落：那是为了研究一种古怪的唇形科植物，各种各样的菊花或者兰科植物，他因此能够得出这样的结论：相对其他方面的进步，也许对花卉世界无法取得的其他成就而言，我们在花卉的演变进化和花卉的无意识方面的进步或成就却会让人类更加接近真理和幸福。因为对于这位绝对的进化论者来说，假使人们可以这样说的话，科学、哲学和伦理都处于同一个层面，而幸福和真理的境界并非来自我们的光学定律和精神前景的一种幻景，而是与我们息息相关的一种真实理想的术语。

天晓得我有多么喜欢亨利·德·雷尼耶的花园。那也许是我熟悉的第一个花园；过去的每一年都会增加我对它的爱慕，我有好几次回到那里探访，这样的机会我从不错过，无论是去德·阿梅柯先生 [①] 和德·欧特勒尔先生家，还是去德·泰尔米亚纳公主家，更多是去美人桥，而且从来没有把我的朝拜终点放在弗雷内家。我从雨蒙蒙的天空中远离花园的地方分辨出草场

[①] H. 德·雷尼耶小说中的人物。——原注

洼地上的尖形小塔，略微感受到德·彼特比兹先生的震颤，当德·奥利奥库先生向他描述这些小塔时，他就是这种感觉。然而，对于德·雷尼耶先生来说，也许只有德·内隆德夫人和德·内里夫人家除外，那些花园的美不是纯粹的自然美；从朱莉的人鱼海神使者到那喀索斯的扶梯，到处可以欣赏到雕塑杰作，构造精巧的建筑和水利；就连沉浸在水中氧化的鱼也有一种弥足珍贵的美，还有那些花朵，最令我动容的是纵横交错的小径上四处可见，栽种在"标有药学标志和图案、带着蛇形把柄的陶钵之中"的各种珍稀罕见的花卉本身。

相反，弗朗西斯·雅姆的神圣花园初看之下更加接近自然，总而言之，那是一个名副其实的天堂花园，因为诗人本人告诉我们说，这个花园就在天堂里，恰似人世间的花园那样真切：就在同一个地方，不远处的蓝色铁牌上写着："卡斯泰蒂-巴朗桑，五公里"，周围的草原上，"珐琅镶嵌在蓝宝石般的湖泊之中，四周簇拥着比利牛斯山的湛蓝冰川"，遍地都是常见的百合花、石榴树、甘蓝，还有他在这个世界上最钟爱的两只灰色小猫以及这棵月桂树，孩子们会在圣枝主日 [①] 那天前来折一条月桂树枝，将橘子、糖衣杏仁、纸花和鸟状的香料糕饼串挂在这根树枝上。然而，对于诗人来说，花卉的美在这里似乎总是远远不够的。他又为此增添了《圣经》中曾经出现过、而且是上帝所钟爱的那种庄严神圣。他也学过植物学。他播种酢

---

① 复活节前的那个星期天。

浆草是为了研究植物的睡眠，很快他又从植物学转向神谱、星象学、世界体系，而且是出于非常简单的动机，就像他的那个让·德·拉封丹老头那样：

> 上帝的创造完美无缺；从不寻求实证，
> 在蝴蝶身上我见到了晨曦[1]。

多亏让·博尼先生的保荐，我终于有一天得以见识克洛德·莫奈的花园，我对此深有感触，我在这个花园中看到的色调和色彩多于花卉，它更像是一个善于运用色彩的画家的花园而不是花匠的古色古香的花园，如果可以这样说的话，花卉的整体布置并不完全是纯天然的那种，因为播种花卉时就考虑到不让它们同时开放，好让不同颜色的花卉和谐地搭配成一望无际的蓝色或粉红色的景象，画家的这种强烈的表现意图从某种程度上埋没了不属于色彩的一切。地面上的花卉，还有水中的花卉，大师在气势恢宏的画布上描绘的这些温馨的睡莲，这个花园（那是比绘画原型更加真实的艺术移植，因为绘画展现的是大画家眼里灵动闪耀的大自然）犹如一幅原始的生动草图，至少那块美妙无比的调色板已经调配好了，和谐的色调各就其位。

正如我们所见，德·诺阿耶夫人的花园全然不同。爱默生的这篇绝妙的颂词仿佛就是为她而作的（相形之下，惠斯勒的

---

[1] 参见拉封丹的《寓言集》第十卷。——原注

《十点钟》似乎既是一种自相矛盾的悖论，同时又是能够自圆其说的反调）："为什么一位业余艺术爱好者会找到诗人那里，请教如何欣赏一条瀑布或一片金色的云彩，难道他无法睁开自己的眼睛，看不见这样的绚丽和美雅吗？既然事物本来就注定要在混乱的前沿播种美的玫瑰，从遍地闪烁的火花中仅仅选择其中的一朵又是多么徒劳。噢，诗人，水里、地面、空中的真正主宰，即使你穿越整个宇宙，你也无法找到任何缺乏诗意和缺乏美的东西。"德·诺阿耶夫人很早就觉察到她对诗的狂热和敏感，她把这种能力运用于各种事物。她丝毫没有从中辨识这种能力，只是天真地称之为宇宙的壮丽辉煌。现如今，《眼花缭乱》就标志着向更加深刻的主观主义发展的这个时期，她在尚未得到运用的某种多余的爱情中倾注了自己的直觉，终有一天她会在自己的心中找到这种爱情。她说道，整个世界让她"眼花缭乱"，而她却将世界洒向她的光明火花逐一归还。因为她心里明白，思想没有在宇宙中失落，而宇宙却在思想中得到了再现。她对太阳说："我的心就是一座花园，您就是这花园中的玫瑰。"她知道，封存在她内心的时空中的那种深刻的观念不再屈服于时空的专制束缚，不会就此罢休：

> 这样的冲动不会突然停息。
> 我对您的柔情会超越我的有生之日，
> 穿过我封闭的坟墓！

看见坟墓只能增加她的热情和欢悦，因为她仿佛看见坟墓上她赤裸的双脚：

> 埃罗斯微微含笑给鸽子喂食。

……我不知道您是否理解我，但愿诗人能够宽恕我的梦呓。《眼花缭乱》中最微不足道的诗句往往让我联想到日本园艺中的巨型柏树和玫瑰红的槐树，虽然它们只有几厘米高，种植在日本肥前出产的瓷花盆里。然而，关注盆景的想象和眼睛却在比例的世界中还原了它们巨树的真相。在阳光明媚的白天，巴掌大的阴影在这块有泥土、有草编或卵石的方寸之地缓缓地展开百年的梦幻，赋予它以一片辽阔的田野或某条大河堤岸的宽广和威严。

我想试着先从这样的一本书（也许过去曾经有过与这本独一无二的书相似类同却无法类比的书）中找出其精华和思想。在必须结束之时，我却还没有开始与您一起遍访其中的美。不过，我宁可在这些纯属技巧而非其他的种种美之间流连，一路上向您指出法国名字的妩媚可爱，这些名字在诗人呈现它们的绚丽光芒中，在诗句的宝座上，在诗韵上，在吟唱这些名字的诗韵上，随着邻近的诗韵伴奏的音乐重获新生并且大放异彩：

> 一个温婉的美丽夜晚降临在博韦。
> 我俯身在您的窗前，

夜晚降临在尚贝里;

美妙精准的评注是如此之多:

> 在我们密实的矮树林里,喜鹊叽叽喳喳
> 犹如冷杉树下滚动着一颗黑白相间的果实。
> ……在德朗斯河的波涛旁,
> 飞跃出一条冰冷灵动的鳟鱼,
> 沾湿了银燕的翅膀末梢。

经过重新组合的隐喻让我们的第一印象变成了假象,当我们在树林中或沿着河边散步,听到某种东西滚动的声音的时候,我们首先想到的是某种果实而不是一只禽鸟,当水面上突然间活蹦乱跳的扑棱让我们大吃一惊的时候,在听到鳟鱼再次落入河中的声音之前,我们会误以为那是一只飞翔的禽鸟。然而,这些可爱而又非常生动的对照取代了我们再度觉醒的切身体验(唯一有趣的现实),消失在真正高尚、完全独创、堪与雨果最美的图景相媲美的景象旁边。请看这首诗中夏季的这些令人陶醉和冲动的绚丽早晨,读者会情不自禁地掉转头,用目光追随一只冲向天际的禽鸟,只有读过整首诗才能体会到这最后两行诗隐藏的所有秘密给我们带来的那种头晕目眩的感觉:

> 离开一棵看不见的樕树,

200

轻柔的禽鸟直冲世界巅峰。

有什么比这种景象更加壮丽、更加完美（大马士革的这些美妙的水流从泉眼中突涌继而沉落，将泉水的清凉洒遍湿漉漉的织物，让甜瓜、水蜜梨带上玫瑰的芬芳）：

犹如一个年轻的女奴
水涨水落，又是浣洗又是散发香气！

为了理解这幅如此突兀却又如此完整，直截却又丰满的图景中高贵、纯净、"富于创意"的一切，我们必须重温这首诗，它是这部诗集里措辞最"刺激"、让人感受最深的一首，从头到尾都在对一种转瞬即逝的感觉进行描写，人们不禁感觉到，艺术家也许不得不在自己身上无数次地重新体验这样的感觉，以便延长停顿的瞬间，完成她取自大自然的画面，那是印象主义文学最惊人的成就之一，也许会是印象主义的杰作。顺便提一下"蓝龙虾"，它们的色彩也许有点刺眼，就像《阿达拉》开头部分中的"蓝鹭""玫瑰红的火烈鸟""吃过葡萄的醉熊"和"幼小的鳄鱼"那样讨人喜欢，想当初，《阿达拉》的这些诗也曾经让某些人的眼睛发出喊叫，然后就融汇在总体的美妙色彩之中。我们勇敢地提请当时的莫雷勒修道院长①注意这些蓝龙虾，在我

---

① 莫雷勒修道院长（1727—1819），因为批评《阿达拉》而闻名。——原注

们看来，我们觉得蓝龙虾很合我们的胃口。继而是关于波斯的这些非凡的诗篇，其中：

> 漂亮的波斯小伙子头戴兽皮便帽，
> 圆圆的轮廓犹如年少气盛的公羊。

他们对作者说：

> 我们为您铺上漂亮的地毯
> 蔷薇花的拱门深处，可以瞧见
> 一些倦怠的雄狮和昏睡的公鹿，

至于那只孔雀：

> 时而钻进甜蜜的玫瑰花丛
> 狭小的前额犹如突起的蛇头。

请看这行诗里关于春天的可爱诗节：

> 请听我火烫的嗓音中的鸣禽①。

---

① 这句诗的主语是五月。——原注

参差不齐的图景更是增添了一种美，诚如波德莱尔的这行诗：

你们博大的心灵盛满爱情的骨灰瓮。

一位优秀的作家只能是一个将心灵比照一只盛满爱情的骨灰瓮、将春天的嗓音比照一只鸣禽的歌喉的优秀作家。唯有伟大的诗人才有胆量用骨灰瓮盛装心灵，用鸣禽承载嗓音。遗憾的是，我们只能浮光掠影地浏览有关威尼斯的这首好诗，在那里：

夜晚，多加纳露出它的金球，
停滞的时间仿佛还在延续
太阳的形状陨落在深渊里。

在其他的许多诗篇中，我最喜欢诗集末尾的最后一首诗，那是描写英雄的，这些英雄是从前潇洒地死去的所有伟人：

犹如神圣的舞者！
啊！让我走吧，

诗人喊叫道：

……让我加入

这个唱着歌的神圣行列，

但愿我是那个腼腆羞怯而又耽于梦幻的伴侣

携带着盐和酒！

有多少次，不再有活下去的力气，

我经常微笑，跳跃，

为的是听见这些铜管乐的声音

洛蒂的少年们！

有多少次，在我艰难地散步之时，

我的心上人，当您疲惫不堪，

我曾经向您追忆，在明媚的特洛阿德①，

阿喀琉斯在高耸的无花果树下！

蔚蓝的每一天都降临到我的胸中

变幻出无穷无尽的姿态，

犹如海面上涌出的两根水柱

那是海豚陶醉的叹息！

我不知道您有没有注意到，自从《诉不尽的衷情》和《白日阴影》的作者在这个让我们欣喜若狂的多雨地带展开这首诗之后，您又有了多大程度的提高；在那里，种植任何蔬菜都无法成活，因为您已经进入高海拔地带。请看您的前方：《世纪传

---

① 古时北加半岛的旧称，现在土耳其境内。

说》的巅峰孤零零地以惊人的高度耸立在一片耀眼的皑皑白雪之上，某些崇山峻岭看似近在咫尺：在没有任何东西可以将它们与我们分隔开来的蔚蓝天空中，我们无法准确地分辨它们的距离。我给您援引的最后所有诗句笼罩着一片寂静，吹拂着它们的纯净微风激发您的激情，在居高临下的一片辽阔天涯的怀抱之中，您会有置身于顶峰的感觉。

外祖母 [①]

有的人活着却没有足够的力气，就像有的人唱歌却没有甜美的嗓音。这些人更让人感兴趣，他们用智慧和情感来弥补他们所缺乏的东西。我们亲爱的合作伙伴兼朋友罗贝尔·德·弗莱尔的外祖母，今天在马尔齐欧 [②] 安葬的德·罗齐埃尔夫人就具备这样的智慧和情感。贯穿她毕生的一种伟大的爱（对她外孙的爱）伴随而来的不断思念耗尽了她的心血，她怎么能不因此身心憔悴！然而，她的身体状况就像缺乏所谓的生命活力的上等人那样特殊。她是如此的柔弱和单薄，始终在恐怖多变的疾病中沉浮，她总是在人们以为她被疾病击倒的时候动作迅速地返回最佳状态，紧紧追随着装载她的外孙驶向名望和幸福的小船，她这样做不是为了沾他的光，而是为了看看他还缺少什么，他是否还需要外祖母的些许关怀，这也是她内心的真切希望。只有真正强大的死神才能将他们分开！

我曾经看见过这位外祖母的眼泪——那种小姑娘的眼

---

① 这篇文章发表在一九〇七年七月二十三日的《费加罗报》上。——原注

② 德·弗莱尔的外祖母就在马尔齐欧城堡中逝世。——原注

泪——每当罗贝尔·德·弗莱尔独自外出旅行的时候，她就会担心牵挂，我想，罗贝尔总有一天是要结婚的。她经常说她盼望他结婚，而在我看来，她这样说无非是为了让自己适应他难免要结婚这个事实。实际上，她对外孙迫在眉睫的婚姻的恐惧甚于她害怕外孙进学校念书和离家服兵役。天晓得——因为有爱才会勇敢——后面这两个时期让她遭受了怎样的痛苦！我怎么说好呢？当罗贝尔结婚之后，她对外孙的爱在我看来也许只会成为她悲伤的原因：我想到那个即将成为她外孙媳妇的女人……一种同样带有嫉妒的爱对于必须同她分享的那些人来说并非永远是甜蜜的……嫁给罗贝尔·德·弗莱尔的那个女人①极其简单地完成了这个奇迹，用这个如此恐怖的婚姻为德·罗齐埃尔夫人，为她自己，为罗贝尔·德·弗莱尔开创了一个纯粹的幸福时代。这三个人没有一天分开过，没有一天吵过嘴。德·罗齐埃尔夫人说过，为了慎重起见，她不会继续同他们住在一道，她要去自己的角落生活，然而，我认为无论是她还是罗贝尔，任何人都从来没有正儿八经地考虑过这种可能性，除非是将她装在一具棺材里搬走。

感谢加斯东·德·卡亚韦和他妻子②的美意和好心，另一桩在我看来做起来应该很有难度的事情才能够以世界上最简单、

---

① 一八九八年，德·弗莱尔与维克多里昂·萨尔杜的女儿热纳维埃夫·萨尔杜结婚。——原注

② 让娜·普凯，普鲁斯特童年时期的女友，她第一次婚姻嫁给了德·卡亚韦。一九一五年丈夫去世，她又嫁给了她的堂兄莫里斯·普凯。——原注

最开心的方式了断。从某个时期开始，罗贝尔有了一位合作伙伴。一位合作伙伴！他果真需要一位合作伙伴吗？她的外孙，单单是他一个人的才干就超过了地球上出现过的所有作家。再说，这一点并不重要；可以肯定的是，在合写的作品中，所有的精彩部分都来自罗贝尔，如果偶然出现某种不太精彩的东西，那肯定是出自另一个人，那个胆大妄为的家伙……可其中并没有任何"不太精彩"的东西啊！于是她便声称，这一切不都是罗贝尔写的。我还不至于会说，她认为这些连续不断的成功合作中取得的一切荣耀都应该归功于卡亚韦，而他会是第一个无法容忍这种说法的人。在这种可喜的成就中，她注意到能够巧妙结合起来的不同天赋。那是因为她首先具备了卓越的才智，所以事情才变得公平公正。毫无疑问，正因为如此，作为恶的重要源泉的才智在我们面前才显得如此有益和如此高贵：懂得敬奉公平公正的唯有才智，我们对此深有体会。"那是两位力量超强的天神。"[1]

她再也没有离开过她的眠床或她的卧房，儒贝尔、笛卡尔还有其他的人都认为，长时间卧床对他们的身体健康很有必要，这样做既不要求这个人心思缜密，也不要求那个人意志坚定。我所说的这番话并不是针对德·罗齐埃尔夫人的。据夏多布里昂说，儒贝尔经常双眼紧闭着躺在那里，只有在这样的时刻，他才能感觉到从未有过的骚动和疲惫。出于同样的原因，帕斯卡尔从来不听从笛卡尔为此向他提出的无数忠告。所以，人们对许多病人的建议是保持安静，然而——正如德·塞维涅夫人

---

① 引自《阿达莉》。——原注

的孙子那个时代的年轻人那样[①]——他们的思绪"在给他们制造噪声"。过分操心让她的病情变得如此严重，也许她最好还是仅仅为了保重自己的身体健康而费心。可她无法做到这一点。到了晚年，她紫蓝色的迷人眼睛越来越多地反映出她的往事，却不再向她呈现周围发生的一切：她几乎双目失明。至少她对此直言不讳。可我却清楚地知道，如果罗贝尔的脸色仅仅是有一点难看，她总是第一个对此有所觉察的人！更何况她也不需要看见除他之外的其他东西，她是幸福的。用马勒伯朗士的话来说，她从来只爱他身上的一切。外孙就是她的上帝。

她对外孙的朋友总是既宽容又严厉，因为她认为他们从来配不上外孙。她对我比对任何人都宽容。她这样对我说："罗贝尔爱您就像爱自己的兄弟。"言下之意："您还算配得上他"，"尽管您只有一点点配得上他"。她居然因此盲目地觉得我是天才。毫无疑问，她自以为经常与她外孙来往的那个人总会从他身上学到一点东西。

罗贝尔·德·弗莱尔与他的外祖母之间的这种如此完美的友情永远不会有终结的时候。怎么说呢，两个完全情投意合、息息相通的人只能从对方身上找到存在的理由，相同的目标、相同的满足、相同的解释、同样温情的评论，你中有我，我中有你，这两个人几乎就是彼此的翻版，尽管其中的每个人都有各自的独特个性，这两个人只不过是在无限的时间长河中刹那

---

① 德·塞维涅夫人在一六八九年一月二十四日给德·格里尼昂夫人的信中写道："他听不见他的青春给他制造的声音。"——原注

间偶然相遇，他们又怎么能够从此不再相关，就像成千上万的其他芸芸众生那样没有任何特殊呢？难道真的必须对此加以深究吗？德·罗齐埃尔夫人就是一本才智横溢而又善感多情的书，难道这本书中的所有文字突然变成了没有丝毫含义、拼凑不出任何单词的字符了吗？喜欢从书籍和心灵中进行阅读，像我这样过早养成这种习惯的人永远不会完全相信这种说法……

我相信，罗贝尔和她可能早就想到过他们终有分离的那一天，尽管他们从未向对方提起过。我也相信，她宁愿外孙不要悲伤……这将是外孙第一次拒绝满足她的要求……

我想代表罗贝尔·德·弗莱尔的朋友——那也是她的年轻朋友——对她说，我不能将之称为最后的诀别，因为我觉得我还有许多话要对她说，确切地说，人们从来不会与自己挚爱的人真正道别，因为相爱的人永远不会彻底分离。

世间万物经久必衰，死亡亦然！德·罗齐埃尔夫人还没有入土，她就已经重新开始鲜活如生地同我说话，她是想让我不得不谈论她。即使我有时谈起她面带微笑，这并不意味着我没有因此想哭的欲望。没有人比罗贝尔更了解我。他也会做与我同样的事情。他清楚地知道，对于最挚爱的人，痛哭流涕而不是满怀深情地向他们投去力所能及的最温柔微笑，那不是思念。试图欺骗他们，安慰他们，对他们说他们可以安息了，让他们相信我们不是不幸之人，难道只有这样做我们才会变得勇敢吗？这样的微笑难道不就是我们给幽冥世界中的他们送去无数亲吻的形式本身吗？

居斯塔夫·德·博尔达 [1]

上个星期去世的居斯塔夫·德·博尔达先生曾经以"剑客博尔达 [2]"这个绰号名闻遐迩和传奇江湖，实际上，他手握利剑度过了一生，让坏人闻风丧胆，对好人和蔼可亲，对不幸的人同情怜悯，就像西班牙叙事诗中的一位骑士，就连容貌也像。他在战争期间的出色表现为他赢得了勋章，他以举世无双的击剑天才和无以计数的决斗而著称于世。他将自己超凡出众的灵敏机智用于击剑只是为了制约他从不滥用的力量，这一点很少有人知道。

他也许会是最危险的敌人；可他同时又是最好的男人，他永远是最温和、最公平、最人道、最礼貌的对手。美德来自品行而不是舆论，勇敢无畏造就了像博尔达那样心平气和的人，那是和平主义无法做到的。他以身作则，教人不畏惧死亡和更好地品味生活。他的同情心、他的善良令人快慰，因为在人们

---

[1] 这篇文章发表在一九〇七年十二月二十六日的《费加罗报》上。——原注

[2] 当时著名的击剑家。一八九七年二月六日，普鲁斯特与让·洛兰用手枪进行决斗，博尔达和画家让·贝鲁是他的见证人。决斗的起因是让·洛兰在《日报》上写的那几行带有侮辱性的文字。——原注

的感觉中，恐惧、利害、软弱被他拒之门外，那是一个真正自由的灵魂坚毅而又纯洁的禀赋。充实可喜的思想让他对艺术，尤其是对音乐具有一种天然的强烈兴趣，他轻而易举地爱上了艺术和音乐，因为这符合一位老勇士的口味。参加过俄罗斯战役的司汤达不就是喜爱意大利音乐甚于其他所有的一切吗？这位不可思议的决斗手德·博尔达先生同时也是一位才识出众、敏感细腻、极为善良而又无可比拟的决斗见证人。

近些年来，他已经超过了参加决斗的年龄，只有疲惫才能阻止他前往决斗现场担任他朋友的见证人。如果我们没有记错的话，最后一个请他去决斗现场担任副手的那个人就是我们的合作伙伴马塞尔·普鲁斯特先生，后者始终对他抱有一种发自真心的崇拜。居斯塔夫·德·博尔达先生结交了全巴黎以品性、出身或思想而著称的朋友。不过，在所有的朋友中，除了他的医生兼朋友维维埃大夫①之外，他最看重的是大画家让·贝鲁。德·博尔达先生从这位卓越的艺术家身上觉察到一种公众不太了解的天性，在勇敢和品性方面，他们十分相似。他从艺术家身上看到了我们时代的最后一位骑士。

---

① 莱昂·都德经常在他的《回忆录》中极为崇敬地谈到他的朋友亨利·维维埃大夫。——原注

死路 [1]

　　一位伟大作家的灵魂在他死后仍然活在他的作品中。有时，他的部分灵魂会神秘地通过秘密的途径，给他的某个子孙后代灌注精神活力，掺进其他的源泉，培育出一部截然不同而又毫不逊色的全新作品。继阿尔封斯·都德之后，他的儿子莱昂·都德就是这样一位截然不同的天才作家，一位截然不同的出色小说家，就连阿尔封斯·都德夫人也秉承了这个名字的美妙优秀，她的杰出诗作有：《镜像与幻影》、《平台边沿》和《一个巴黎女子的童年》[2]。都德是个兴旺的姓氏，就像小树枝那样始终清新多变，从昨天起，这个姓氏又增添了第四位作家，吕西安·都德先生，他无愧于其父、其母、其兄，却又完全独树一帜。他的这本精美雅致的重磅之作的开头部分令人耳目一新，从中无疑可以重新找到阿尔封斯·都德的许多优良品质：源源不竭的才智，先知先觉的观察，对滑稽可笑之人和忧伤悲哀之物的敏感让某些篇章产生触

---

① 首次用笔名发表在一九〇八年九月八日的《不妥协者》上。《死路》是吕西安·都德（1883—1946）的小说，一九〇八年由弗拉马里翁出版社出版。——原注

② 阿尔封斯·都德夫人（1847—1940），发表过《一个巴黎女子的童年》（1883）、《镜像与幻影》（1905）、《平台边沿》（1907）。——原注

电的效果，"化腐朽为神奇"，直至它们像雷雨之夜那样令人窒息和扣人心弦。然而，尽管这本书出自阿尔封斯·都德儿子之手，吕西安·都德却根本无须阅读他父亲的一行文字，甚至不需要认识他就能写出这本书：其中没有丝毫模仿的痕迹，绝无一时片刻的模仿。那是彻头彻尾的独创。

这本书的写作手法也与众不同。没有一处在描写，却又没有一个词不在描写。所有的一切似乎都是相互排斥的，轻浮与深刻，活泼与严肃。如果非得把这本书令人联想到的两位大师的名字铭刻在前面的话，我会选择狄更斯和惠斯勒①。因为从一种语言到另一种语言不存在模仿的问题。

许多没有读过巴尔扎克小说的上流社会人士和不理解巴尔扎克的记者把"巴尔扎克式"这个形容词滥用到令人恶心、让人几乎不敢涉足的地步。然而，所有非常熟悉巴尔扎克的人，每当阅读《死路》时，这个形容词就会不由自主地在他们的脑海里浮现，开头的所有具体细节真实得令人叫绝，正如巴尔扎克刻画的人物生活特征，这些细节让我们如今得以重现当时的服装和家具。

刚刚失去丈夫的妻子"高傲地裹着她的整套华丽丧服"，"在那个屈辱而又幻灭的上午，饰有但丁头像的黑色木头柜子才卖了四十法郎"，衣帽架"形同竹竿"，"一分钟鞋后跟"，母亲

---

① 吕西安·都德曾经学过绘画，惠斯勒是他的一位老师。——原注

"琐碎唠叨而又前言不搭后语的"叮咛嘱咐："对你的舅舅要礼数周全，不要把你的圆顶礼帽反过来戴，像个大大咧咧的淘气包"，"朝思暮想的折叠式手提箱"，还有其他许多细节赋予每件物品以工艺之美和伦理意义，在将之"艺术化"的同时已经让它变成陈旧过时的古董。多么有趣的描述：这个孩子"莫名其妙地为他的名字叫阿兰·马尔索（意即厄运）而感到万分骄傲"，而他的母亲却"浪漫地"叫他"阿里"；在谈到未来的计划时，这个小同学骄傲地告诉其他人，他想"成为乞丐"；面孔通红、扁平鼻子的舅舅相貌平庸，"然而，这副放荡快活的模样在我看来就好像是财富外露的显著标志"；贪婪又贪嘴的妇人自己喝特制的波尔多酒，却让她的客人喝带酸味的劣质酒，而且还用一种痛苦的声调让男管家相信那是为了治病；穷孩子没有钱买面包，一个无法舍弃自己的"种姓等级"观念和措辞的上流社会人士问他道："您今天晚上有空来吃晚饭吗？"孩子仅仅用"一种恰到好处的微笑"笑着作为对他的答复，还有其他许多关于人类天性的有时滑稽可笑，更多是痛苦悲哀的极为常见而又不易察觉的深刻见解，所有这一切都证明，《死路》的作者无愧于《雅克》的作者，正如《女人的白昼》的作者无愧于《孩子的宿命》的作者[1]。

马尔克·埃奥东特

---

① 《雅克》是阿尔封斯·都德最著名的一部小说，一八七六年出版；《女人的白昼》是都德夫人朱丽娅·都德的作品，一八九八年出版；《孩子的宿命》是莱昂·都德的作品，一九〇五年出版。——原注

关于一本书：吕西安·都德著《克拉瓦特王子》[1]

吕西安·都德先生通过一条血"脉"神秘地传递伟大的文学力量，接二连三地抛出《死路》、《蚁穴》、《克拉瓦特王子》[2]，这是一个非常激动人心的例子，所有这些作品都可以与《福音传教士》[3]或《女人的白昼》[4]、《莎士比亚之旅》或《孩子的宿命》[5]之类的杰作并驾齐驱。更何况这些作品完全与众不同、新颖独创。

吕西安·都德先生似乎根本不缺乏那种坚强的毅力和精心的筹划，他在写作中随着作品成长。从表面上来看，他先是过着一种双重的生活，就像保罗·德·马内维尔或博德诺[6]——巴尔扎克笔下的风流年轻人那样，同时他又是画

---

① 首次发表在一九一〇年九月二十一日的《不妥协者》上。《克拉瓦特王子》收录了吕西安·都德的四篇小说，一九一〇年由弗拉马里翁出版社出版。——原注

② 前两部作品于一九〇八年和一九〇九年由弗拉马里翁出版社出版。——原注

③ 阿尔封斯·都德的小说（1883年）。——原注

④ 阿尔封斯·都德夫人的作品（1898年）。——原注

⑤ 吕西安的哥哥莱昂·都德的两部小说，分别于一八九六年和一九〇五年出版。——原注

⑥ 巴尔扎克小说中的两个人物。——原注

家。阿尔封斯·都德夫人在精致优雅、安逸敏感的融洽生活氛围中刺绣她的美妙离奇的幻想，她曾经在《经济学》的一个弥足珍贵的篇章中对此有过描述，瓦尔莫尔夫人把一根线交给格雷特里夫人，阿拉尔夫人又把线交给后者，这种融洽的生活氛围在不断地矫正着他身上来自"波西米亚"画室的矫揉造作和重大灾害，然而，对人类的深切悲悯却不断地向他揭示着纯粹上流社会生活之中的冷酷无情、拘泥形式和虚假伪善，那正是某个雅克或者某个年轻的弗罗蒙[1]的可爱魅力之所在。

正是在这一时期，惠斯勒画室的绘画实践在最罕见的天才的推动下让训练有素的眼光从最普通的日常景致中甄别真实、微妙而又新颖的色彩，而一种带有乡村地主、甚至有点园艺味道的情趣似乎又为这个复杂的灵魂增添了一种因素。

继而，在一个晴朗的日子里，所有这些因素在彼此之间找到了一种神秘的亲缘关系，混合成一个独特的复合体：由此便诞生了作家。在这卷新书中，您也许会从人类悲悯及其蕴含的对世俗博爱的嘲讽中发现这种焕然一新的永恒情调，尤其是在这篇题为《布里萨西埃》[2]的小说中，作者将这部杰作大胆地献给巴尔扎克的媳妇[3]，她也许会从中找到自《邦斯舅舅》以来通

---

① 阿尔封斯·都德的《雅克》发表于一八七六年，《小弟弗罗蒙与长兄黎斯雷》发表于一八七四年。——原注
② 《克拉瓦特王子》中的四篇小说之一。——原注
③ 韩斯卡夫人的女儿，乔治·米尼泽伯爵夫人。——原注

常没有机会欣赏到的出色观察和激情。上千个对细微差别的精准评注，如像从圣彼得教堂到卡朗唐的这条"玫瑰红饰带"，我喜欢将它与乔治·德·洛里的小说《吉纳特·夏特纳》[①]中的诺曼底公路相比较，这部优美深刻的小说在少数精英的心中引起了强烈的反响，体现出他作为才华横溢的心理学家和作家的所有伟大价值（在同一个"和谐"系列之中，正如惠斯勒所说，《布列塔尼印象》彩绘玻璃窗上的玫瑰，一处海滨的玫瑰，复活节的玫瑰，《蚁穴》中透过城堡的一扇窗户的"半爿窗帷"看到的树木），这一切都是画家都德先生的贡献，他大获成功的一篇仅以问号为标题的小说无愧于它题赠的杰出诗人吕西·德拉吕-马尔德吕夫人[②]，正如《姆娜妮》无愧于她的教父，伟大的小说家莱昂·都德，这部独一无二的作品《黑色星辰》[③]的作者。

这部标题为《？》的小说引起了空前的关注，小说的叙述带有诗人梅里美的那种简洁。修道院长扑朔迷离的形象中就有惠斯勒的影子，而且那简直就是惠斯勒本人，勒尔修道院长[④]的形象又为《蚁穴》[⑤]中令人难忘的教士形象增添了光彩。巫术的遗产总会让人感觉到遗传的护身符和父辈的武器的闪耀的光芒。

---

① 乔治·德·洛里与普鲁斯特交情甚笃。《吉纳特·夏特纳》一九一〇年春由格拉塞出版社出版。在此之前，普鲁斯特看过这部小说的手稿。——原注
② 吕西·德拉吕-马尔德吕夫人（Lucie Delarue-Mardrus，1880—1945），女诗人、小说家。——原注
③ 这部小说于一八九三年出版。——原注
④ 勒尔修道院长投河自尽的原因不详。——原注
⑤ 指老神甫吕贝尔西和他的继任伊尔贡修道院长。——原注

各种解释和无穷无尽的比较从四面八方包围着我们，于是，吕西安·都德先生就运用他那种富有朝气的精湛技艺，裁剪多余无用的东西，仅限于接触唯一必要的形象，向我们讲述这些希腊神祇的故事，而他却只不过是"白色岩石的一个剪影"或紫藤"沐浴着阳光的淡紫色亮光"（另一篇小说对此有过非常精彩的描述）。

　　这最后两个例子引自第一篇小说《克拉瓦特王子》，又一位"轻浮的王子"[①]，正如让·科克托所说，至高无上的命运正在等待着二十岁的邦维尔，小说的篇名成了全书的标题，在这篇小说中（其中的每个人物都有不同的个性，这是我非常乐见的，正是这些不同的突出个性组成了吕西安·都德的个性），我自然而然地从他身上找到了被我称作费利克·德·旺德纳斯或保罗·德·马纳维尔的那种东西。小说中没有丝毫对巴尔扎克的模仿，一切都来自现代生活和作家的个人才华。相反，其中的所有的一切都可以与巴尔扎克的某些小说媲美。如果说我们从可怜的布里萨西埃身上看到了《穷亲戚》[②]中真实可信的舅舅，那是因为《克拉瓦特王子》让我们联想起《婚约》那样的小说中表面肤浅的深刻人性。

---

①　让·科克托刚刚出版了一部诗集，标题就是《轻浮的王子》。——原注
②　尤其指贝姨。——原注

雷纳尔多·阿恩[①]

埃德蒙·德·龚古尔在他著名的《日记》最后一卷中写道："小阿恩坐在钢琴前面，演奏他为魏尔伦的三四首诗谱写的乐曲。那是真正的诗之瑰宝，一种罗里纳[②]式的文学音乐，却又比诗人贝里的那种音乐更加精美，更加高雅，更加巧妙。"

龚古尔是在离开阿尔封斯·都德家的晚宴后写下这番话的，后者称雷纳尔多·阿恩为"他的音乐最爱"，他请求这个几乎还是孩子的年轻小伙子为剧本《障碍》[③]谱写舞台音乐，那是雷纳尔多·阿恩戏剧生涯的开始，也是我们时代最有修养的艺术家对他的音乐始终大加赞赏的开始。众所周知，斯特凡·马拉美对他进行过出色的研究，皮埃尔·洛蒂为他撰写过几行文字，还有马拉美用"雷纳尔多"与"喷泉"押韵的那首二行诗[④]，阿纳托尔·法朗士偏爱他的作品。难道雷纳尔多·阿恩不是一个实至名归的作家吗？埃德华·里斯莱将对他的音乐评论与对柏

---

① 普鲁斯特生前没有发表过这篇文章，据有关专家分析，文章大概写于一九〇九年至一九一四年之间。——原注
② 莫里斯·罗里纳（Maurice Rollinat，1846—1903），诗人。——原注
③ 阿尔封斯·都德的四幕喜剧（1890）。——原注
④ 普鲁斯特记错了，那是一首四行诗。——原注

辽兹和雷耶的音乐评论相提并论，当瓦格纳的好友兼评论家卡蒂勒·蒙戴斯①去世时，《日报》一致推举雷纳尔多·阿恩作为他的继任，接替他的评论工作，目前，他正在审美趣味、树立威信方面大显身手并且大放异彩。

雷纳尔多·阿恩让艺术家大为赞赏，可他也许更多遭到来自这个如此实用、如此强大、热心有余而不是始终具有远见卓识的阶层的阻挠，这个阶层在我们今天举足轻重并且规模可观，它以"业余艺术爱好者"自封，用"附庸风雅"称呼它也许有过分苛刻之嫌。

事实上，这些号称"前卫"的业余艺术爱好者任何时候都无法想象他们所谓的先锋艺术，后者被用来指称被最近的技巧革新推向时髦的各种方式。仅举一个音乐之外的例子来说，所有这些生活在安格尔时代的"前卫"业余艺术爱好者都真心诚意地相信安格尔是一个"古板的画家"，一个"落伍分子"，比起他来，他们更喜欢德拉克洛瓦的那些平庸的学生，在他们看来，后者更加"前卫"是因为他们运用了时髦的手法。如果人们今天向这位也许与上述业余艺术爱好者同样"前卫"的德加先生提起德拉克洛瓦的这些蹩脚学生，他会耸着肩膀声称，安格尔是所有时代最伟大的画家之一。我并不因此认为一个伟大的艺术家会因为他表面上响应一种公式化的潮流而变得更加伟

---

① 蒙戴斯生于一八四一年，一九〇九年二月七日死于一次铁路事故。——原注

大。然而，认为他会因此而变得不那么伟大却是一个谬误。司汤达在浪漫主义的巅峰时期曾经说过，他从民法中找到了他的文体模式，他对浪漫抒情体裁冷嘲热讽。如今，我们仍然把他当作最伟大的浪漫派作家。所以，我们可以这样回答他们，雷纳尔多·阿恩表面上热衷于反对某些现代模式也许是误会。其实，任何真正的音乐家都不会对此产生误会。

雷纳尔多·阿恩从很年轻的时候就开始了他的作曲生涯。在他为都德的《障碍》谱曲之后，真正让他在戏剧界崭露头角的是喜剧歌剧《梦幻岛》①。那是抒情、诗、娇媚大肆泛滥的时期，他大获成功的《灰色的歌》就是这个时期的标志。毫无疑问，他的风格会变得更加有力、更加深刻、更加客观。然而，当一部作品变得更有力量的时候，任何人都会忍不住时不时地怀着悔疚之心回顾自己青涩年代的这些如此单纯的创作，这些很快枯萎而且一去不复返的花朵仍然余香萦绕。《红百合花》这本书显然要比《吾友之书》②更加高明，《世纪传说》要比《秋叶集》③更加高明，《眼花缭乱》要比《诉不尽的衷情》④更加高明；难道我们就没有时不时地回到这些作品中去寻找更加纯真的自发本能，去寻找第一次许诺、第一次爱情表白中的那种无法模仿的语调和那种不会再现的温情吗？

---

① 《梦幻岛》于一八九七年上演，由雷纳尔多·阿恩谱曲，当时他才二十三岁。——原注
② 《红百合花》和《吾友之书》均为阿纳托尔·法朗士的作品。
③ 《世纪传说》和《秋叶集》均为雨果的作品。
④ 《眼花缭乱》和《诉不尽的衷情》均为德·诺阿耶夫人的作品。

然而，在艺术家的生活中，一切都围绕着内心演变不可改变的逻辑环环相扣。雷纳尔多·阿恩已经倾向于摒弃所有的美雅和"流畅"，他将精心挑选的这些可爱贡品摆放在一个更加严肃神祇的祭坛上，这个神祇就是真实。那不是真实主义[①]的真实，"新意大利主义"从戏仿真实中找到了消除一切真实而又深刻的现实的方法，那是一种内在的心理真实。他的音乐不是维克多·雨果形容的那种歌曲，"其中没有丝毫人性的东西"，那仅仅是灵魂的生命本身，得到释放升华、飘逸飞扬和提炼成音乐的语言内在实质。尊重话语使他超越了话语，他在沦为话语奴隶的同时让话语屈服于萌芽状态的一种更高境界的真实，而只有音乐才能发挥这种真实的"潜在能力"。接触作品本身让他产生了超越自己的力量，就好像那些飞行师，在运用自己的翅膀之前，他们先是在地面上奔跑，为的是飞得更爽，飞得更高。在这些痛苦和真实的缪斯引导下，雷纳尔多·阿恩穿过越来越艰难、越来越美妙的小径，终于谱写出他的旋律之作，正如魏尔伦所说：

　　　　语言蕴含着所有一切
　　　　充满美雅和爱的人情

　　他的戏剧作品也经历了同样的演变。

---

① 指列昂卡瓦罗、玛斯卡尼、普契尼这个音乐流派。——原注

普鲁斯特关于斯万的解释 [1]

"我只发表过《在斯万家那边》，那是一部也许总标题为《追忆逝水年华》的小说之中的一卷。我希望整部小说一起发表，但是人们不出版多卷本的作品。我就好像某人拥有一块放在目前的公寓里嫌太大的地毯，不得不对它进行修剪。

"有些青年作家，而且还是让我抱有好感的那些作家，他们反而崇尚精炼的情节，极少的人物。这不是我的小说观。怎么对您说好呢？您知道平面几何和立体几何。那就好，对我来说，小说不仅是平面心理学，而且还是时间心理学。我试图孤立地对待时间这种无形的物质，因此就需要能够持久的体验。在我这本书的结尾，我希望像这样无关紧要的社交琐事，如此这般的两人婚姻——在第一卷中，他们分属于截然不同的世界 [2]——能够体现逝去的时间会带着凡尔赛的某种尘封的美，时间已经插入绿宝石的刀鞘之中。

---

① 《在斯万家那边》于一九一三年十一月十四日由格拉塞出版社出版。十二日的《时代周刊》发表了对普鲁斯特的采访文章。本文就是普鲁斯特根据这次采访内容编写的，有可能是他在创作的空闲随手写下的笔记。——原注

② 在这卷书的最后，贵族罗贝尔·德·圣卢娶了一位犹太姑娘，斯万娶了一位上流社会女子奥黛特。——原注

"这就好像一座城市，当火车沿着弯曲的轨道行驶的时候，城市时而出现在我们右边，时而出现在我们左边，同一个人物的不同面貌在另一个人眼里甚至会成为迥然各异、有连续性的人物，让人产生——而且仅仅是由于这个原因——时间已经逝去的感觉。如此这般的人物，他们后来的表现会与他们在目前这一卷中截然不同，与人们对他们的期许截然不同，而生活中也常常有这样的情况。

"这些相同的人物不仅在这本书中以不同的面貌重新出现，正如巴尔扎克的某些小说中相同的人物，而且同一个人物也会给人留下某些几乎是无意识的深刻印象。"普鲁斯特先生这样对我们说。

普鲁斯特先生继续说道："按照这种观点，我的书也许就像'无意识小说'系列的一种尝试：我会毫无愧色地说，这就是'柏格森式的小说'，我对此坚信不疑，因为每个时代的文学都试图——顺理成章地——依附于流行的哲学。然而，这种说法并不准确，因为我的作品主要表现不自觉的回忆与自觉的回忆之间的差异，这种差异不仅没有出现在柏格森先生的哲学之中，甚至还与他的哲学背道而驰。"

"您是怎样确立起这种差异的？"

"对于我来说，自觉的回忆主要是一种心智和眼睛的回忆，它只能向我们呈现过去并不真实的一些表面；然而，在完全不同的情境中再次体验到的一种嗅觉、一种味觉，会在我们的身上不由自主地唤醒过去。我们感觉到的这种过去与我们自以为会回想起来的、我们自觉的回忆像拙劣的画家一样用不真实的色彩描绘的那个过去截然不同。在第一卷中，您会看见叙述和说话的人物：'我'（那不是我本人）突然从他浸泡一块玛德莱娜小蛋糕的那一口茶的味道中再次找到了被遗忘的年代、花园、人物；毫无疑问，他是在看不见它们的色彩和魅力的情况下回想起它们的；我会让他说，就像在这个日本小游戏中那样，浸泡到水里的一截截小纸头会立即沉到碗里，膨胀伸展，扭曲成型，变成一些鲜花、人物、他花园里所有的鲜花、维福纳的睡莲、村庄里善良的人与他们的小屋舍、教堂，整个贡布雷及其周围环境，所有具备形状和实相的一切、城市与花园，从那个茶杯中一跃而出。

"我认为艺术家不应该向不自觉的回忆索要他作品的第一手材料。首先，正因为这些回忆是不自觉的，所以它们只能自我成形，受到同一时刻的那种相似性的吸引，它们只带有一种真实可靠的印记。继而，不自觉的回忆又给我们带来那些分量十足的记忆和遗忘。最后，不自觉的回忆让我们在截然不同的情境中体验同样的感受，将这种感受从一切偶然性中释放出来，赋予我们以超越现时的本质，这恰恰就是美的风格之所在，只有风格美才能诠释这种普遍而又不可缺少的真实。"

马塞尔·普鲁斯特继续说道："我之所以要为我的书据理力争，那是因为这本书在任何程度上都不属于推理作品，因为我的感觉向我提供了这些最微不足道的素材，我先是从自己的内心深处觉察到它们却又不理解它们，我花费了很大的气力将它们转化为某种心智的东西，因为在心智世界看来，怎么说呢，它们就像一个音乐主题那样莫名其妙。我估计您会认为这一切未必太深奥了吧。噢！不，正相反，我向您保证，这就是现实。我们自己不必澄清的那种东西，明确地出现在我们面前的那种东西（比如逻辑概念），这一切并不真正属于我们，我们甚至不知道那是不是真实。我们随心所欲地选择'可能性'。更何况您马上就会在风格上见出分晓。

"风格根本不是一种美化装饰，诚如某些人以为的那样，它甚至不是技巧问题，而是——正如色彩之于画家——一种视觉的资质，一种对我们每个人都能看见、而其他人却视而不见的那个独特天地的揭示。一位艺术家给我们带来的乐趣就是让我们认识另一个天地。"

普鲁斯特披露他的后续小说 [1]

夫人：

　　夫人，您想知道斯万夫人日渐衰老的情形。说起来一言难尽，我可以告诉您的是，她变得更美了。

　　"这种变化的另一个原因如下：直到中年，奥黛特才最终显露出或发明了她的某种独特面相，某种永恒的'性格'，某种'美的类型'，于是，她为自己不太协调的相貌——很久以来，它曾被大胆危险而又无所作为的任性肉体所左右，最轻微的疲劳也会让它在刹那之间衰老好几岁，即便那是转瞬即逝的无精打采状态，根据她的心情和气色，勉强地给她凑合出一张零乱、多变、无定形而又妩媚迷人的脸——打上了青春永驻的烙印。"

　　您将看到她的社交变化，然而（只有到了最后才能得知其中的原因）您总会从中再次看到戈达尔夫人与斯万夫人的交谈，

---

[1]　玛丽·谢凯维克是普鲁斯特的一位女友，她与《时代周刊》的主编关系密切，是她促成了该刊于一九一五年底对普鲁斯特的采访。当她得知普鲁斯特在战争时期仍然继续创作小说时，向作家询问了她感兴趣的小说人物的情况。——原注

比如：

"奥黛特对戈达尔夫人说：'您看上去真漂亮。是勒德弗商店做的？'

'不，您知道，我是罗德尼兹商店的信徒，再说，这是改的。'

'是吗？挺有派头！'

'您猜多少钱？……不，第一位数不对。'"

"'啊！这种逃跑的信号可真不好。我看是我的午茶没做好。这些小玩意味道不坏，您尝尝。'"

然而，我更喜欢向您介绍您还不认识的那些人物，特别是那个扮演重要角色，让情节起伏跌宕的阿尔贝蒂娜。您会看到，当她还是一位"如花少女"的时候，我曾经与她一起，在她的花影下，在巴尔贝克度过了无比美好的时光。继而，我无缘无故地猜疑她却又无缘无故地信任她，"因为正是爱情让我们变得更加疑心，更加轻信。"

我本应就此打住。"若聪明的话，那应该好奇地珍视这微乎其微的一点幸福，快快乐乐地享受一番，要是连这么点儿幸福都不存在，恐怕人生在世，连幸福对那些并不怎么挑剔或较为幸运的人到底意味着什么，也不甚了了。我本该离开巴尔贝克，离群索居，在孤独之中与我一时善于以假乱真的爱之余音保持和谐的共振，我别无他求，只求别对我多言，唯恐多说一句话会节外生枝，以不协调的音冲破感觉的休止符号，而正是在这一感觉的休止中，音犹未尽，福音才得以在我心头久久回荡。"

尽管如此，我还是渐渐对她产生了厌倦，跟她结婚的计划不再引起我的兴趣；一天夜晚，从"维尔迪兰的乡下"吃罢晚饭回来——您最终会在那里了解到德·夏吕斯先生的真实个性。她在道晚安时对我说，她经常对我提起的那个童年女友仍然与她保持着如此亲昵的关系，那个人就是凡德伊小姐。您可以想象我当时度过了怎样的可怕夜晚，最后，我哭着来到我母亲那里，请求她同意我与阿尔贝蒂娜订婚。接下来您会看到我们在这段漫长的订婚期间的共同生活，我的嫉妒对她的限制囚禁终于平息了我的嫉妒，打消了我娶她的欲望，至少我是这样认为的。然而在一个如此晴好的日子，想到所有过眼烟云的女人，想到我可能进行的所有旅行，我想请求阿尔贝蒂娜离开我们，弗朗索瓦丝走进我的房间，把我未婚妻的一封信交给我，她已经决定与我断绝关系，她一大早就离开了。这正是我先前求之不得的事情！而我现在却痛苦万分，我不得不允诺自己，我必须想个法子让她今晚回到这里——"片刻之前，我还以为这正是我所企望的。我原以为我看清了自己的内心，那是在欺骗自己。我这才明白这种痛苦在心理学上远远超过了最优秀的心理学家所赋予我的这种认识，恐怕连最精微的理性认识也无从赋予我这种认识，适才却因为骤然的痛苦反应使我获得了它。它坚实、鲜明而奇特，宛如一颗晶莹的盐粒。"在接下来的几天里，我只能在我的卧房里勉强挪步。"我试图不去触碰那些椅子，避免看见钢琴和她用过的所有东西，这些东西仿佛全都想以我的回忆教给它的特殊语言再一次向我通报她出走的消息。我跌坐在一把安乐椅上，浑身无力，一向只有她在我身边时我才会坐在这里。这一天，每时每刻都有一个组成无数个微不足道的'我'的成员还不知道她的出走，必须将这事通报他，让他听听这些他闻所未闻的话：'阿尔贝蒂娜出走了。'就这样，每一个尽管如此微不足道、却又笼罩着她还在的气氛之中的事件刚刚迫使我怀着同样的痛苦重新开始了离别的学徒生涯。继而是生活中其他形式的竞争……我一看到这些就感到一阵丧魂落魄的恐惧。我刚刚品尝到的这种平静就是这种无止无休，即将与痛苦、与爱情搏斗的巨大力量的最初表现，它最终恢复了理性。"接下来是遗忘，不过这一页已经占据了一半篇幅，我不得不略过这一切，如果我想把结尾告诉您的话。阿尔贝蒂娜没有回来，我甚至庆幸她的死让她无法再委身他人。"斯万从前是否想过，如果奥黛特成为一次事故的受害者，他会怎么样。即使他再也找不到幸福，至少他还可以再次找回痛苦消失后的那种平静？痛苦消失？我真能相信这一点，相信死亡只是除掉了那种存在的东西！"我得知了阿尔贝蒂娜的死讯——想让阿尔贝蒂娜的死消除我的痛苦，除非这种意外的冲击不仅能够从我身外，而且从我身内将她杀死。她比生前的任何时候都更有活力，更加栩栩如生。为了进入我们的身体，一个人不得不采用某种形式，屈服于时间的范畴，一分钟接着一分钟地在我们面前出现；他从来不会单单向我们显示他的一个方面，单单把他的一张照片提供给我们。一个人只能组成一个时间系列无疑是一大缺憾，巨大的力量也是如此；因为这个人揭示了记忆，而某一时刻的记忆并不是由从此已经逝去的那种东西组成的；记忆记录的这个时刻与这个人一起经久不衰，这个时刻能看到显出轮廓的这个人。更何况，碎屑没有使死去的女人复生，却使她变得千姿百态。当我能够承受失去这些阿尔贝蒂娜之中的一个的那种忧伤时，一切都可以与另一个女人，与另外一百个人重新开始。于是直到那时还给我的生活带来痛苦、使从前的时间永远再生的东西变成了酷刑（不同的钟点、季节）。我期待着夏天，继而是秋天的结束。然而最初的严寒令我联想起其他如此残酷的回忆，就像一个病人（他的身体和他的胸部有病，他在咳嗽，而在我却是精神上有病），我感到仍然要为我的忧愁、我的心灵担忧，那是冬天的复归。冬天跟所有的季节密不可分，为了使我丧失对阿尔贝蒂娜的回忆，我必须忘却所有的季节，不再提到它们，就像一个半身不遂的人那样再次进行阅读。唯有我自己真切确凿的死才能使我从她的死中得到宽慰。然而自身的死亡不足为奇，它每天都在不由分说地消耗我们——既然我只有在想到她的时候才能使她复活，那么她的背弃就从来不是一个死者的背弃；她背弃的那一刻变成了现时的这一刻，不仅对她如此，对凝视她、唤醒我的这些"我"的那个人来说也是如此。因此，任何时代错误从来不能分开一对难舍难分的男女。在每个罪孽深重的女人身后，始终会立即出现一个嫉妒的男人，总之，为了一个死去的女人没能骗过我们而感到惋惜，就像希望两百年后我们的名字家喻户晓一样愚蠢荒唐。我们感觉到的那种东西仅仅为我们而存在，我们把它投射到过去、将来之中，却又不停留在死亡的虚幻屏幕前面。当我的伟大记忆不再让我联想起她的时候，一些微不足道的小事就会具备这种能力。因为对爱情的回忆无法逃出记忆的一般法则：记忆本身受到习惯的制约，习惯淡化一切。因此，最能令我们回想起一个人的那种东西恰恰就是我们忘记的那种东西，因为它毫不重要。我渐渐地开始体验到遗忘的力量，这种适用于现实的得力工具，它在我们身上摧毁了经常与现实为敌的残存的过去。这并不意味着我不再爱阿尔贝蒂娜。然而，我已经不再像前些时候那样爱她，而是像在我们相爱的过去时候那样爱她。在彻底忘记她之前，我必须像一个旅行者那样，经由同样的道路，再次回到他出发的那个地点，在到达开头的冷漠之前，逆向穿越我所经历过的所有感情。然而这些驿站在我们看来不会一成不变。当人们停留在其中的一站时，幻觉中人们以为火车又在朝着人们出发的地方行进，就像第一次那样。这就是回忆的残酷。阿尔贝蒂娜再也不能接近我。人们只能忠诚于回忆起来的那种东西，只能回忆经历过的事情。我的那个新我，当他在死亡的古老阴影中成长壮大时，他经常听到那个人谈论阿尔贝蒂娜。透过弥留之际的那个人的叙述，他似乎认出了她，爱上了她。然而那只是一种经过转手的温情——正如某些幸福，在我们身上姗姗来迟的那些不幸，再也无法像以前那样在我们身上扩张。当我了解到这一点时，我已经得到了安慰。没有必要为此惊讶。悔疚就是一种生理病痛，然而，必须从生理病痛当中区分通过回忆的中介作用于身体的那些病痛。第一种情况的预后一般良好。过了一段时间，一位患癌症的病人会死去。人们无法安慰的一位鳏夫能够在这段时间内康复并不是十分稀罕的事情——可惜！夫人，我总是在一切进行得还算顺利的时候缺乏纸张！

您的马塞尔·普鲁斯特

题赠①

献给雅克·德·拉克勒泰尔先生
巴黎，一九一八年四月二〇日

　　亲爱的朋友，没有一把钥匙能够开启本书中的人物：即使有的话，也要八到十把钥匙才能开启一个人物，就像打开贡布雷的教堂那样；我的记忆将许多教堂当作"模特"（摆好姿势）呈现在我面前，可我根本无法告诉您它们是哪些教堂。我甚至再也回想不起来这路面是否来自迪韦河畔的圣皮埃尔或利雪。可以肯定的是，其中的某些彩绘玻璃，有些来自埃夫勒，另一些来自圣礼拜教堂和蓬托德梅尔。我对奏鸣曲②的回忆格外真切。说真的，根据我从现实中得来的十分肤浅的体验，这首奏鸣曲的这个小乐句——我从来没有对任何人说起过——（从结

---

① 一九一八年四月，雅克·德·拉克勒泰尔先生弄到了一本《在斯万家那边》珍本，他请普鲁斯特在这本书上题词。他曾经就小说的"起源"请教过普鲁斯特，于是普鲁斯特就此对他做出了答复。——原注

② 普鲁斯特在小说中虚构的作曲家凡德伊创作的音乐作品，这个人物在小说中反复出现。

尾开始）是在圣俄维特的晚会上演奏的圣桑的一首钢琴和小提琴奏鸣曲中妩媚而又平庸的乐句，我并不喜欢这位音乐家。（我会准确地告诉您，出现过好几次的那个段落归功于雅克·蒂博）在稍后的地方，在同一个晚会中谈到这个小乐句时，我想起了《圣星期五的奇迹》[1]，对此我并不感到惊讶。也是在这个晚会中（第241页），当钢琴和小提琴像两只互相呼应的小鸟那样呻吟时，我想起了弗兰克的（尤其是埃内斯库演奏的）那首奏鸣曲，他的四重奏出现在我接下来的一卷小说中。《洛亨格林》序曲令我联想起在维尔迪兰家听到的这个充斥着颤音的小乐句，然而，舒伯特的某种东西却在这个时刻令我联想到这个乐句。在维尔迪兰家的同一个晚会上，这个小乐句就是福莱[2]的一个令人迷狂的钢琴片段。不瞒您说，（在圣俄维特的晚会上），我把德·圣冈代先生的单片眼镜当作德·贝特曼先生（奥汀盖的亲戚，他不是德国人，尽管他的祖籍也许是德国）的单片眼镜，把德·福雷斯泰尔先生的单片眼镜当作一位军官的单片眼镜，这位军官是音乐家德·奥洛纳先生的兄弟；把弗鲁贝维尔将军的单片眼镜当作一个所谓的文人——一个真正的畜生——的单片眼镜，我曾经在德·瓦格拉姆王妃和她的姐妹家里遇到过这个人，他叫德·汀索先生。德·帕朗西先生的单片眼镜就是那个可怜的宝贝路易·德·蒂雷纳的单片眼镜，后者根本就

---

[1] 瓦格纳歌剧《帕西法尔》选曲。
[2] 福莱（Gabriel Urbain Fauré，1845—1924），法国作曲家、钢琴家、音乐教育家。

不指望有一天成为阿蒂尔·梅耶的亲戚，我可以从前者某天在我家里对待后者的态度断定这一点。蒂雷纳的单片眼镜本身也许又传给了《盖尔芒特家那边》中的德·布雷奥代先生。最后，希尔贝特在一个雪天来到香榭丽舍的情景令我想起我一生中挚爱的那个女人，尽管她从来不知道我如此爱她（或许另一个我挚爱的女人，因为我一生中至少有两个挚爱的女人），她就是贝纳达基小姐，如今的拉德兹维尔王妃（不过我已经多年没见她了）。不过，《在如花的少女身旁》开头的那些关于希尔贝特的最流畅的段落当然根本不适合这个女人，因为我同她向来只有最循规蹈矩的关系。当斯万夫人在猎鸽场（Tir aux Pigeons）附近散步时，我曾经有一度把她认作当时花名叫做克洛梅尼尔的那个美艳无比的烟花女子。我可以给您看她的照片。然而，斯万夫人只有在这一分钟与她相像。我要向您重申，人物纯属虚构，没有任何开启的钥匙。因为没有人比德·布里耶夫人更像维尔迪兰夫人。就连笑起来的样子都一模一样。亲爱的朋友，您费尽心思才弄到了这卷书，为此，我非常笨拙地向您表示我对您的感激之情，奉上我手写的这些涂鸦文字。您要我把这篇题赠抄写在上面，可惜已经没有空余的地方了，如果您愿意的话，我可以把它誊写在您添加的插页上。谨向您表示我友好的敬意。

马塞尔·普鲁斯特

《柳叶刀王国》前言[1]

致德·M.伯爵夫人

夫人：

　　您即将出版的画册的其中几页收到，我失望地看到，您的漫画不再是彩色的，不像您两年前寄给我的那些漫画；另一方面，其中缺失了几幅漫画（尤其是惊世骇俗的那几幅）：《他并不美，可他是那一个》可以媲美《他会得到很大程度的原谅是因为受到过她的许多照料》，它们足以匹敌阿贝尔·费弗尔[2]的作品，其独到别致之处又与后者截然不同。

　　不用色彩令我失望，因为色彩带来的是风景的色彩。早在您认识克莱芒之前，他就是我最要好的两三位朋友之一。我们曾经一起在萨瓦度过了多少个夜晚，眼看着勃朗峰在夕阳落山

---

① 《柳叶刀王国》是由海恩出版社出版的一部画册。丽达·德·莫尼是普鲁斯特的朋友克莱芒·德·莫尼伯爵的妻子。——原注
② 阿贝尔·费弗尔（Abel Faivre，1867—1945），法国画家、漫画家，他在一九一四至一九一八年间声名鹊起。

之际瞬间变成即将隐埋在暗夜中的罗莎峰！接着还要赶到日内瓦湖，在抵达托农之前搭乘小火车，这种小火车很像我在尚未出版的一卷书中描述的火车 [1]，假如老天成全，假我以时日，您会相继收到这些书的。一辆耐心而友好的小火车会等待迟到的乘客，如果时间允许，即使火车已经开动，它也会在有人示意的时候停下来，载上这些像它那样气喘吁吁、匆忙赶车的乘客。人与火车之间的区别就在于这种匆忙，而火车总是缓缓而行犹如智者。在托农的长时间逗留中，我们与前来陪伴客人的这个人或那个人握手，又伸出另一手去购买报纸，我总是怀疑许多人来这里完全是为了寻找熟人而非其他。托农火车站的停靠月台好似世俗生活的一种方式。

您丈夫祖先的那座古宅 M. 城堡就耸立在托农的高处，镶嵌在这个赏心悦目之地的一片翠绿色之中。您运用的各种色彩令我联想起这个地方的色彩。很久以前，您就是一位出色而快乐的护士，不知疲倦地奉献自己；您从这样的环境中提取出别出心裁的笑料，您把这里当作英雄用武之地。比如这幅画："醒一醒吧，我的朋友，吃安眠药的时间到了"，这幅画不愧为传世之作，您的那些改邪归正的粗胖妇人就是《盛衰记》的通篇写照，您记载的显然不是交际花的盛衰，而是晚年成为圣人的某些贵妇的盛衰。

您会问我说，在所有的这一切当中，M. 城堡的位置何在？

---

① 指《索多姆和戈摩尔》中的一小段铁路。——原注

我仍然能够看见它。您还记得，在《弗拉卡斯上尉》的开头，西高尼亚居住的那个阴森森的城堡吗？坦率地说，M.相当出色却又不怎么快乐。戈蒂埃打算让西高尼亚重返这座宽敞的城堡，好让他在黑暗中完成他在黑暗中开始的那本书，而他的出版商却要求结尾欢快、明朗、皆大欢喜，戈蒂埃有点困惑为难。他的女儿（朱迪·戈蒂埃[①]）尤其觉得这样的结尾不太真实，不大"像在生活中那样"。可他还是如法炮制。还是让您来告诉他其中的缘由吧。自从您嫁给克莱芒以来，您把幸福带进这座凄凉悲伤的宅邸；您的娇媚、您的才智，爱的分享，就连古老的岩石也不得不为之展露笑容。

请您接受我所有的敬意，夫人。

马塞尔·普鲁斯特

---

① 朱迪·戈蒂埃（Judith Gautier, 1845—1917），戴奥菲尔·戈蒂埃的长女，女作家，一九一〇年被选为龚古尔奖评委。一八六六年嫁给卡蒂勒·蒙戴斯，一八九六年与丈夫离婚。——原注

五、战　后

《从大卫到德加》序^①

雅克·布朗什回忆的是我童年时代——我童年时代和他青年时代——的那个欧特伊^②，我理解他满怀欣喜地追忆故地，把可见的世界的一切迁移到不可见的世界，将一切转换成回忆，它给我们笼罩着不复存在的千金榆树荫的思想带来某种剩余价值。然而，这个欧特伊，地球上的一个小小角落，尤其因为能够通过它进行穿越时间的旅行，观察到两个相距甚远的时代而让我兴趣盎然。

在过去与现在的这些日子之间，欧特伊似乎没有变迁地度过了二十多个年头，在此期间，雅克-埃米尔·布朗什赢得了画家和作家的名声，而居住在附近的花园里，置身于同样古老的"坑坑洼洼"^③边缘的我却仅仅收获了花粉热。在一些才智横溢

---

① 一九一九年，雅克-埃米尔·布朗什发表了他的画家论系列中的第一卷《从大卫到德加》。普鲁斯特与布朗什就如何撰写这本书的前言有过分歧，经过长时间的讨论，普鲁斯特终于作出了一些让步，并且用现在的这篇前言掩饰他们之间的不和。雅克-埃米尔·布朗什（1861—1942），当时名噪一时的上流社会人物肖像画家。——原注

② 普鲁斯特于一八七一年七月十日出生于欧特伊。长期以来，他一直与他的父母到欧特伊度过暑假开头的日子。——原注

③ 布朗什的父亲一八七二年搬到泥坑街19号居住。——原注

而又充满忧郁的篇章中，雅克·布朗什针对马奈——马奈的朋友们觉得他和蔼可亲，却又不重视他，他们"不知道他竟然如此出色"——所说的一切，在我看来也同样应验在布朗什身上。他的情况有所不同，他的优雅让人产生不同形式却又本质相同的误解，眼里不由自主地充满着昨天的绘画的那些人与无愧于过去的作品的作家之间始终存在着这样的误解，由于这些作品的超前性，我们只能与它们跨越的年代保持距离，经过恰恰需要"时间"来适应的感官，这样才看得清这些作品。

　　当雅克·布朗什绘画时，一位头戴花冠的美妇人经常把她的四轮敞篷马车停靠在他的画室前面。她走下马车，凝神观察，也许在揣测。她怎么能想象一幅杰作竟然出自一位穿着如此得体的男人之手，她曾经在前一天晚上与这个男人共进晚餐，他是一个非常精明的谈话高手，同时又显得十分严厉。这条谚语——完全是例外——大错而特错："贴身侍从眼里无君子。"应该改为"晚宴东道主眼里无君子，君子的客人眼里无君子"。至于"严厉"，在我看来，那只是一颗宽阔不变的伟大心灵和一个正人君子的从容不迫。这种所谓的"严厉"对雅克·布朗什来说不无裨益，即使盛名之下的他犯一点小小的错误又有何妨，让我们再重复一遍被勒南视为法宝的那句话：有福的错失。布朗什的危险在于潇洒风趣的他把自己的生命耗费在世俗名利上。然而，大自然会根据需要制造出能够起到保护作用的神经和逆境，为了不让有用的天赋白白荒废，情愿祭出这种恶语中伤的坏名声，迅速地让他与妨碍他绘画的那些人分道扬镳，在他也许更想参加一个游园会的时候，猛然将他扔回他的画室，就像波德莱尔的天使那样粗暴：

因为我是你的好天使，听着，我需要你。①

但愿人们懂得如何分辨

这些鲜为人知的东西。
那人的痛苦就像一种因素进入其中。②

由此可见，生活中令我们不快的东西会比其他的东西让我们更多受益。这一回，谚语一针见血地指出，在绝大多数情况下："坏事会变成好事。"

我已经记不清我是在哪里认识雅克·布朗什的，也许是在施特劳斯夫人的无与伦比的沙龙，也许是在玛蒂尔德公主或贝尼埃尔夫人③的沙龙，那是在我服兵役的前后，换句话说，我当时大约二十岁左右。④总而言之，我经常在这三个沙龙中遇到他，

---

① 引自波德莱尔的《恶之花》。——原注
② 引自雨果的《静观集》。——原注
③ 贝尼埃尔夫人在巴黎有一个沙龙，她的儿子雅克是普鲁斯特的同学。——原注
④ 普鲁斯特是志愿服役的，他只当过一年兵，当时他才十八岁。——原注

他为我画油画肖像之前的一幅铅笔素描①就是晚餐前在特鲁维尔令人赞叹的弗雷蒙公馆完成的，当时那是阿蒂尔·贝尼埃尔夫人的府邸；往上去是罗什家族的庄园或波斯别墅，德·加里费男爵夫人是这座住宅女主人的堂姐妹，她与德·萨冈王妃的风流韵事如今几乎难以形容，她们都是帝国时期的旧日美人。

　　由于我的父母都在雅克·布朗什全年居住的欧特伊度过春季和夏初，早晨去他那里为我的肖像摆姿势对我来说并不费事。当时，他的住宅建在高处，位于他的画室上方，就像坐落在原来教堂地窖上的一座大教堂，错落有致地散落在美丽的花园之中；摆完姿势之后，我前往布朗什博士②的餐厅吃午饭，出于职业习惯，他不时地让我保持安静和节制。如果我发表的意见遭到雅克·布朗什的强烈反对，这位精通科学而又宅心仁厚、习惯与疯子打交道的博士就会严厉地训斥他的儿子："好了，雅克，不要折磨他了，别去刺激他。""放松，我的孩子，您尽管放宽心，他不会把自己说过的任何一句话放在心上的；喝一点凉水，一小口一小口地喝，一直数到一百。"另一次，我回到距离布朗什的住宅很近的我叔公③家吃午饭，仍然停留在某个"阶段"④（正如布尔热所说的那样）的叔公比布朗什夫妇更加落伍。雅克－埃米尔为这两位"布尔乔亚大佬"留下了令人难忘

————————

① 这幅铅笔素描作于一八九一年十月一日，画中的普鲁斯特身穿晚礼服。——原注
② 雅克·布朗什的父亲，精神病医生。——原注
③ 路易·韦伊，普鲁斯特母亲的亲戚。——原注
④ 保罗·布尔热的小说《阶段》于一九〇二年出版。——原注

的肖像，他们令人联想到哈尔斯[①]画笔下的医院男女董事（雅克·布朗什说过："他们母亲的形象为艺术家提供了表现深奥内心的独一无二的机会，这是一种几近平庸的流行见解。"在谈论目前收藏的这幅惠斯勒的珍珠般精美和忧郁的画时，雅克·布朗什这样说，玻璃器皿泛现着最别致的虹彩色泽）。

我们与我舅舅居住的这幢房子位于欧特伊的一座大花园中间，穿插进来的街道（从莫扎特大道起）将花园一分为二，住宅本身毫无任何情趣可言。在明媚的阳光下和椴树的芳香中走过拉封丹街，我会体验到无法言表的喜悦，我来到自己的卧房待了一会儿，帝国时期（没有太多乡村气息）的蓝绸缎大幅窗帘的反光和光泽形成了明暗对比的珠光色，炎热上午的油腻空气已经将肥皂和镜门衣橱的单纯味道团团包围；我跟跟跄跄地穿过将炎热封闭在门外的小客厅，一缕静止而迷人的日光最终让里面的空气变得麻木呆滞，配膳室的苹果酒——倒进玻璃杯的清澈酒水有点浓稠，让人在喝酒的时候忍不住想咬上一口，就像人们拥抱某些皮糙肉厚的女人那样——已经冰凉，再过一会儿就会流入喉咙，压迫喉咙的内壁，美滋滋地完全紧贴在上面——我最终走进餐厅，那里的气氛透明凝重犹如无形的玛瑙，高脚果盘中堆砌的樱桃透出丝丝缕缕的芳香，餐刀按照最平庸的布尔乔亚习俗摆放在小小的水晶棱柱上，可我却对此喜

---

① 弗兰斯·哈尔斯（Frans Hals，1580—1666），荷兰黄金时代肖像画家，以大胆流畅的笔触打破传统的鲜明画风闻名于世。

出望外。水晶棱柱的虹彩不仅为瑞士干酪和杏子的味道增添了某种神秘感。在餐厅的微光中，这些餐刀支架的彩虹在墙壁上投射出孔雀翎眼的斑斓，在我看来，这样的绚丽灿烂与兰斯大教堂的彩绘玻璃——仅为埃厄[1]的绘画所独有的那些精美设计和换位——同样神奇美妙，野蛮的德国人是如此的喜爱兰斯大教堂，他们竟然因为无法强行带走这座教堂而用硫酸毁坏它。真可惜！我在撰写《大教堂之死》[2]的时候还没有未卜先知的能力，我无法预见对石雕圣母犯下的这种由爱生恨的令人发指的罪行。

布朗什在谈到马奈时十分客气，实际上，他在谈到自己时也同样如此（这也是让他脱离"出类拔萃的业余爱好者"行列需要时间的部分原因），布朗什谦逊，有人情味，对批评反应敏感。我们应该坚持这样的观点，一般集中在天才身上的这些寻常素质在很大程度上妨碍了天才崭露头角（可惜这不是不可多得的天才！），可我仍然非常理解以这样或那样形式出现的这类个性就是雅克·布朗什在这本书中研究的所有伟大艺术家的个性，我想说的是，随着记忆来到我青少年时期的这个欧特伊，由于天性和教养的缘故，我觉得最恶劣的情趣莫过于炫耀某种优越感或所谓的优越感，那是曾经与我相处过的同伴们所不具备的。我曾经无数次在圣拉扎尔火车站遇到同样是返回欧特伊

---

[1] 埃厄（Paul César Helleu, 1859—1927），他的画法当时非常流行。——原注

[2] 显而易见，不等德国失败，我就写下了这些文字；当一个被判刑的犯人经过时，高喊"杀死他"的那些人根本不会使我产生好感，因为我不习惯侮辱那些战败者。——普鲁斯特原注

的大学生，我总是红着脸躲躲闪闪，以免他们看到我的头等车厢车票，我也像他们那样登上三等车厢，装作我一生中从来不知道有其他车厢的样子。出于同样的原因，我向这些同学隐瞒了我已经进入社交界的事实，更何况这在当时非常罕见，这样一来，我的"缺少关系"引起了他们的真切同情，以至于他们认为我不会得到他们眼里的风雅之士的招待。记得有一次，我离开了布朗什家，来到其中的某个年轻人的家，我并不知道这一天他可能在家"招待客人"。听到门铃声，他本人前来应门，他还以为眼前的这个人是他邀请的客人。然而，当他看见是我，他马上显得惊骇万状，唯恐他结交的那帮人会遇到一个自认为没有任何社交关系的人，他立即让我走下楼梯，仿佛潜水艇的舰长万分火急地催促不幸的船员逃离被鱼雷击中的舰艇，敏捷迅速犹如拳击赛场的袋鼠或轻松歌舞剧中的妻子在卧室门口急不可耐地催着丈夫离开，生怕丈夫会发现妻子在卧房中与情人鬼混，他对我大声叫嚷道："对不起，亲爱的，您不能在这里露面，您马上就会明白我在说什么，这是迪蒂耶兄弟第一次来我家做客。"我不清楚而且从来不知道迪蒂耶兄弟是什么人，我接近这些头顶光环的人物究竟会产生怎样的灾难性轰动。同一天晚上，我必须去德·瓦格拉姆王妃家参加舞会。我的外祖父[1]不介意让我搭乘他的马车。况且他很早就要离开欧特伊，他每天晚上都要来这里吃晚饭，但他坚持赶回巴黎睡觉。在他一生的

---

① 纳泰·韦伊，阿德里安·普鲁斯特的父亲。——原注

八十五个年头里，他从未离开过巴黎一天（这个例子比所有的论述都更有助于我理解雅克·布朗什即将向您讲述的布尔乔亚式的闭门自守，方丹—拉图尔[①]就有这种如此狂热、如此怪癖的嗜好），除了巴黎被围困的那个时期，他当时移居埃当普，为的是让我外祖母放心。这是他漫长的一生中作出的唯一变通。当他夜晚返回巴黎时从铁路高架桥前面经过，看见车厢装载着这些探索未知的荒唐家伙越过"破晓车站"或"布洛尼林园"，坐在双座四轮马车最里面的外祖父对"Suave mari magno"（拉丁文，意即茫茫大海中的欢悦）感触良多。

他打量着火车感叹道，惊讶中混杂着怜悯和恐惧："居然有人喜欢旅行！"

我父母觉得一个年轻人不应该浪费自己的钱，他们非但不让我乘坐自家的马车前往德·瓦格拉姆夫人家的舞会，因为家里的马匹从晚上七点起就除掉了卸套，就连乘坐一辆寒酸的小型四轮马车也不行，我父亲声称，我可以搭乘从我们家门前经过、停靠在阿尔玛大道王妃府邸、从欧特伊到玛德莱娜的公共马车。我只好从花园里剪下一朵玫瑰权充"领驳纽孔的点缀"，我没有用银纸作套。

不幸的是，当我登上公共马车时，我发现迪蒂耶兄弟的东道主恰好也在车上。他为下午迫不得已的粗鲁行为表示歉意，

---

① 亨利·方丹—拉图尔（Henri Fantin-Latour, 1836—1904），画家，马奈的朋友。——原注

因为他们是光芒耀眼的人物，他乐不可支地将我与他本人的风流潇洒相比较，他对我说："这么说，您什么人都不认识，您就从来没有去过上流社会，这真是咄咄怪事！"我外套衣领的突然移动让他发现了我的白领带。"瞧瞧！既然您从来不去上流社会，您穿这身礼服干什么？"经过各种可能的辩解之后，我终于承认我是去参加舞会。"哎哟！您还真是去参加舞会，恭喜恭喜。"他毫无喜悦表情地补充道，"可以告诉我是什么舞会吗？"我变得越来越窘迫，为了摆脱"王妃"这个词可能包含的耀眼光芒，就像甩开一件不想穿的新衣服那样，我低声下气地小声说道："是瓦格拉姆舞会。"

我不知道瓦格拉姆家的大厅里是否为咖啡馆的招待和"家佣仆人"举办过也叫做瓦格拉姆舞会的活动。"啊呀！太好了。"迪蒂耶兄弟的朋友说，他重又变得高兴起来，接着，他一本正经地补充道，"亲爱的，既然没有任何社交关系，至少也不要委屈自己，装作应邀去参加用人仆从的舞会，更何况那还是要付钱的！"

仅仅列举雅克·布朗什在这个时期前后绘制的肖像（我的肖像除外）就足以证明他发现和选择的是未来，在文学方面也同样如此，那也是对这卷书的极高价值和独特魅力作出的首次说明。其实，当时已经出名的画家——比如本杰明·贡斯当——只为荣耀体面却又缺乏价值的作家画肖像，这些作家连同为他们作画的画家如今已经被人遗忘，雅克·布朗什为他的朋友们画像，他是唯一的或几乎是唯一在颂扬天才方面"独树一帜"的画家，按照上流社会人士的说法，也许在恶意诋毁这些伟人之后，他又从赞美"晦涩难懂的学派"的追随者当中找到了一种撒旦式的额外满足。事实上，正如所有对未来充满信心的人那样，雅克·布朗什本人具备考量作品必须立足的这种时代眼光。其实，在"他青春年代的欧特伊"度过了二十年之后，同样的女主人有幸能够在她们的右面悬挂雅克·布朗什为他所仰慕的这位或这些朋友绘制的肖像，如巴雷斯、亨利·德·雷尼耶、安德烈·纪德的肖像。雅克·布朗什始终对纪德公开表示恰如其分的赞赏，就像莫里斯·德尼那样，这显然增加了我们的好感。至于布朗什的静物写生，当时的某些沙龙中流传着这样的玩笑："我们必须将它们放到稍微明显一点的地方，只是今天而已，因为他是我们邀请的第十四位或晚餐后的客人。明天再把它们挪到一个看不见的地方。"如今，他的静物写生已经被放到这些沙龙最显眼的地方。而女主人却神情微妙地解释说："这是一种不同寻常的美，难道不是吗？就好像一种古典的美。告诉您说吧，我始终喜欢这样的东西，即使我不得不为此跟人争论。"要说这些贵妇自相矛盾也许并不公平而且有点过于轻率，因为雅克·布朗什的绘画现在非常流行，不过她们并没有因此而更加喜欢他。相反，她们喜欢他可能是出于这样的原因：一部艺术作品最终能够流行意味着在一段多少有点漫长的时期内发生了一种视觉和趣味的演变，这就导致这类妇女最终爱上了这部作品。

星期天是雅克·布朗什休息和接待朋友的日子，他"侃出"几页篇章，不久后写成文字的这些篇章被收入这卷书中，他邀请我为他的这本书作序，这让我深感荣幸。我经常对曾经在期刊杂志上阅读过这些篇章的朋友说，在我看来，这些从前的"星期天谈话"就是货真价实的绘画领域的《星期一谈话》。我清楚地知道，这样的形容有吹捧之嫌。然而，我却认为我这样做对雅克·布朗什有点不太公平。正如圣伯夫那样，批评家雅克·布朗什的缺陷就在于他走向了艺术家为实现自己而经历过的路程的反面，仅仅从本人作品中呈现的那个肉身凡胎来解释真正的方丹或者马奈，这个人与他的同时代人一般无二，充满缺点，为他独有的灵魂遭到肉身的束缚，这个灵魂在与他抗争，试图与他决裂，用工作来拯救自己。当我们在上流社会遇到一个伟人，而我们只熟悉他的作品，我们就会惊讶万分地将他的鸿篇巨制（必要的话，在想到其作者时，我们会杜撰出一个纯属想象而又恰如其分的肉体真身）与这样与那样重叠巧合，走进一个迥然不同而又活生生的肉体中不可还原的信息库存。将最复杂的多边形切入一个圆圈，或从画谜中猜字，犹如小孩子的游戏，相形之下，觉察到——套用英国人的说法——午餐时紧挨着自己的那位先生就是《我的兄弟伊夫》[1]或《蜜蜂的生活》[2]的作者就不那么简单了。然而，这个人只能是雅克·布朗什试

---

[1] 法国小说家皮埃尔·洛蒂（Pierre Loti，1850—1923）的小说。

[2] 比利时作家梅特林克（Maurice Maeterlinck，1862—1949）的一部昆虫类书籍。

图（或多或少）向我们表现的艺术家伙伴。这也是圣伯夫的做法，某个对十九世纪文学一窍不通的人试图通过《星期一谈话》学习文学，结果他从中了解到当时的法国杰出作家，比如鲁瓦耶-科拉尔先生、莫莱伯爵先生、德·托克维尔先生、乔治·桑夫人、贝朗热、梅里美以及其他人；实际上，圣伯夫本人只熟悉某些颇有名气，具有暂时的实用价值的聪明才子，然而，试图把这些人变成伟大的作家简直就是疯狂之举。例如贝尔，不知道他为什么化名为司汤达发表辛辣的悖论，尽管其中不乏许多真知灼见。让我们相信他是一位小说家！他写的那些东西居然被当作小说！然而《红与黑》与其他晦涩费解的作品确实出自一个少有天赋的人。一本正经地将这些作品当作名著来谈论恐怕不仅会吓到贝尔本人，而且还会让雅克蒙、梅里美、达鲁伯爵感到惊奇，所有这些人对他的评论都是非常肯定的，圣伯夫在他们那里可以遇到友善和蔼的贝尔，见证他们反对荒诞的当代偶像崇拜。圣伯夫对我们说："《巴马修道院》不是一部小说家的作品。"您可以完全相信他的这句话，因为他比我们更有优势，他与作者共进晚餐，如果您把贝尔看作伟大的小说家，那么这个有教养的人会第一个跳出来耻笑您。当波德莱尔还是个好孩子的时候，他有着许多让人无法相信的良好风度。他并不缺少才气。然而，让他入选法兰西学院的想法无论如何像是一个拙劣的玩笑。圣伯夫的苦恼在于他必须与一些他并不赏识的人交往。福楼拜是个多好的小伙子！然而，他的《情感教育》几乎不可卒读。好在《包法利夫人》还有一些"非常细腻动人"

的特点。归根结底，无论您怎么看，他总比费多^①来得高明。

这就是雅克·布朗什在这卷书中经常（而非始终）采用的观点。马奈的崇拜者们惊讶地得知这个革新者"志在装饰画和纪念章"，他想向我的那位伟大的朋友玛德莱娜·勒梅尔夫人证明，他有能力与夏布兰^②竞争，他只为"沙龙"工作，更多地从罗尔^③、而不是从莫奈、雷诺阿和德加的立场看问题。然而，从总体上来看（因为一位画家对另一位画家的判断是一种非常有趣的判断），这仍然是那位贵妇的观点，她会说："我当然可以跟您谈论雅克·布朗什；他每个星期二都来我家里用晚餐。我敢肯定地告诉您，没有人会当真把他看作画家，而他本人的唯一抱负就是成为一个深受欢迎的上流社会人士。"

也许那是某个雅克·布朗什，但不是真正的雅克·布朗什。圣伯夫经常采用的观点并非真正的艺术观点而是历史观点，雅克·布朗什有时也采用这样的观点。那也是他最大的兴趣之所在。圣伯夫一向坚持的这种观点使得他经常把他那个时代的作家几乎全部归入诸如德·布瓦涅夫人或德·布罗格尔公爵夫人之类的行列，雅克·布朗什只不过是暂时采用过这种观点，兴之所至地增加明暗对比，让画面变得明亮，让场景栩栩如生。然而，画家就像他喜欢的作家，他们反而有一天会变得伟大，

---

① 乔治·费多（Georges Feydeau，1862—1921），法国闹剧作家。

② 夏布兰（Charles Joshua Chaplin，1825—1891），上流社会风俗画家。——原注

③ 阿尔弗莱德·罗尔（Alfred Roll，1846—1919），当时受欢迎的画家。——原注

他会活着看他的判断得到确证的那一天，因为在这本书中描写画家的画家作者曾经目睹他们的工作，他能够向我们描述他们的调色板以及他们在画布上所作的修改（以此鞭辟入里而又令人动容地再现他们的杰作，就像莫冈在原作变样之前生动地再现达·芬奇的《最后晚餐》那样），正因为作者既是画家又是惊人的作家的双重身份，这本书才变得独一无二。您是说弗罗芒坦^①吗？姑且撇开画家不谈；我们承认，作为作家，弗罗芒坦不如《往昔的大师们》的作者，但是至少他的《从前的大师们》中的某些地方不乏乔治·桑而不是儒勒·桑多的那种优雅。由此可见，胜出的是雅克·布朗什，读者最感兴趣的就是"绘画行家"的观点。让我们回顾一下在这些荷兰画家去世后几个世纪才问世的《从前的大师们》，他们之中最伟大的代尔夫特的弗美尔在书中甚至都没有提到过。显而易见，雅克·布朗什就像让·科克托那样公正地评价了令人赞叹的伟人毕加索，他准确地将科克托的所有特征浓缩成一个如此高贵的严峻形象，相形之下，我记忆中威尼斯画家卡尔帕乔^②最妩媚动人的绘画也会有点相形见绌。

也许唯有布朗什才能揭示惠斯勒、里卡尔、方丹、马奈准备他们的调色板的情形！另一方面，他暂时回到这些画家赖以生存的腐败环境之中，这就是他所熟悉的大师，拉蒂伊老爹

---

① 欧仁·弗罗芒坦（Eugène Fromentin，1820—1876），法国画家、作家。《从前的大师们》的作者。

② 卡尔帕乔（Vittore Carpaccio，1460—1525），意大利画家。——原注

餐馆①里的恋人坐过的那张餐桌，"娜娜的那面落地镜"，"方丹画了许多鲜花和水果在上面的那件橡木家具成就了它们短暂的命运"，"惠斯勒的模特儿就在这幅悬挂的黑丝绒窗帘前面摆姿势"。我们就这样与有血有肉的女人打交道，福楼拜刻画的包法利夫人，司汤达描写的桑塞福里纳公爵夫人都来自这样的原型，我们熟悉这个画室里的每一件东西，我们首次看见了杰作的那种经久不衰的美，"永恒最终改变了每件东西本身的模样②"。毫无疑问，布朗什为我们所作的这番回顾不仅辛辣刺激，而且还具有无穷无尽的教育意义。他指出某些模式的荒谬可笑，这些模式被当作与大画家截然相反的品质而让大画家备受赞赏（对照布朗什笔下的那个马奈与左拉笔下的那个不真实的马奈，"朝向大自然敞开的一扇窗户"）。尽管如此，这种历史观让我感到震惊，因为布朗什（正如圣伯夫）过分重视时代和模式。毫无疑问，人们轻易就会盲目地认为，绝大多数的美是在我们身外实现的，我们无法创造美。我无法在此探讨这些原则问题。然而，我还不至于唯物地认为，方丹时期的时尚更有利于绘制优美的肖像，马奈时期的巴黎比我们今天更能入画，伦敦仙境般的美有一半来自惠斯勒的天才。

人们有时可以从布朗什在这里向我们呈现的肖像中找到恶意中伤的某种证据。某个画家，比如方丹的肖像让人发笑。我

---

① 巴黎的一家著名餐馆。
② 摘自马拉美的《爱伦·坡墓志铭》。

的问题是，像这样非常真实、独特、生动的肖像难道不比那些对艺术一窍不通的艺术批评家撰写的无数一成不变的狂热篇章更能卓有成效地颂扬已故的大师（表面上的轻蔑无法掩饰作家的真实好感）？当雅克·布朗什向我们展现方丹和马奈的画室中堪称无价之宝的细节时，他是否比这些艺术批评家更加充分地利用和维护了与方丹的荣誉相关的利益和生活？人们并不觉得如此这般的细节"动人可爱"，就这个词一般意义而言："方丹在布置公寓的背景或选择一张座椅上有着一种令人感动的笨拙。这个一丝不苟的现实主义者在模特身后用别针订上一块灰色布头，或竖起一张原色纸屏风充做客厅里的细木壁板。方丹画室里的照明光线也并不比从前的照相馆更加细腻微妙。他的懒惰和他对离开自己家的恐惧仍然让他深受困扰。他为这块横跨屋子的玻璃天花板让人物沉浸在散射的光线中感到苦恼。在我看来，《迪布尔一家》①就像刚刚做完礼拜，从教堂出来的这些老好人被纳达尔先生②邀请到他的家里，他们浑身僵硬地包裹在礼拜天的服饰当中。"如果他们仍然履行这些只有在某些少女学校受到青睐的可笑义务——普劳图斯曾经在那里写下了"地狱篇"，向一位当代剧作家述说自己对他的新剧本的想法——那么人们可以"想象"布朗什在谈到方丹时经常让读者的嘴唇泛

---

① 《迪布尔一家》是方丹-拉图尔最著名的油画之一。——原注
② 菲里克斯·纳达尔（Félix Nadar, 1820—1910），法国早期摄影家、漫画家、记者、小说家和热气球驾驶者。纳达尔利用摄影为许多十九世纪名人留下了肖像。

起微笑的情景，正如方丹在他的一封信中承认的那样，而这种微笑就是我们在夏尔丹戴着眼罩的自画像面前充满敬意的微笑。尤其是这个学生可以被请出来映衬方丹感谢布朗什延续了他的生命，对于死人来说，那是最为宝贵的东西。更何况布朗什曾经提到过这一点："在我看来，批评家或一些朋友的判断很少是公正的，那更多是善意的而不是恶意的夸张。判断是我精神上的一种迫切需要，最温馨的感情纽带也从来不会让我的判断有所改变。必须说出自己的想法。在一个充满各种争议和动乱的时代，这就是我的诚实观念。我们从来只接受一种感情：狂热的崇拜。如果您对美有崇高的理想，您就不会始终有机会崇拜您的同时代人。如果我伤害或惊吓到某些与我同路的伙伴，我会为他们感到悲哀，不过我对他们之中最有见识的那些人坚信不疑，因为他们能够领悟我的意思，却又没有因此责怪我。"

然而，在值得崇拜的事物面前，他也会狂热地崇拜。我从这部作品（目前的这本仅仅是其中的第一卷）中欣喜地看到了对我所崇拜和我所喜爱的约瑟·玛丽亚·塞尔①的盛情赞誉。布朗什将他与米开朗琪罗和丁托列托比较的那些篇章充满了喜悦和真诚。奇怪的是，我也许生活在一个与塞尔不同的时代，或生活在他那个时代却又不熟悉他。可我们却心心相印。他知道我对他的仰慕，他也没有掩饰对我的好感。每当其中的一个雍

---

① 约瑟·玛丽亚·塞尔（José Maria Sert），画家，一八七六年生于巴塞罗那，一九四五年死于巴塞罗那。——原注

容华贵的美的女囚在严密的护卫下也许是恋恋不舍地从她命中注定的流放地巴尔贝·德·儒伊街动身，前往西班牙的一座宫殿或教堂度过自己被非法囚禁的一生，甚至像海洋女仙那样在大海上翱翔的时候，我却被锁链捆绑在我的岩石上，永远看不见出发之前的这些被驱逐流放的贵族。生活中除了时间和空间之外，还有其他互不相容的东西；险恶的命运之神梦想中最离奇古怪的各种形式还有待于小说家来描述。

我是否应该说，从真实性的角度来看，布朗什的这本书细腻、独特、有创见，而且非他莫属，难道他没有——甚至是出于自身公正的立场——表露出人们无法接受的某些偏爱？这种说法也许并不确切。当然，如果尊敬的布朗什大夫回转阳世，当他听说他的"雅克"被当作比他那个时代的法兰西院士更伟大的一位画家来谈论时，他也许会喜出望外。因为归根结底，正如所有的父母，即使是最明智的父母，他谈论自己的儿子的方式跟马奈的母亲马奈夫人谈论她的儿子如出一辙："他不过是临摹丁托列托的《抱兔圣母》，您可以来我家看看，临摹得很像。他还可以画成全然不同的另外一种样子。真是没有办法！他结交的就是这样的一帮人！"然而，看到自己的儿子雅克-埃米尔骨子里像他并且延续了他的血脉，布朗什大夫也许会更加惊奇。恰恰是我们与自己父辈相似的各种品质和情趣，为了彰显和表现自己与父辈品质和情趣上的家族冲突造成了感人的悲剧。决定侄儿监护人的年迈叔伯们恰恰以同样的方式做着同样的蠢事，可他们却自以为"这不是一码事"，正如那些为德拉克洛瓦力争的人，继而他们又对马奈、印象派画家、立体派画家表示愤慨，他们也自以为"这不是一码事"。拍卖鲁瓦①的藏画和拍卖塞尚的绘画是这本集子里最优美的两个片断，此时此刻的雅克·布朗什与一八九一年前后的他截然相反。他的传统主义立场甚至让他毫不掩饰地对鲁瓦先生收藏名画的公寓表示包容和发自内心的好感：

"这些明显打着第二帝国烙印的公寓是对人们目前追求的那种装饰性布置的彻底蔑视……有一天，我把弗里茨·泰奥洛②领到了那里。他自认为具有先锋派的现代情趣。在慕尼黑、柏林和哥本哈根期间，他形成了室内装饰的观念，一九一二年左右的秋季沙龙展示了这种观念令人动容的大胆。他只熟悉沙龙展品的那种绘画。当我希望在恬静地享受他的殷切友好之上更进一步的时候，我与他的关系却变得令人尴尬。'布朗什？您不会喜欢生活在这幢住宅里吧！什么！您是说鲁瓦先生是个有情趣的人？您再看看这些家具，这些墙饰窗帘，就像是一个牙医的家……墙壁是深紫红的，织物是巧克力色的，还有这些镀金的落地灯。不，布朗什，这是外省的情调和路易-菲利普时代的风格。'德加对《抢劫萨宾妇女》③和德拉克洛瓦的《诗人》的临摹让他深感酸涩：'如果这也算是绘画，那我就只好上吊了。所有

---

① 亨利·鲁瓦的藏画曾于一九一二年十二月拍卖。印象派画家的作品卖价最高。——原注
② 弗里茨·泰奥洛（Fritz Thaulow，1847—1906），挪威画家。他对鲁瓦藏画的那间如此过时、如此布尔乔亚化的房间感到惊讶。——原注
③ 那是鲁瓦收藏的一幅临摹普桑的"赝品"。——原注

这一切都是深紫红的！'"

　　归根结底，雅克·布朗什给人的感觉是他喜爱这幅画胜过印象派画家模糊不清的白垩手法。他喜欢带有戈雅特色而不是莫奈特色的马奈，在他看来，莫奈已经过时（假如我精通绘画，我的个人趣味会让我产生截然相反的想法，我在加斯东·纪尧姆身上看到的马奈让我发现了最美的莫奈），戈雅让马奈焕然一新。"正如莎士比亚让缪塞焕然一新。"布朗什憎恨唯美主义者的文学理论连同他们的装饰趣味。"夏尔·莫里斯[①]先生在发给我的同事们的问卷中问道，方丹的贡献是什么，他带进坟墓的又是什么。这个问题似乎有点令人勉为其难，它只能出自一个文人之口，因为后者始终难以进入画家的精神活动。绘画上的新颖和创意经常表现为一种简单的色调关系，两种并列的价值，甚至调配颜色，将颜料涂抹在画布上的某种方式。对技巧缺乏敏感的人不是天生的造型艺术家，像这样十分敏锐的才智会在毫无觉察的情况下与一个纯画家擦肩而过。"

　　从表面上看，雅克·布朗什应该遵循莫里斯·德尼[②]的这句名言（关于莫里斯·德尼，我想说的是，他并不完全正确，维亚尔[③]也同样如此）："切记，在成为一匹战马、一个裸体女人或任何一段掌故之前，一幅画基本上是一个覆盖着按照某种秩

---

①　夏尔·莫里斯（Charles Morice，1861—1919），马拉美派的诗人。——原注

②　莫里斯·德尼（Maurice Denis，1870—1943），宗教画家。——原注

③　维亚尔（1868—1940）画家，是莫里斯·德尼的挚友。——原注

序拼凑出来的颜色的平面。"相反，雅克·布朗什反对这句名言是出于极端的法国传统主义，为了表明这一点，我们想从他撰写的绝妙篇章中援引几行文字作为结束，并借此机会颂扬我们国家的老一代大师："我们不赞同德尼先生的理论中轻视感觉和激情的那个部分，那是最弥足珍贵的才智，德拉克洛瓦、米勒、柯罗这些十九世纪的史上巨匠就是用这种禀赋来打动我们的。被新印象派如此看重的彻底推翻现实主义以及模仿自然最终导致了一些只有理性干预、无视人类感情和感觉的模式以及一种地地道道的装饰装潢艺术，而后者与波斯和中国艺术几乎没有什么差别。这意味着我们人类想象中的绘画末日。弗里茨·泰奥洛对柯罗绘画中的某栋建筑物没有加以太多的嘲讽，八月碧蓝的天空下一道永恒的光芒照亮了我撰写这些文字的书房……天空明朗而透明，如同弗拉·安杰利科①的一幅画中的天空，由不为人知的贵重材料，也许是绿松石组成。在这一尘不染的湛蓝天空底下，难以揣测的少许光线将鸽子和类似平庸的营房屋顶变成一只由几块黄金打造的首饰盒；几个人物在外省的广场静坐或散步，广场上伸展着他们长长的清晰身影。我判断这些所谓的行家的依据是他们对待我的柯罗的态度。只有荷兰人和鲁瓦兄弟时代的法国人拨动过这根琴弦。这是法国式的音乐，明朗、富有旋律，却又谨慎和琐碎到几乎让人无法察觉。在里

---

① 弗拉·安杰利科（Fra Angelico，1395—1455），文艺复兴时期欧洲艺术家，一生大部分时间在佛罗伦萨工作。他的绘画作品在简单而自然的构图中应用透视画法。

斯本街的公馆①里恰到好处地响起的正是这种'室内乐'。"

　　读者也许会觉得我在这里摘录的篇章只有放到这卷书中才能变得完整，我认为这样的篇章不仅让人欣赏到作为作家的雅克·布朗什，而且还最终让人欣赏到作为画家的雅克·布朗什，人们对作家和画家的他同样的喜爱。他谈论米勒的那个片断的结尾可以用作这篇序言的结语："对于沐浴在田野生活的极乐之中的西部法国人来说，J-F. 米勒为白天的每一分钟、每个季节的每一刻、诺曼底人的每一个姿势和每一张面孔、每一棵树、每一道篱笆、每一件农耕用具都敷抹了美化和崇高伟大的神圣油彩……既然农民的忧虑，他们在危机四伏的天空底下耕耘苦求的土地还会让我们的同胞怦然心动，既然黎明、中午、傍晚的黄昏依然哀婉动人，我们怎么会对米勒的作品提出异议呢？更何况他的作品综合了自然本身——尽管他的模特们也同样贴近自然——就像他的生活那样感人肺腑。"

---

① 指鲁瓦家。——原注

论福楼拜的"风格"①

　　我刚刚拜读了《新法兰西杂志》的杰出批评家关于"福楼拜风格"的文章（这让我无法进行深入的研究）！我万分惊讶地看到，一个被视为小有写作天赋的人②居然通过对简单过去时、不定式过去式、现在分词、某些代词和某些介词的全新的和个性化的运用，几乎更新了我们对事物的看法，正如康德用他的范畴更新了关于外部世界的认识论和真实论。这并不意味着我更喜欢福楼拜的书，甚至福楼拜的风格。我不便在此展开长篇大论，但我认为仅仅隐喻就能赋予风格以某种永恒，也许在福楼拜的全部作品中没有一个唯一绝妙的隐喻。更有甚者，他的人物形象往往非常单薄，以至于无法从最微不足道的人物形象中凸显出来。在一个高雅的场合，阿尔努夫人与弗雷德里克无疑会如此交谈："有时，您的话对我来说犹如来自远方的

①　首次发表在一九二〇年一月的《新法兰西杂志》上，署名普鲁斯特。一九一九年十一月，这本杂志发表了阿尔贝·蒂博代的一篇文章，题为《关于福楼拜的风格的一场文学争论》。普鲁斯特的这篇文章就是对蒂博代的答复。蒂博代也以《致马塞尔·普鲁斯特的信——关于福楼拜的风格》（《新法兰西杂志》一九二〇年三月）回应普鲁斯特。——原注

②　蒂博代曾经写道："……福楼拜并不是天生的伟大作家。"——原注

回音，犹如风儿传送过来的钟声。"——"我始终在自己的心底里保存着您声音的音乐和您眼睛的光辉。"①弗雷德里克与阿尔努夫人的这段谈话无疑有点过分精彩的味道。然而，如果说这话的是福楼拜本人而不是他的人物，这番话就不会显得特别精彩。为了用一种在他看来显然是令人叫绝的手法进行表述，在他最完美的作品里，他是这样描述朱利安所在的笼罩在寂静之中的城堡："人们听得见一条披肩的摩擦声或者一声叹息的回音。"②在结尾部分，当圣徒朱利安抱着的那个人变成基督时，这不可言喻的一分钟几乎被描写如下："他的眼睛闪耀着星星的光芒，他的头发披散下来犹如缕缕阳光，他鼻孔里的气息有玫瑰的那种温柔。"③等等。这里面没有丝毫像巴尔扎克或勒南的描写中出现的那种拙劣、拼凑、刺眼或可笑的东西；只是看上去就好像即使没有福楼拜出手帮忙，单单一个弗雷德里克·莫罗几乎也能搞定这一切。然而，隐喻终究不等于风格的全部。一旦踏上福楼拜的篇章组成的这个巨大的"自动人行道"，持续、单调、沉闷而又茫然地行进的任何人都不能否认，这些篇章在文学中前所未有。姑且不说语法是否正确，甚至不包括简单的疏忽差错；那是一种实用却又遭到否定的文字（负责重审福楼拜校样的一个好学生就能从中改出许多错误）。总而言之，一种语法的美（正如一种伦理、戏剧的美，等等）与正确与否毫无

---

① 引自《情感教育》。——原注
②③ 引自《三故事》。——原注

关系。福楼拜历尽艰辛地缔造出这种类型的美。毫无疑问，这种美有时可以归功于应用某些句法规则的方式。福楼拜欣喜万分地在过去的作家中再次印证了他的这种预见，比如在孟德斯鸠的作品中："亚历山大的罪恶与他的美德同样极端；他愤怒起来令人恐惧，愤怒使他变得残酷。"[1] 然而，福楼拜之所以从这样的语句中得到了莫大的乐趣显然不是因为它们正确无误，而是因为从一个分句的中间涌起的拱顶恰好重新跌落到接下来的那个分句的正中，这样的语句保证了风格的紧凑性、神秘性和连续性。为了达到同样的目的，福楼拜经常利用制约人称代词用法的规则。然而，一旦他无须达到这个目的，他就会完全不在乎这些同样的规则。因此，在《情感教育》的第二页或第三页中，当"他"应该用来指称弗雷德里克的舅舅时，福楼拜却用这个代词指称弗雷德里克·莫罗，当"他"应该用来指称弗雷德里克时，福楼拜却用这个代词指称阿尔努。在稍后指称帽子的"它们"被用来指称人，等等。这些常见的错误在圣西蒙的书中几乎同样频繁。然而，在《情感教育》的第二页，为了连接两个段落而又不致产生视觉的中断，福楼拜按照严格的语法颠覆性地使用人称代词，因为这关系到画面各个部分的衔接和他特有的惯常节奏："沿着塞纳河右侧的山冈又低又矮，而对岸最近的地方又耸立起另一座山冈。

　　一些树木环抱着这座山冈。"等等。[2]

---

① 　引自孟德斯鸠的作品《吕西马库斯》。
② 　此处原文版式如此，所引两句话分作两段排出。

他让视觉逼真，中间却不用任何思维语言或对感觉的描述，实际上，随着福楼拜更好地释放他的个性并成为福楼拜，这一点对他越来越重要。在《包法利夫人》中，不属于他的一切尚未完全剔除；最后那句话"他刚刚接受了荣誉十字勋章"令人联想到《普瓦里埃先生的女婿》①的结尾："四八年法国的贵族院议员。"甚至在《情感教育》中（四平八稳的题目是如此之美——更何况这题目也适用于《包法利夫人》，不过，从语法的角度来看却不那么正确）还零星地流露出不属于福楼拜的少量残余（"她可怜的小心胸"），等等。尽管如此，在《情感教育》中，这项革新已经完成，福楼拜把行动变成了印象。事物与人同样具有生命，因为事后赋予一切视觉现象以外在原因的正是推理，而我们接受的第一个印象中并不包含这种原因。我再次援引《情感教育》第二页上我刚才引用过的那句话："沿着塞纳河右侧的山冈又低又矮，而对岸最近的地方又耸立起另一座山冈。"雅克·布朗什说过，在绘画史上，一种发明、一种创新往往表现在色调的一种简单关系和两种并列的色彩之中。福楼拜的主观主义则体现在对动词时态、介词、副词的一种全新运用上，而介词和副词在他的语句中几乎从来只有一种节奏的价值。未完成过去时表明一种延续的状态。《情感教育》的第二页（绝对是偶然翻到的一页）全部都用未完成过去时，除非是中间发

---

① 埃米尔·奥日埃（Emile Augier, 1820—1889），法国诗人、风俗戏剧作家。《普瓦里埃先生的女婿》（1854）是他的戏剧代表作。

生了变化和事件，而事件中的主角一般都是物（"山冈又低又矮"，等等）；接着又马上回到未完成过去时："不止一个人希望拥有这份财产。"等等。然而，一个现在分词往往表明了从未完成过去时到完成过去时的过程，表明了事件发生的方式，或事件发生的时间。还是《情感教育》的第二页："他凝视着大钟，等等，不久，巴黎消失不见了[①]，他大大地叹了一口气。"（这个例子选得太糟糕，从福楼拜的小说中可以找到更能说明问题的例子）。我们注意到物和牲畜的这种活动必须使用大量不同的动词，因为它们是句子的主语（而这个主语不是人）。我随便举一个例子，其中多有节略："髦狗走在他的身后，斗牛摇晃着脑袋，豹子拱起脊背，步伐轻盈地往前走，等等。蛇在咝咝作响，食腐动物垂涎三尺，野猪……等等。四十头长髦猎狗在围攻一头野猪，等等。野蛮人的早晨……被用来追逐原牛。西班牙猎犬的漆黑皮毛光亮犹如绸缎，泰尔波种狗的尖叫就像欢唱的铜号发出的声响。"[②]等等。不同的动词也被运用到这个连贯而匀称的视像中的人身上，他们与物不相上下，充其量只是"一种必须描述的幻觉"。因此："他想在荒漠中追随鸵鸟奔跑，躲藏在豹子潜伏的竹林中，穿越遍地犀牛的森林，登上山顶瞄准老鹰，在大海的浮冰上与白熊搏斗。他会看到……"[③]等等。这种恒久不变的未完成过去时（请允许我用"恒久不变"来形容不定

---

① 此处用的是现在分词，而前后两句均用未完成过去时。——原注
②③ 引自《三故事》。——原注

式过去时，在四分之三的时间里，"恒久不变"被记者们合情合理地用来形容一条丝绸围巾或一把雨伞而不是爱情。他的恒久不变的丝绸围巾——幸亏他没有用传奇般的丝绸围巾——就是一种"约定俗成"的表达方式）……这种恒久不变的未完成过去时部分由人物的话语组成，福楼拜习惯地将它们作间接引用处理，为的是让人物的话语与其余的东西混为一体（"国家应该获取钱财。其他的许多措施仍然令人满意。首先必须与富人扯平。国家必须为喂奶和分娩的妇女支付工资。一万名持有精良步枪的公民可以震撼市政厅……"[1]这并不意味着福楼拜也有这种想法并且赞成这种想法，不过弗雷德里克、拉瓦纳兹或塞内加尔就是这么说的，福楼拜决定尽量少用引号）。在文学上如此新颖的这种未完成过去时彻底改变了物和人的面貌，就好像一盏灯被人移到一幢崭新的房屋里，老宅子几乎空空荡荡，人们正在热火朝天地搬迁。打破习俗成规和不真实布景的忧伤造就了福楼拜的风格，就此而言，这种风格是如此的新颖。这种未完成过去时不仅被用来记载话语，而且还被用来记载人们的全部生活。《情感教育》[2]就是关于全部人生的长篇报告，因此其中的人物并没有积极参与到事件之中。有时，完成过去时打断了未完成过去时，却又像未完成过去时那样变成某种正在延续

---

[1]　引自《情感教育》。——原注
[2]　人们往往用《情感教育》第四页上的这句话诠释这本书，这显然也是福楼拜本人的意思："然而，朦胧中弥漫的那种烦恼似乎使人物的容貌变得更加微不足道。"——普鲁斯特原注

的不定式："他在旅行，熟悉邮船的那种忧郁，等等，他另有所爱。"① 在这种情况下，未完成过去时又改头换面地出现，让语句变得有点准确："前者的强暴使得这些东西在他眼里变得平淡乏味。"② 有时，甚至直陈式现在时也会矫正未完成过去时的倾斜和中间色调，它悄悄地投入一缕白天的光明，从通过眼前的那些物当中分辨出一种经久不衰的现实："他们住在布列塔尼的洼地……那是一幢低矮的房屋，一座花园径直往山冈高处伸展，从那里可以瞥见大海。"③

在福楼拜的小说中，连词"et"（意即：和、与、而）只有语法上的意义。这个连词标志着节奏上的一种停顿，起到划分一个画面的作用。在我们会放"et"的地方，福楼拜却去掉了这个连词。这就是无数妙语佳句的切割模式。"(et) 凯尔特人却在雨蒙蒙的天空下，在充满小岛的一个海湾里为三块天然岩石感到惋惜。"④（也许是"布满"而不是"充满"，这是我记忆中的句子。）"那是在迦太基的小镇墨伽拉，在汉密尔卡的花园中。"⑤ "朱利安的父母住在树林中山冈斜坡上的一座城堡里。"⑥ 显而易见，各种介词让这些三元句式变得更美。然而，其他地方的不同切割从来不用"et"。我曾经援引过（由于其他的原因）："他在旅行，他熟悉邮船的那种忧郁、雨篷底下那些寒冷的苏醒、风景和废墟

---

①②③　引自《情感教育》。——原注
④⑤　引自《萨朗波》。——原注
⑥　引自《三故事》。——原注

的那种眩晕、断断续续的同情的那种酸涩。"换一个人也许会说"以及断断续续的同情的那种酸涩",然而,福楼拜的伟大节奏并不包括这里的"以及"(et)。相反,福楼拜却在任何人都意想不到的地方使用这个词,以此作为另一部分景象的开始,或退去的波涛再次涌起的标志。纯属偶然的记忆让他做出了非常糟糕的选择:"卡罗塞尔广场一派恬静的景象。南特旅馆始终孤零零地耸立在那里;而(et)后面是房屋,对面是卢浮宫的圆屋顶,右面是一条树木的长廊,等等,仿佛沉浸在空气的灰色之中,等等,(tandis que)而在广场的另一头,等等。"① 总而言之,在福楼拜的作品中,"et"始终是一个从句的开头,而且几乎从来不会被用作枚举的结束。顺便注意一下我刚才援引的句子中的"tandis que"(意即:当……的时候)并不表示时间,这在福楼拜的小说中向来如此,这是所有伟大的描述在句子太长而又不愿切割画面时所使用的十分朴实的技巧之一。在勒贡特·德·李勒② 的诗句中,起到类似作用的词组还有"不久""很久""究其根本""等而下之""唯有",等等。收集如此之多的语法特色(我没有多余的地方指出其中最重要的语法特色,即使没有我帮忙,大家也会注意到)是一个十分缓慢的过程,这一点我同意,在我看来,这并不证明福楼拜不是"一个天生的作家",正如《新法兰西杂志》的批评家声称的那样。恰恰相反,他只能是天生的作家当中的一个。这些语法上的独到之处实际上诠释了一种新的视觉,无

---

① 引自《情感教育》。——原注
② 勒贡特·德·李勒(Leconte de Lisle, 1818—1894),法国诗人。

须费力就能完全捕获这种视觉，使之从无意识过渡到有意识，最后将之安插在话语的不同部分当中！唯一令人惊讶的是，像这样的一位大师的书信居然平庸乏味。一般来说，不懂得写信的伟大作家（正如不懂得素描的伟大画家）实际上只是丢弃了他们天生"得心应手"的"精湛技艺"，那是创造一些试图逐渐适应这种新视觉的表达方式。然而，只有在书信中他们不再受制于他们必须绝对服从的那种阴暗的内在理想，这让他们重新变得不那么伟大，况且他们还会不断地回到这样的状态。有多少妇女在哀叹她们的一位作家朋友的作品时补充道："但愿您知道他挥洒自如地写出来的短笺有多么可爱！他的信远比他的书高明。"其实，那是展示雄辩、卓越、思想、行动的决心的一种小孩子把戏，这种人通常缺乏这一切，仅仅因为他必须按照强横的现实塑造自己，而这种现实不允许他改变任何东西。一位作家在即兴创作时（或一位画家在一位不理解他的绘画的贵妇的画册上"像安格尔那样素描"时），他的天才会突然得到明显的提升，这种提升在福楼拜的书信中也可以感觉到。然而，人们更多注意的是一种下降。这种反常现象由于一切伟大艺术家自觉自愿地听凭现实在他的作品中充分发挥而变得复杂，他被剥夺了在作品中显示比他的才华更加逊色的才智、批评判断的机会。然而，他的作品中所没有的这一切却在他的谈话和书信中泛滥成灾。福楼拜的谈话和书信中却丝毫没有流露出这样的东西。我们不可能像蒂博代先生那样，从中发现"一流头脑中的思想"，而这一次让我们困惑的是福楼拜的书信而不是蒂博代先生的文章。归根结底，虽然我们仅仅从福楼拜的风格美和变形的句法的不变特点中预感到他的才华，我们还注意到其中的一个特点：例如，一个副词不仅结束了一个句子，一段时间，而且还结束了一本书（《希罗底》中的最后一句话："它 [圣徒约翰的脑袋] 实在太沉了，他们轮流抱着它。"）。从他和勒贡特·德·李勒的作品中，可以感觉到对扎实的需要，尽管这种扎实显得有点笨重，以此回应即使不是空洞的，至少也是十分轻浮的文学，这样的文学中充斥着过多的漏洞和缺陷。福楼拜始终以最丑陋、最意外、最沉重的方式用副词、副词词组，等等，抹平这些紧凑的句子，填塞最小的漏洞。郝麦先生说："您的马匹，也许呢，是暴躁的。"[①] 于索纳说："教育人民大众的时候，也许呢，已经到了。""巴黎，夏天马上就要到了。"[②] 在谈话和写作中，这些"总之""然而""尽管如此""至少"总是被福楼拜之外的另一个人放在别的地方。"一盏鸽子形状的灯在上面连续不断地燃烧。"出于同样的原因，福楼拜并不担心某些动词、某些有点庸俗的词组的沉重笨拙（与我们以上援引的各种动词相比较，如此扎实的动词 avoir[意即：有] 往往被一位二流作家放在寻求最细微差异的地方）："房屋带有斜坡上的花园。""四座钟楼带有尖尖的塔顶。"艺术上的所有伟大开拓者，至少是十九世纪的伟大开拓者都是这样做的，这正是唯美主义者与过去的血缘关系之所在，而公众却觉得他们庸俗不堪。人们尽可以说，但愿马奈、明天下葬的雷诺阿 [③]、福楼拜不仅是开拓者，

---

① 引自《包法利夫人》。

② 引自《情感教育》。

③ 雷诺阿于一九一九年十二月三日逝世。——原注

而且还是委拉斯开兹和戈雅、布歇和弗拉戈纳尔、甚至鲁本斯和古希腊、博叙埃和伏尔泰的最后传人，他们的同时代人就觉得他们有点像是一般的普通人；尽管如此，我们有时仍然有点怀疑他们对"一般的普通人"这个词的理解。当福楼拜说："这样一种形象的混乱令他头晕目眩，尽管他从中找到了妩媚，不过，"当弗里德里克·莫罗与元帅夫人或阿尔努夫人在一起的时候，他"开始向她们倾诉衷情"，我们无法想象这个"不过"有什么优雅，这种"开始倾诉衷情"有什么高尚。然而，我们就喜欢福楼拜的语句将这些沉重的材料抬起来，又让它们发出挖掘机那样的阵阵声响落下去。因为正如人们描述的那样，如果说福楼拜的夜间灯火产生的效果就像灯塔之于海员，那么人们也可以说，从他的"喇叭筒"发射出来的那些句子，其节奏规律得就像用来清理杂物的这些机器发出的声音。能够感觉这种萦绕不去的节奏的人是幸运的；然而，无法摆脱这种节奏的那些人，无论他们处理哪种主题，他们都会匍匐在大师的脚下，一成不变地承袭"福楼拜"，就像德国传说中被判罚终身捆绑在钟舌上的不幸之人。所以，至于福楼拜的毒害，我不会过分强烈地建议作家拿出涤罪和祛邪的功力来对付模仿。当我们刚刚看完一本书时，我们不仅想与书中的人物，德·鲍赛昂夫人、弗雷德里克·莫罗一起继续生活，而且还想像他们那样说话，我们的心声在整个阅读过程中循规蹈矩地追随着某个巴尔扎克、某个福楼拜的节奏。应该让这个心声放纵片刻，让踏脚板延续这种声音，换句话说，先进行不自觉的模仿，然后才能重新标新立异，不再一辈子进行不自觉的模仿。自觉的模仿就是人们以完全自发的方式进行模仿；人们理所当然地认为，当我从前在写作中模仿福楼拜时，尽管这样做令人憎恶，我不曾考虑过自己听见的歌是否来自对未完成过去时或现在分词的重复。否则我将永远无法对它进行改编。今天，在匆忙中指出福楼拜风格的某些独特之处，我所完成的恰恰是一项截然相反的工作。我们的精神永远不会满足，除非是无法对这种先是无意识地产生的东西做出一种明确的分析，或无法对这种先是耐心分析过的东西进行生动的再创造。我不想重申福楼拜的这些如今很有争议的价值。其中的一种价值对我触动最大，因为我从中发现了我那微不足道的研究的出路，那就是他懂得娴熟地制造时间（Temps）印象。在我看来，《情感教育》中最美的东西不是语句，而是空白。福楼拜刚刚用很长的篇幅描写和讲述了弗雷德里克·莫罗最细微的动作：弗雷德里克看见一个佩剑的警察从一个倒下死去的起义者身上踏过，"而弗雷德里克，目瞪口呆，认出那是塞内加尔！"在这里有一个"空白"，一个巨大的"空白"，而且没有任何转折的痕迹，时间突然不再以一刻钟、一年、十年来衡量（我再次重复我刚才为了证明这种迅速到来、猝不及防的非凡变化而援引的最后这些话）：

　　而弗雷德里克，目瞪口呆，认出那是塞内加尔。

　　他在旅行。他熟悉邮船的那种忧郁、雨篷底下那些寒冷的苏醒，等等。他又回来了。

他经常往返于上流社会，等等。

一八六七年底左右，等等。

毫无疑问，我们经常在巴尔扎克的小说中看到："一八一七年，赛查家曾经是……"等等。然而，在他的笔下，这些时间的变化具有现时的和资料的特征。福楼拜首次让这些时间变化摆脱了对历史上的趣闻轶事和糟粕垃圾的依附。他是第一个为它们谱写乐曲的人。

我之所以写下我也不太喜欢的所有这一切为福楼拜辩护（就若阿西姆·杜·贝莱[①]对这个词的理解而言），我之所以不写我喜欢的其他许多人，那是因为在我的印象中，我们根本不懂得如何阅读[②]。达尼埃尔·阿莱维[③]先生最近在《辩论报》上为圣

---

① 若阿西姆·杜·贝莱（Joachim du Bellay，1522—1560），法国诗人，七星诗社重要成员。
② 在系统的巨著中，当人们不期待批评的时候，有时倒会出现这些例外。一种全新的文学批评来自《遗传》和《影像世界》，这些令人赞叹而又成果巨大的著作在莱昂·都德先生看来，就像一种全新的物理学、一种全新的医学、一种笛卡尔哲学。毫无疑问，莱昂·都德先生关于莫里哀、雨果、波德莱尔等人的深刻见解如果能够通过万有引力原理与这些影像范畴联系在一起考察就会更加精彩，然而，这些摆脱了自身体系的见解本身就证明了文学趣味的生命力和深刻性。——普鲁斯特原注
③ 达尼埃尔·阿莱维（Daniel Halevy，1872—1962），法国历史学家、批评家，普鲁斯特的朋友。

伯夫百年纪念写过一篇脍炙人口的文章。然而，在我看来，这一天他竟然如此欠缺灵感，难道他没有想到把圣伯夫列入我们已经失去的伟大导师之中吗？（我在"最后一刻"即兴撰写我的研究文章时，手头既没有书，也没有报纸，我无法给出阿莱维的原话，而只是就其意思而言）。我现在比任何人都更能用美妙的拙劣音乐真正放纵自己，而这种音乐就是圣伯夫精心炮制的言语，难道有人会像他那样从来不去导师办公室履行自己的职责吗？他的《星期一谈话》的绝大部分篇幅留给了一些四流作家，当他必须谈论福楼拜或波德莱尔这样的顶尖一流作家时，他马上收回了他对大作家的简短赞誉，同时告诉我们那只是他不得已而为之的一篇应景文章，作家是他的私人朋友。他只以私人朋友的身份谈论龚古尔兄弟，人们多少还能欣赏他们，然而，他们在任何情况下都远远超过了圣伯夫欣赏的那帮常客。杰拉尔·德·奈瓦尔[1]当然是十九世纪最伟大的三四位作家之一，而圣伯夫却在谈论歌德的翻译时轻蔑地将他称为和蔼可亲的奈瓦尔。圣伯夫似乎没有注意到奈瓦尔曾经写过一些很有个人见解的作品。至于小说家司汤达，《巴马修道院》的作者司汤达，我们这位"导师"对他窃笑不已，在他看来，将司汤达捧为小说家是某种（注定要失败的）行为带来的悲惨结果，有点像是某些画家的名望似乎归功于画商的投机。巴尔扎克确实在

---

[1] 杰拉尔·德·奈瓦尔（Gérard de Nerval, 1808—1855），法国诗人、散文家、翻译家。浪漫主义文学代表人物之一。

司汤达生前向他的才华致敬，不过那只是一种回报。即使作家本人发现（按照圣伯夫的说法，没有必要在这里对一封信中的不准确阐述加以评论）他的所得远远大于他的付出。简而言之，如果说我还有什么更加重要的事情要做的话，那就是在圣伯夫之后，"描画"一幅具备某种规模的"十九世纪法国文学图景"，正如居维利埃·弗洛里先生所说，那里面不仅会出现每一个伟大的名字，而且还会出现作品已经被大家遗忘、即将晋升为伟大作家的那些人。毫无疑问，错误是难免的，我们的艺术判断的客观价值并不十分重要。福楼拜曾经残酷无情地忽略了司汤达，他本人觉得那些最美的罗马教堂面目可憎，他嘲笑巴尔扎克。而圣伯夫的错误更加严重，因为他再三重申，公正地评判维吉尔或拉布吕耶尔以及长期以来被人承认和分类的作家是轻而易举的事情，而困难的是让同时代的作家对号入座，这也是批评家的功能本身，因此，他确实无愧于他的批评家称号。他本人从来也没有这样做过，这一点必须承认，这就足以让我们拒绝授予他导师的头衔。也许阿莱维先生的这篇文章——更何况是出色的文章，但愿这篇文章就摆在我面前——会让我发现，我们不懂得阅读的不仅有散文，而且还有诗。作者引用了圣伯夫的两行诗。其中的一行更像是安德烈·里沃瓦先生的诗而不是圣伯夫的诗。第二行：

索伦托让我甜美的梦无边无际。

用小舌颤音发 r 音会让这行诗变得丑陋可怕，将这些 r 音发成卷舌音会让这行诗变得滑稽可笑。一般来说，一个元音或一个辅音的故意重复会产生巨大的效果（拉辛：《伊菲莱涅亚》《菲德尔》）。雨果在一行诗中重复六次的唇音产生了诗人所期望的那种飘逸轻盈的印象：

> 深夜的叹息在加尔加拉飘荡。

雨果甚至懂得重复运用在法语中反而不太悦耳的 r。他成功地使用了这种重复，而且是在十分不同的场合。总而言之，无论是诗句还是散文，我们都不懂得怎样阅读；在关于福楼拜风格的这篇文章中，蒂博代先生，这位如此博学、如此明智的读者援引了夏多布里昂的一句诗。他只有选择上的困惑。像这样令人赞叹的诗句不胜枚举！蒂博代先生（他确实想指出，运用错格会让风格变得轻盈）援引了夏多布里昂，那个仅仅能言善辩的夏多布里昂不太精彩的一行诗句，而基佐先生 ① 朗诵这行诗句时的那种喜悦本身也许会引起我的这位杰出同事对这行诗的有限关注。按照一般的规律，夏多布里昂作品中延续或向往的十八世纪和十九世纪的政治雄辩的所有一切并不代表真正的夏多布里昂。在欣赏一个伟大作家的不同作品的同时，我们应该带着某种怀疑，某种良知。当缪塞年复一年地节节攀升，直

---

① 基佐（François Guizot，1787—1874），法国历史学家、政治家。

至达到《夜》的高度时，当莫里哀达到《愤世嫉俗》的高度时，偏爱缪塞的《夜》：

> 在圣布莱斯，在祖埃卡，
>
> 我们曾经，我们曾经多么逍遥。

甚于莫里哀的《司卡潘的诡计》是否有点残忍？更何况我们只阅读大师的作品。福楼拜也像其他大师那样简洁。我们会惊讶地看到，大师们始终生活在我们身边，为我们提供无数努力成功的榜样，而我们缺乏的正是这种努力。福楼拜选择塞纳尔律师[①]为他辩护，他也可以援引所有伟大的不朽者作为有力而客观的见证。作为结束，我从伟大的作家当中选择这个在庇护下度过余生的例子完全是出于我个人的原因。某些甚至很有文学修养的人无视《在斯万家那边》中尽管是朦胧含蓄的严谨布局（也许这样的布局更难分辨，因为它就像大大撑开的圆规，第一部分中的对称片断、原因与结果，彼此之间存在着巨大的间隙）。在他们看来，我的小说是按照联想的偶然定律串连起来的某种记忆的汇编。为了证明我的小说是谎言，他们援引了有关玛德莱娜小蛋糕的碎屑浸泡在椴花茶中的篇章，我因此

[①] 安托万·塞纳尔（Antoine Senard，1800—1885），法国著名律师、政治家。一八五六年，法国司法当局对《包法利夫人》提起公诉，指控小说中的通奸情节"伤风败俗、亵渎宗教"，并传唤作者福楼拜到庭受审。塞纳尔作为福楼拜的辩护律师，成功地让法庭宣判被告无罪。

联想起（或至少让那个以"我"的名义说话，却又不总是我的叙述者联想起）在作品的第一部分我的生活中被遗忘的那段时间。此时此刻，姑且不论我从这些无意识回想中发现的价值，在我的作品——尚未发表的——最后一卷之中，这些无意识回想奠定了我的全部艺术理论，为了坚持我的布局，我仅仅从一个提纲过渡到另一个提纲，运用在我看来是最纯洁、最珍贵的记忆现象而不是事实作为衔接。打开《墓畔回忆录》或杰拉尔·德·奈瓦尔的《火的女儿》，您会看到人们热衷于用一种纯粹是形式上的阐述让这两位伟大的作家——尤其是奈瓦尔——变得枯燥无味，尽管他们完全熟悉这种突然转折的过程。当夏多布里昂在蒙布瓦西埃时，如果我没有记错的话，他突然听到一只斑鸠的啼鸣。他年轻时也经常听到的这种啼鸣让他立即重返孔堡，促使他改变时间和省份，而且让读者和他一起改变时间和省份。《西尔维》的第一部分同样发生在舞台上，它描写了杰拉尔·德·奈瓦尔对一位喜剧女演员的爱情。突然间，他的目光落在了一则告示上："明天卢瓦西的弓箭手"，等等。这些词语唤起了一种回忆，确切地说是两段童年时期的爱情；小说立即改换了地点。这种记忆现象被奈瓦尔这个伟大的天才用作转折，他的所有作品几乎都可以用我先前给予自己作品的那个标题：《心灵的间歇》[①]。人们也许会说，他的作品另有一种特征，这主要归结于他是疯子这一事实。然而，从文学批评的角

[①] 普鲁斯特小说《追忆似水年华》中一个章节的标题。

度来看，疯狂不能被确切地称为一种状态，对形象之间和观念之间最重要的关系的那种真切感知（从意义上来说，比发现更加尖锐、更有引导力）因此得以幸存。这种疯狂几乎就是杰拉尔·德·奈瓦尔习以为常的梦幻变得不可言喻的时刻。他的疯狂仿佛就是他作品的一种延伸；他立即从中摆脱出来重新开始写作。孕育出前一部作品的疯狂演变成后一部作品的出发点和素材本身。诗人不再为已经结束的发作而羞愧，正如我们不再为每天睡过觉而脸红，也许有一天，我们在经历死亡的那一刻不会惭愧。他试着对这些交错的梦进行分类和描述。我们现在已经远离《包法利夫人》和《情感教育》的风格。鉴于这些篇章是我在匆忙之中写就的，敬请读者原谅我的种种谬误。

关于雷雅娜[①]

　　"她是我认识的唯一不荒唐可笑的女扮男装的反串演员，"说着，（马塞尔·普鲁斯特先生）把那张照片递给我们，"想一想《浮士德》[②]中所有的西尔贝扮演者，还有其他的许多人吧！在我看来，这一切都是因为雷雅娜夫人这位伟大的演员，正如所有时期的伟大画家那样，她并不刻意追求过分的形体模仿和视觉假象。您瞧，她穿着自己的裙子，戴着自己的珍珠耳环。她模拟的德·萨冈先生尤其惟妙惟肖：对发型（les cheveux，法语头发的复数）的'模仿'简直令人叫绝！对不起，是'le cheveu（法语头发的单数）'，因为那个时代的人说发型用的是单数。一两年之后，这样的模仿和时尚就会让人厌倦。文学和艺术中的时尚如今也只能持续几年。幸运的是，顺应时尚的大

---

① 　这是《喜剧报》（一九二〇年一月二日）记者路易·昂德勒对普鲁斯特的采访文章。雷雅娜于一九二〇年六月十四日去世。她与普鲁斯特交情甚笃，她的儿子曾经请求普鲁斯特撰写一篇纪念她的文章，普鲁斯特在同年七月致友人的一封信中说，他的身体状况不允许他撰写这样的纪念文章。普鲁斯特有一张雷雅娜化装成萨冈王子的照片，他把这张照片借给记者翻拍。——原注

② 　古诺的歌剧《浮士德》。——原注

师之作本身会经久不衰。值得宽慰的是，他们仍然很少考虑到公众，他们既不会强迫自己去创作至少需要三天时间去演出的歌剧，也不会在时尚改变之后又将其他的歌剧压缩到十分钟。

"不要弄坏我非常珍惜的这张照片。我对雷雅娜无比的崇拜。这位伟大的女性轮流戴着两副面具①，她在无数美妙的'创作'中投入了她的全部智慧和全部心血，当然，她的创作也包括她的儿子和女儿。从前，聆听雷雅娜扮演的萨福和热尔米尼·拉塞尔特②会让我感觉到一种循环往复的忧伤，许多年后，我又不时地重新感觉到这种忧伤。"

---

① 喜剧面具和悲剧面具。——原注
② 萨福是都德小说中的女主人公，热尔米尼·拉塞尔特是龚古尔小说中的女主人公。这两部小说都被改编成戏剧。——原注

卢浮宫的法兰西论坛 [1]

……我对不曾见过的论坛不予置评，原则上，我不太赞成艺术走进艺术爱好者的日常起居，我更倾向于要求艺术爱好者走进艺术（当然，这不是绝对的；换一种极端的说法，相对音乐家的孤高冷傲，我更喜欢刚才听到的《莱茵的黄金》[2]要求大家不惜牺牲晚餐的时间，而不是唯恐一段持续五分钟之久的音乐片段会让听众感到疲倦的那些卑躬屈膝的音乐家，呈现给听众的各种美反而会使听众力量倍增——而这些音乐家居然认为贝多芬最后的四重奏不堪入耳）。在称赞这种改变的同时，我会建议不要让博物馆沦为任何人的帕热斯公馆[3]。

如果诸如此类的回答不符合您的要求，那我就仅仅列举八幅绘画来作为答复，我想它们是：夏尔丹的《自画像》、夏尔丹的《夏尔丹夫人肖像》和《静物》、米勒的《春天》、马

---

[1] 首次发表在一九二〇年二月二十八日《舆论》上，这是普鲁斯特在一次采访中的回答。——原注

[2] 瓦格纳的四部曲中的第一部。——原注

[3] 应为鲍热斯。一八九二年，荷兰银行家鲍热斯在巴黎蒙田大道营造了一栋公馆，供他存放他收藏的许多绘画。——原注

奈的《奥林匹亚》、一幅雷诺阿的绘画，或《但丁之舟》，或柯罗的《夏特勒大教堂》、华托的《冷漠的男子》或《发舟西岱岛》。

关于阅览室 ①

十三位先生：

　　既然你们真切地希望邀请我成为第十四位发表自己意见的人，那么我的意见如下：钱少和钱多的人都不会买书，前者是因为贫穷，后者是因为吝啬，所以他们借书。因此，阅览室只能调节这种现状，用这种闻所未闻的创新方式把书借出去。我担心的是出版商（我不是指我的那些出版商，他们慷慨大方而且和蔼可亲），一旦发现销售上有困难，他们就会从"租赁"中去寻求一份更加稳妥的利润。

　　出版商不会再有这种恐惧，读者也不会再抱有这种希望，再版重印日趋艰难。当然，我指的是现代作品，而你们的问卷并没有提到那种不错的老式阅览室，有些书只能在那里找到（德·阿什伯爵夫人和塞莱斯特·莫加多尔的小说②，有时甚至是

---

① 首次发表在一九二〇年八月二十八日的《不妥协者》上。——原注
② 德·阿什伯爵夫人是虚构的名字。莫加多尔（1824—1909），著名舞蹈家和演员，撰写过《回忆录》。她撰写的数部小说曾经出版发表。——原注

你们的父辈巴尔扎克作序的《巴马修道院》^①），读者只能戴着仿麂皮手套阅读。尽管如此，由于我的出版商们十分善解人意，我可以站在阅览室的立场，夸耀这个更加普遍的真理：满足一种情趣会导致这种情趣的泛滥而不是制约这种情趣，正如马术课会让人产生拥有一匹属于自己的马的欲望，租借书籍也许会让人最终买下这些书籍，即使他们不会阅读这些书籍。

先生们，请接受我最崇高的敬意。

马塞尔·普鲁斯特

---

① 巴尔扎克作序的《巴马修道院》经常再版。巴尔扎克曾经写过一本小说《十三人故事》，普鲁斯特的这封信恰恰也是写给《不妥协者》的十三位先生的。——原注

论风格 ①

——致一位朋友

雅典人执行起死刑来慢吞吞的。居然只有三位年轻的小姐或贵妇可供祭献给我们的人身牛头怪物莫朗②，而不是规定的七位。不过，这一年还没有结束。许多秘而不宣地申请进修的女人正在谋求克拉莉丝和奥洛尔③的光荣使命。为了让这些脍炙人口的小小说用这些美女的名字做标题，我真想不厌其烦地为这些用美女的名字做标题的脍炙人口的小小说撰写一篇名副其实的前言。然而，一个突发事件却让我无法这样做。一个陌生女人④在我的头脑中安家落户。她常来常往；我很快就从她的一切行为举止中了解到她的种种习惯。更有甚者，作为一个过分

---

① 这篇文章发表在一九二〇年十一月十五日的《巴黎杂志》上。继而被当作保罗·莫朗的小说集《温柔的储存》(1921) 的前言。——原注

② 保罗·莫朗（Paul Morand, 1888—1976），法国著名作家，法兰西学院院士，跟法兰西学院文学大奖并驾齐驱的保罗·莫朗文学奖就是以他的名字命名的。

③ 《温柔的储存》包括三篇小说：《克拉莉丝》《奥洛尔》和《德尔芬》。——原注

④ 在一九二〇年的整整一年中，普鲁斯特一直在他的信中抱怨他糟糕的身体状况。——原注

周到的女房客，她坚持要与我发生直接的关系。我惊讶地看到，她并不美丽。我始终认为死神的长相也不过如此。否则，她怎样会理所当然地将最好的东西从我们身上夺走？尽管如此，她今天好像没有现身。毫无疑问，她不会走开很久，从她留下的一切就可以断定这一点。最明智的做法莫过于利用她给我喘息的时机，而不是为一位已经出名的作家撰写一篇他并不需要的前言。

　　另一个理由也许让我改变了想法。我亲爱的大师阿纳托尔·法朗士，可惜我已经二十多年没有见到他了，他刚刚为《巴黎杂志》撰写了一篇文章[1]，他在文章中声称，在风格中，必须抛弃一切独特性。然而，保罗·莫朗的风格显然是独特的。如果我有幸再次见到法朗士先生，尽管他对我的种种友善至今仍然历历在目，我就会问他，既然各种感受是独特的，他为什么还会相信风格的统一。风格的美本身就是思想升华的绝对可靠的标志，这种美发掘和建立了被偶然性分隔开来的各种事物之间的必要联系。《波纳尔之罪》中的猫不就造成了这种野蛮与温柔的双重印象吗？这样的印象就在一个绝妙的句子中流转："我伸展着双腿对他说：'汉密卡，书籍之城的傲慢王子……（我手头没有这本书。）在你的武功护卫下的这个城寨里，懒洋洋地躺着一位苏丹后妃。因为你将鞑靼战士令人敬畏的模样与东方妇女凝重沉稳的美雅交织在一起。英勇而性感的汉密

---

[1]　一九二〇年九月第一期。那是一篇评论司汤达的文章。——原注

卡……"等等。我认为这一页十分精彩,而法朗士先生也许并不同意我的看法,因为自从十八世纪末以来,我们的写作拙劣不堪。

自从十八世纪末以来,我们的写作拙劣不堪。实际上,这就值得人们深思。毫无疑问,十九世纪许多作家的写作也很拙劣。法朗士先生让我们把基佐和梯也尔①交给他(对基佐来说,这种相提并论本身就是一种奇耻大辱),我们等不及这些其他名字的呼唤就满心欢喜地对他言听计从,按照他的期望把所有的维尔曼②和库赞③全都交给他处理。为了震慑中学生,泰纳先生可以凭借他的那种带有立体模型色彩的散文赢得某些声誉,然而,即便是他也遭到了排斥。我们之所以囊括对道德真理有过准确表述的勒南先生,那是因为我们承认他的文笔有时相当拙劣。姑且不论他的晚期作品,其中的不协调色彩造成的喜剧效果仿佛是作者的一种刻意追求,姑且不论他的早期作品,其中夹杂着一些感叹号和教堂侍童无止无休的唠叨,优美的《基督教起源》的绝大部分文笔拙劣。一位优秀散文作家出现类似的描写上的无能实属罕见。对耶路撒冷、对耶稣第一次光临的那

---

① 梯也尔(Adolphe Thiers, 1797—1887),法国历史学家、政治家。镇压巴黎公社的刽子手,担任共和国总统直至一八七三年。

② 维尔曼(Abel-François Villemain, 1790—1870),巴黎大学文学教授,自由派政治家。

③ 库赞(Victor Cousin, 1792—1867),法国哲学家、政治家。

个耶路撒冷的描写受到了贝德克尔[①]风格的影响:"耶路撒冷的各种建筑以其宏大的气势、完美的施工、精美的材料与古代至臻完善的杰作相媲美。一大批华美的墓葬,风味独特……"等等。然而,这个"片断"尤其值得"注意"。勒南认为可以赋予所有的"片断"以阿里·费舍[②]和古诺式的骇人的豪华浮夸(我们还可以加上塞扎尔·弗朗克,即使他只写过《救世赎罪》这出庄严而又做作的幕间插剧)。为了名正言顺地结束一本书或一篇前言,他采用的是那些并非来自印象的好学生形象:"这艘使徒的小船现在即将鼓起它的风帆。""当今人压抑的光明让位给无以计数的星辰部队。""死神用它的两只翅膀抽打我们。"在耶路撒冷逗留的这些日子里,勒南先生将耶稣称为"年轻民主的犹太人",谈到这个"外省人"(与巴尔扎克多么相像!)不由自主地"不断"流露出来的那些"天真幼稚",就像我从前所做的那样,在承认勒南的才华的同时,我们不禁要问,《耶稣传》难道不就是基督教式的《美丽的海伦》[③]之类的东西?然而,法朗士先生不要得意得太早。我们将另择时间告诉他我们关于风格的观点。不过,是否可以肯定十九世纪对这个篇章没有责任呢?

波德莱尔的风格往往具有某种外在的和冲击性的东西,如

---

① 贝德克尔(Baedeker),德国一家出版社,也指这家公司出版的旅行指南。

② 阿里·费舍(Ary Scheffer, 1795—1858),法国学院派画家,勒南娶了他的一位侄女为妻。在一八四六年的沙龙中,波德莱尔对阿里·费舍粗暴无礼。——原注

③ 奥芬巴赫的歌剧。

果那仅仅是力量的话，那么这种力量是否真的无与伦比呢？毫无疑问，人们写过不少关于博爱的作品，然而最有力量的莫过于他关于博爱的这些诗句[1]：

> 愤怒的天使好像老鹰从天空扑来，
> 猛力地一把抓住不信教者的头发，
> 他摇撼着他，说道："你务须懂得教规……"

> "管他穷人或恶人，管他残废和白痴，
> 要懂得喜爱他们，切不可冷冷淡淡，
> 为了使你，在耶稣走过你面前之时，
> 能够用你的慈悲铺起胜利的地毯……"

没有什么比这更加高尚，却又极少表述虔诚的灵魂实质：

> ……向赋予她们羽翼的牺牲精神这样说：
> "强力的天马啊，请把我带往天上！"

除此之外，波德莱尔还是一位伟大的古典诗人，奇怪的是，这种形式上的古典主义随着绘画上的破旧立新而水涨船高。拉辛写过更加深刻的诗句，可他的风格却不比这些高尚的"被诅

---

[1]　以下均引自《恶之花》中译本，钱春绮译。

咒的诗"①的风格更加纯净。造成最大轰动的这些诗句：

> 软弱的双臂就像扔出的无用武器，
>
> 这一切都有助于显示她脆弱的美。

似乎引自《布里塔尼居斯》②。

可怜的波德莱尔！他竟然（那么温顺，那么恭敬）向圣伯夫乞讨一篇文章，他终于得到了这样的赞辞："确定无疑的是，波德莱尔先生引起了关注。人们以为进来的会是一个离奇古怪的家伙，而出现在人们面前的却是一位彬彬有礼、恭恭敬敬、堪为表率的候选人，一个可爱的小伙子，谈吐高雅，在形式上完全是古典式的。"为了感谢波德莱尔在《恶之花》中题赠给他的献辞，从中所能找到的对诗人的唯一恭维就是：这些诗集中在一起，便产生了另一种效果。他最终挑选出几首诗，用一些带有双重含义的修饰语"珍贵""微妙"来形容这些诗，并且提出这样的问题："为什么不用拉丁文或希腊文写？"这真是对法国诗的绝妙赞扬！波德莱尔与圣伯夫之间的这些关系（圣伯夫明显的愚蠢表现让人们产生了这样的疑问：他是否在用愚蠢掩饰他的胆怯）是法国文学中最令人心碎而又最可笑滑稽的一个篇章。我有时也在扪心自问，当达尼埃尔·阿莱维先生试图在《法兰西智慧女神报》的一篇精彩文章中用圣伯夫的这些道貌岸

---

① 指波德莱尔的诗集《恶之花》中被禁的那些诗。
② 拉辛的悲剧。

然的话来感动我的时候，他不是在讽刺挖苦我吧？圣伯夫含着鳄鱼眼泪对波德莱尔说："我亲爱的孩子，你真是饱受痛苦了。"圣伯夫以此表示他对波德莱尔的谢意："我真想训斥您……您对可怖的事物精雕细琢，做彼特拉克式的模仿。（来自我的印象）有一天，我们一起去海边散步，我真想狠狠地将您绊倒，以此强迫您到滚滚波涛中游泳。"[①] 没有必要过分注重这样的景象本身（更何况这种景象在文本中更妙），因为根本不熟悉所有这些东西的圣伯夫炮制了他的狩猎和航海的种种景象，等等。他说过："我真想拿起那支喇叭口火枪，兴冲冲地来到旷野，像狙击手那样开枪射击。"他说某本书"是一幅蚀刻画"；他也许根本没有能力分辨一幅蚀刻画。但是，他觉得从文学的角度，他想说这本书制作精良、小巧玲珑、优美雅致。然而，达尼埃尔·阿莱维先生（我已经有二十五年没见他了，在此期间，他的权威与日俱增）竟然一本正经地认为，"精雕细琢和做彼特拉克式的模仿"的那个人不是狡猾的语句修补匠，而是让我们感恩不尽的伟大天才（这根本不是什么精雕细琢，在我看来倒更像"滚滚波涛"）：

> 对于那种喜爱地图和版画的娃娃，
> 宇宙不过相等于他的旺盛的食欲。
> 啊！灯光之下的世界显得多么伟大！

[①] 引自《驳圣伯夫》，王道乾译。

而在回忆的眼中，世界又何其区区！

　　更有甚者，波德莱尔因为《恶之花》遭到起诉，圣伯夫竟不愿为他作证，他为此给诗人写了一封信，当他得知人们有意公开发表这封信时，便迫不及待地向他索回原件。这封信后来被收入《星期一谈话》，他认为无论如何必须在这封信前面加上一个小小的引言（旨在把信的内容再加冲淡），他在引言中指出，这封信是"在有助于为他辩护的思想下"写成的。既然没有教训的词句，不妨将它看作表扬。（赞美之辞不会让名誉受到任何损害）。他曾经说过："诗人波德莱尔多年来从主题与花卉中提取一种毒素，甚至应该说是一种相当可爱的毒素。其实他是一个有思想的人，有时十分可爱，而且非常友好。当波德莱尔以《恶之花》为题的诗集出版时，他不仅与批评界发生纠葛，而且还牵涉到司法问题，如'声韵铿锵之下包藏祸心，种种隐语暗示，其中确有危险'。"（引号中的话与"我亲爱的孩子，你真是饱受痛苦了"极不协调）。再者，关于这位著名诗人，圣伯夫在辩护方案中是这样赞扬这位著名诗人的："我无意贬低一位著名诗人，人民的诗人，人们所热爱的诗人，皇帝肯定会作出裁决，认为他配享公开葬礼。"不幸的是，最后享受到这种荣誉的诗人不是波德莱尔，而是贝朗热。波德莱尔听从圣伯夫的劝告，从法兰西学院撤回他的候选人申请，这位伟大的批评家为此向他表示祝贺，以为他下面的这番话会让诗人充满喜悦："当人们读到你的致谢信的最后一句用如此谦虚、如此彬彬有礼的词句表达，人们一定会大加赞许：好极好极。"最可怕的不仅在于圣伯夫觉得自己对波德莱尔十分客气，而且还在于渴望得到鼓励和最直截的公正评价的诗人波德莱尔令人惋惜地赞同批评家的意见，他甚至不知道怎样用文字向圣伯夫表示自己的感激之情。

天才本人低估自己的故事是如此的让人动容，而我们却必须束之高阁，重新回到风格上来。这对司汤达来说显然没有像对波德莱尔那样重要。贝尔把风景地说成是"这些迷人的地方"，"这些令人迷狂的地方"，把一位女主角说成是"这位令人倾慕的女人"，"这位迷人娇媚的女人"，他并不想说得更加明确。他甚至懒得说："她给他写过一封没写完的信。"然而，如果说掩藏在人为的观念总汇之下的这种无意识的巨大框架可以被看作是风格的组成部分，那么司汤达的作品中倒是确实存在这样的框架。我会非常高兴地指出，每当于连·索雷尔或法布利斯打消了枉然的顾虑，过着一种无关个人功利而又性感肉欲的生活时，他们始终置身于一个居高临下的地方（无论是关押法布利斯的监狱，还是囚禁于连的布拉纳斯修道院长的观象台）。这些彬彬有礼的人物就像陀思妥耶夫斯基作品中时有所见的新天使一样美，对可能被他们谋杀的那个人卑躬屈膝。

正因为如此，贝尔才是一位不自知的伟大作家。他不仅将文学置于生活之下，与文学至上背道而驰，而且还把文学看成最乏味的消遣。如果说文学是真诚可靠的，那么我必须承认，没有什么会比司汤达的这番话更让我愤慨："后面又有几位友人到访，到很晚了我们才分手。司铎的侄子从佩德罗提咖啡馆带来了非常可口的桑巴荣。'在我即将要去的那个地方，'我对他们说，'我很难找到这样的住宅，我要把你们可爱的桑塞维利纳公爵夫人的故事都写成小说，这样我可以用来聊以消磨寂寞的晚上。'"《巴马修道院》中却没有关于上述住宅的描写，即使人们曾经在这些住宅里愉快地交谈，享用桑巴荣，这恰恰违背了这种诗，甚至这种独特的亚历山大诗体，按照马拉美的说法，走向普遍的生活中各种各样而又徒劳无益的活动的倾向。

"自从十八世纪末以来，人们根本不知道如何写作。"相反的论断不也同样成立吗？在所有的艺术中，天才似乎是艺术家逼近描述对象的一种手段。只要还有差距存在，这项任务就算没有完成。这位小提琴家非常优美地演奏他的小提琴乐句，您看得到他制造的效果，您为他鼓掌，那是一位技艺精湛的高手。当这一切最终消逝不见，小提琴乐句与艺术家完全融为一体的时候，奇迹就会产生。在其他的世纪，在对象与围绕着它夸夸其谈的头脑精英之间似乎始终存在着某种距离。然而，才智也许并不那么重要，比如在福楼拜那里，才智试图与一艘青苔色的蒸汽轮船、海湾中的岛屿产生共鸣。人们有时竟然再也看不到才智（甚至是福楼拜那样中等水平的才智），眼前是一艘疾驰的轮船"遭遇在波涛的旋涡底下摇摆起伏的一叶木舟"。经过才智转换的这种摇摆起伏与物质材料混合在一起，而且还开始渗透到欧石楠、山毛榉、寂静和灌木丛中的光线。在这样的能量转换中，思想家消失不见了，呈现在我们面前的是物，这不就是作家为风格所作的首次尝试吗？

然而，法朗士先生却不同意这样的观点。您的准则是什么？他在《巴黎评论》上发表的这篇文章中向我们提出了这个问题，那是他为该杂志的新任总编安德烈·肖美鸣锣开道的文章。在他向我们推荐的那些写作拙劣的作品当中，他援引拉辛的《致无中生有者的信》①为例。我们拒绝接受作为原则本身的这种"准则"，它也许意味着针对形式多样的思想的一种特立独行的风格。即使我们终究必须选择一个准则，而且是一个在法朗士先生看来并不沉重的准则，我们也永远不会选择《致无中生有者的信》。没有什么比它更加枯燥、更加贫瘠、更加短命。让思想内容贫乏的一种形式变得轻盈和优雅并不难。然而，《致无中生有者的信》却并非如此。"我甚至并不认为您来自波尔罗亚尔修道院，正如你们当中的某个人所说的那样……有多少人曾经读过他的信，如果波尔罗亚尔修道院没有采纳这封信，如果这些先生没有散布这封信，人们也许根本就不会看到这封信，"等等。"当您说到夏米雅尔先生发出一声叹息，他的大写字母O只是数字0（零）的时候，您以为您的话十分逗趣……显而易见，您在竭力讨人喜欢；然而，这不是讨人喜欢的办

---

① 指一六六六年拉辛发表的一封信，标题为普鲁斯特虚构。拉辛在信中就波尔罗亚尔修道院的冉森派教徒指责包括他在内的剧作家"毒害公众"进行辩护。

法。"当然，像这样的重复并没有遏制圣西蒙的一句话造成的冲动，然而，此时此地，冲动、诗、甚至风格究竟何在？事实上，致"无中生有者"作者的这些书信跟拉辛与布瓦洛交换他们关于医学的见解却又极少医学成分的可笑通信几乎同样低劣。布瓦洛的附庸风雅（确切地说，这就好比如今的一位政府雇员对官方世界的极端恭敬）竟然让他更加偏重路易十四的意见甚于医学咨询（最明智的做法莫过于不提出任何意见）。他坚信不疑地认为，一位成功地占领了卢森堡的王子是"禀承天意"，他只是在宣示甚至医学上的"神谕"。（我确信，我的老师莱昂·都德先生和夏尔·莫拉斯先生以及他们可爱的竞争对手雅克·邦维尔先生[①]对德·奥尔良公爵的钦佩恰如其分，他们总不至于为此向他远程请教医学见解。）再有，布瓦洛补充说，当有人得知国王曾经打听他的消息时，他怎么不会由于深感荣幸而"失声甚至无法言语"？

我们不能把这一切归咎于一个时代，在那个时代，书信风格向来如此。姑且不提遥远的过去，一六七三年的某个星期三（据说是十二月），换句话说，恰好在一六六六年《无中生有者》问世与一六八七年拉辛同布瓦洛通信之间，德·塞维涅夫人从马赛的来信中写道："这座城市以其独特的美让我痴迷陶醉。昨天，天清气朗，我得以看见大海、城堡、山川和城市，那个地

[①] 所有上述这些人每天都在极右翼保皇党报纸《法兰西行动报》上发表文章。

方令人惊叹。一群骑士昨天前来迎候德·格利尼昂先生的到来；一些熟悉的名字，圣埃兰家族，等等；冒险家、宝剑、式样时新的冠帽，所有这些画面令人联想到战争、小说、登船、冒险、锁链、镣铐、奴隶、劳役、俘虏，对于喜欢小说的我来说，这一切令我心驰神往。"这显然不是我喜欢的德·塞维涅夫人书信的其中之一。尽管如此，从这封信的构思、色调和真实性来看，好一幅栩栩如生的卢浮宫"法国论坛"图景！这位伟大的作家懂得如何进行描述。这幅画是如此宏伟壮丽，我谨以此画献给我的朋友德·加斯泰拉纳侯爵，德·塞维涅夫人（她再三重申）曾经为能够通过格里尼昂家族与侯爵家族[①]结缘而深感骄傲。

相对这样的篇章而言，我们刚才提到的贫乏通信简直不足为道。然而，布瓦洛的通信显然并不妨碍他成为一位杰出的、有时还是可爱的诗人。毫无疑问，拉辛曾经在天才的歇斯底里中挣扎，至高无上的理智控制了这种情绪，对他来说，这种歇斯底里以无与伦比的完美在他的悲剧中模拟潮涨潮落、花样百出的跌宕起伏，尽管这一切完全受到激情的操纵。然而，所有的告白（一旦让人感觉到难以接受就立即收回，如果在显而易见的情况下担心不被理解就再三重复，在无数的转弯抹角之后直截了当地进行明目张胆的夸张）为《费德尔》的某个场面注入了独一无二的生机，这样的回顾只能给我们留下惊叹，却无法让我们拜倒在《致无中生有者的信》面前。如果我们绝对

---

① 格里尼昂家族的祖先中有加斯泰拉纳家族的人。——原注

必须接受来自这些书信的准则，那么，在法朗士先生认为人们已经根本不懂得如何写作的某个时期，我们会更加倾向于杰拉尔·德·奈瓦尔题赠大仲马的那篇（关于他的半疯状态的）前言："它们（他的十四行诗）一经解释就会失去原有的魅力，如果有可能解释的话；至少请告诉我它们在表达方面的价值；要是说我身上也许会有最后的疯狂，那就是自以为我是诗人：只有批评才能治愈我的这种疯狂。"原来如此，如果《无中生有者》可以被当作优秀的写作，更加出色的写作的准则，那么我们就不需要任何种类的"准则"。事实上，（法朗士先生比任何人都更了解这一点，因为他比任何人都更了解所有的一切），有时会突然冒出一位独特的新作家（我们姑且把让·季洛杜或者保罗·莫朗称为这样的新作家，如果您愿意的话，因为我不明白为什么人们总是将莫朗与季洛杜相比较，比如在无比精彩的《沙托鲁之夜》中将纳托瓦与法尔科纳相比较，而他们之间并没有任何相似之处）。这位新作家读起来通常非常吃力而且十分费解，因为他用一些新的关系连接各种事物。我们很容易跟上句子的上半截，接下来我们就不知所云了。我们之所以有这种感觉仅仅是因为新作家比我们更加敏捷。独特的作家和独特的画家概莫能外。当雷诺阿开始绘画的时候，人们不明白他要表现什么。今天，人们可以轻而易举地说，他是十八世纪的一位画家。人们现在说这句话已经无须顾虑时代的因素，然而，即使是在十九世纪中叶，承认雷诺阿是伟大的艺术家也并非易事。为了获得成功，独特的画家、独特的作家必须采用眼科医生的方式。治疗——通过他们的绘画、他们的文学——并不总是令人愉快的。当治疗结束时，他们会对我们说：您现在再瞧瞧。请注意，世界不是一次性创造出来的，而横空出世的一位新的艺术家——与老艺术家迥然不同——经常会将这个世界十分清晰地呈现在我们面前。我们羡慕雷诺阿、莫朗或季洛杜的女人，在治疗之前，我们拒绝把她们看作女人。我们希望在森林里散步，第一天的森林在我们看来就好像是除了森林之外的所有一切，仿佛一块色调千差万别的地毯却又恰恰缺少森林的色调。这就是艺术家创造的那个不能持久的崭新天地，它只能持续到一位新人崛起为止。这个天地还有许多可以增添的东西。然而，在阅读《克拉莉、奥洛尔和德尔芬》的同时，读者已经猜到了这些东西，他们将比我更了解这些东西。

我对莫朗的唯一指责就在于他的形象有时是可有可无的。这还不包括所有那些近似形象的形象。水（在既定的条件下）的沸点是一百度。九十八度、九十九度的水不会沸腾。所以最好还是不要这些形象。让一个不知道瓦格纳、贝多芬的人在钢琴前面坐上六个月，让他随意在琴键上兴之所至地尝试所有的音符组合，这种乱弹一气永远不会产生《女武神》的春天主题，或《第十五号弦乐四重奏》的前门德尔松式（确切地说是远比门德尔松高超）的乐句。这也是贝玑生前人们对他的指责，他试图用十种方式表述一样东西，而终究只有一种方式。然而，他恰到好处的死亡带来的荣耀抵消了一切。

至此，我们的人身牛头怪物莫朗先生似乎在这些无法与代达罗斯①相媲美的建筑师营造的法国和外国宫殿中寻找他"大规模撤退"的种种曲折路径，正如费德尔在我刚才引述的那场戏中所说。他从那里窥视身披便袍、衣袖飞扬犹如羽翼，冒冒失失地闯入迷宫的少妇们。我并不比他更熟悉这些宫殿，"从中衍生出晦暗不明的烦恼"对他不会有任何帮助。然而，在他成为大使，与贝尔领事②竞争之前，如果他想参观巴尔贝克旅馆的话，我会把那根生死攸关的绳索交给他：

> 是我，王子，是我前来救您
> 告诉您迷宫的曲折路径。

---

① 希腊神话种的著名工匠。
② 指司汤达。

古典主义与浪漫主义 ①

先生：

我认为一切真正的艺术都是古典的，而精神的法则却很难让人一开始就承认这一点。从这个观点来看，艺术如同生活。不幸的情人、政治党徒、合情合理的父母，他们的语言如同其人，本身就带有某种无法抗拒的明显特征。然而，这种语言却不见得会说服它的讲述对象；真实并不是由外界强加给精神的，它事先应该让精神类同它赖以产生的那种语言。马奈徒然地坚持认为他的《奥林匹亚》是古典的，他对观赏这幅画的那些人说："这恰恰就是你们从大师那里欣赏到的东西。"而公众只是将之视为一种嘲讽。如今，人们在《奥林匹亚》面前体验到的喜悦与周围最古老的杰作带来的喜悦如出一辙，正如阅读波德莱尔与阅读拉辛带来的（这种同样的喜悦）。波德莱尔不

---

① 首次发表在一九二一年一月八日的《文艺复兴时期的政治、文学与艺术》上。一九二〇年秋，埃米尔·亨利奥（Emile Henriot, 1889—1961）想约见普鲁斯特，就古典主义和浪漫主义的问题对他进行一次采访。由于健康原因，普鲁斯特无法接受这次采访，于是普鲁斯特给他写了这封信。——原注

懂得或不愿意结束一首诗，另一方面，他也许没有一首诗具备费德尔的一句表白所蕴含的如此丰富而又连续呈现的各种真实。然而，这种备受谴责的诗的风格恰恰就是悲剧的风格，前者也许比悲剧风格更加崇高。这些伟大的开拓者才是真正的古典派，他们几乎前赴后继，绵延不断。古典派的模仿者在他们最辉煌的时候充其量也只是为我们提供了一种博学多识的乐趣和没有多大价值的趣味。这些当之无愧的开拓者终究会成为古典派，服从于一种严格的内在法则，他们首先是建筑师，人们对此坚信不疑。然而，正因为他们的建筑新颖别致，人们才会长期缺乏认识。这些尚未得到承认的古典派与先辈们奉行的是完全相同的艺术，更何况前者还是对后者进行过更加出色的批评的古典派。毫无疑问，这种批评不应该逆潮流而行，背离一位艺术家的成长道路。最愚蠢的莫过于像戴奥菲尔·戈蒂埃那样的说法，况且他只是一位三流的诗人，他认为拉辛最美的诗句就是：

　　　　米诺斯与帕西法埃的女儿。

　　然而，他让我们得以欣赏到在拉辛的悲剧和他的赞美歌中，在德·塞维涅夫人的书信中，在布瓦洛的作品中确实存在、却又几乎不被十七世纪觉察的那些美。
　　综上所述，那些被称为浪漫派、现实主义作家、颓废派等等的伟大艺术家，只要他们不被理解，我将他们统统称为古典派，夏尔·莫拉斯①先生在他化名克里东发表的那些出色研究中并没有警告过我们或多或少带有抽象性的名称大肆泛滥造成的种种危害。

---

① 夏尔·莫拉斯（Charles Maurras，1868—1952），法国作家、诗人、批评家。

一个小问题：假如世界末日来临……您会做什么？[①]

如果我们受到死亡的威胁，正如您所说的那样，我想生命对于我们会突然变得无比美妙。您想，在我们的生活中，其实有多少计划、旅行、爱情、研究被我们的惰性无形地搁置，被我们对来日方长的确信不断地推迟延期。

然而，所有这一切却在永远成为不可能的情况下重新变得美好！啊！如若这一次毁灭性的灾难没有发生，我们肯定会不失时机地去参观卢浮宫的新展厅，拜倒在X小姐的脚下，访问印度。假使毁灭性的灾难没有发生，我们就根本不会去做这一切，因为我们重又回到了正常的生活当中，心不在焉的生活态度让欲望变得麻木不仁。

然而，为了珍爱今天的生活，我们大可不必借助于毁灭性的灾难。只要想到我们是人类，今天晚上死亡可能降临，这就足够了。

---

① 发表在一九二二年八月十四日的《不妥协者》上。——原注

附录：欢乐与时日（节选）

欢乐与时日（节选）^①

> 诗人的生活方式应当简朴单纯，任何风吹草动都会让他感到欣喜，一缕阳光足以让他欣喜，空气足以启迪他的灵感，流水足以令他陶醉。^②

爱默生

一 杜伊勒利宫

杜伊勒利宫花园的早晨，阳光轮番在每一级石头台阶上酣睡，犹如一位金发少年，一片飘过的乌云顷刻间打断了阳光的小睡。古老宫殿的四周新枝嫩芽青翠碧绿。迷人的微风夹杂着悠久岁月的芬芳，传送着丁香花的清香。矗立在公共广场上的雕像疯狂得让人毛骨悚然，而这里的雕像却好像在千斤榆树丛中梦幻的圣贤，溢彩流光的青枝绿叶掩盖了他们的苍白。湛蓝的天空慵懒地平躺在水池底端，犹如明亮的眼睛炯

---

① 本节选为普鲁斯特早期作品集《欢乐与时日》的第十部分。
② 拉尔夫·沃尔多·爱默生（Ralph Waldo Emerson, 1803—1882），美国思想家、文学家。引自爱默生散文集中的《诗人》一篇。

炯发光。从水边的平台上，可以看见从河对岸奥赛码头^①的这个古老街区走出来的一个骠骑兵^②徐徐而行，人们仿佛置身于上个世纪。旋花从覆盖着天竺葵的花坛中奔涌而出，天芥菜在炽热的阳光逼挤下散发出浓郁的芳香，卢浮宫前耸立的蜀葵，轻盈挺拔犹如桅杆，高贵典雅犹如圆柱，红润光艳犹如少女的花容。射向天空的喷泉水柱在阳光下泛现出彩虹，发出爱的叹息。平台尽头，一个石雕的骑士凝固不动地跨着奔马疾驰，嘴唇上贴着一支欢快的号角，浑身上下洋溢着春天的盎然气息。

然而，天色渐渐阴沉，快要下雨了。水池不再泛现出蓝莹莹的光泽，仿佛是目光迷惘的眼睛或盛满泪水的花瓶。微风鞭策着荒唐的喷泉越来越快地射向天空，唱出眼下充满讽刺意味的赞歌。丁香无济于事的甜蜜是一种无尽的悲伤。那边，凝固在大理石坐骑上毫无知觉的骑士正摆出一个不变而又疯狂的姿势猛蹬他的骏马飞奔，在漆黑的天空中无止无休地吹奏号角。

二　凡尔赛

走近一条运河，最健谈的人也会耽于梦想，运河永远

---

① 奥赛码头（Quai d'Orsay），巴黎第七区的一个码头，位于塞纳河左岸，旁边是奥赛街，法国外交部驻地。
② 法国轻骑兵中的精英部队，在法国大革命（1789—1799）和拿破仑时期（1799—1815）名声卓著。

给我欢乐，无论我快活还是悲伤。

（巴尔扎克[1]致德·拉莫特-埃格隆先生的信）

　　暮秋，淡淡的阳光没有丝毫暖意，秋天逐一褪去了它最后的色彩。整个下午和早晨都如火如荼，呈现出壮丽夕照幻景的秋叶也失去了炽烈的热情。唯有大丽花，万寿菊和黄色、紫色、白色、粉红的菊花还在秋天阴霾萧索的景观中熠熠生辉。傍晚六点，在同样阴霾的天空下路经清一色灰蒙蒙、光秃秃的杜伊勒利宫，漆黑的树木的每一根枝条都在描述它们微妙的极度失望，突然间瞥见这些秋季的花丛在黑暗中流光溢彩，对于我们习惯于这些灰暗的地平线的眼睛是一种感官刺激。清晨的时辰比较温暖。有时阳光仍然明媚，就在我离开水边平台的同时，我还能看见自己的身影沿着宽阔的石头台阶逐级而下。在这里，我不想跟在众人后面拾人牙慧[2]，奢谈大名鼎鼎的凡尔赛，这是一个锈蚀而又温馨的伟大名字，落叶、流水和大理石的盛大墓葬，真正显贵而又伤风败俗的地方，无数能工巧匠耗费了毕生的心血对它进行精雕细琢和开拓扩展，我们不会为他们感到内疚，更不会为它旧时的欢乐和今日的忧郁而烦恼不安。我不想跟在众人后面拾人牙慧奢谈凡尔赛，可我却无数次把这里的玫

----

① 让-路易·盖·德·巴尔扎克（Jean-Louis Guez de Balzac，1597—1654），法国文人，批评家，其写作风格很大程度上影响了法国古典散文的发展。

② 尤其是在莫里斯·巴莱士、亨利·德·雷尼埃以及罗贝尔·德·蒙德斯鸠-费藏萨克先生之后。——普鲁斯特原注

瑰红大理石水池当作红色酒杯开怀畅饮，为秋天的这些最后的时日醉人而又苦涩的柔情兴奋发狂。地上凋零腐烂的落叶远远看去犹如一幅黄紫相间、黯然无光的镶嵌画。走近村舍[①]时，我拉上短大衣外套的衣领用来挡风，耳边听见鸽子的咕咕叫声。四处弥漫的黄杨香味沁人心脾，仿佛是在圣枝主日。在这些惨遭秋天劫掠的花园里，我怎能采摘到哪怕是小小的一束春天的花朵？风儿揉皱了水面上一朵瑟瑟发抖的玫瑰的花瓣。在落叶缤纷的特利亚农[②]，唯有白色天竺葵拱成的一顶轻盈的小桥从冰冷的水面上伸出一朵朵几乎被风刮倒的花儿。当然，我曾经在诺曼底[③]坑坑洼洼的道路上闻到过海风和盐的咸味，透过杜鹃花盛开的树枝看见大海的闪烁，从此以后，我才知道临近水边会给植物增添美色。在落叶营造的堤岸中间，这株含情脉脉、姿态优雅地弯向寒冷水面的白色天竺葵竟然是如此的纯洁无瑕。噢，绿色依旧的树林银光闪闪的迟暮，噢，哀怨哭泣的树枝，到处摆出一副虔诚姿态的池塘和水洼，仿佛那是忧郁的树林的葬身之地！

三　散步

尽管天空如此纯净，太阳也已经暖热，可吹过来的风仍然

---

① 王后村舍是一七八三年在凡尔赛宫专门为王后玛丽·安托万内特建造的一座乡野风格的园林。地处小特里亚农附近，是王后私人会客和休闲的地方。

② 此处应指附近的小特里亚农。

③ 从一八九〇年至一八九六年，普鲁斯特每年都会去诺曼底海边度假一段时间。

那么寒冷，树林依旧光秃秃一派冬日景象。为了生火取暖，我必须砍下一根看似枯死的树枝，树枝的汁液飞溅出来，弄湿了我的手臂直至肘关节，这棵树僵死的外壳底下竟隐匿着一颗骚动的心。在树干与树干之间，冬季光秃秃的土地上长满了银莲花、报春花和紫罗兰，温情脉脉而又生机盎然的湛蓝天空慵懒地一直伸展到昨天还阴沉空旷的河流尽头。十月的美丽夜晚，苍白而倦怠的天空在水流尽头延伸，仿佛要为爱情和忧郁而死去。温柔明媚的地平线上的炽烈天空中不时地飘过灰色、蓝色和粉红色的东西，那不是冥思遐想的云影，而是一条鲈鱼、一条鳗鱼或一条胡瓜鱼闪亮溜滑的鳍。沉醉在欢乐之中的云影在天空与绿草之间，在牧场上和大树下奔跑。容光焕发的春之神对我们和所有的一切都施展了神奇的魔法。凉爽的河水唱着歌匆匆流去，从鱼的头顶、鳃间和鱼腹底下滑过，欢快地追逐着它们面前的阳光。

家禽饲养场也同样的赏心悦目，捡蛋必须去到那里。太阳就像一位充满灵感的多产诗人，毫无顾忌地把美播撒到最简陋的地方，阳光晒热了厩肥，温暖着高低不平的石铺院落和那株年迈女佣一般弯腰驼背的梨树，而在此之前，这里似乎并不属于艺术领域。

在乡村和农庄的用具之间唯恐弄脏身子而踮着爪尖前行的这个衣着华丽的家伙又是哪一位？那是朱诺①之鸟孔雀，它身上

---

① 罗马神话中主神朱庇特的妻子，天后，即希腊神话中的赫拉。

闪闪发亮的岂止是没有生命的宝石，那简直就是百眼巨人阿尔戈斯①的眼睛，它的奢华绚丽令人惊叹。仿佛那是某个节日，在第一批客人即将光临之际，它身穿闪光发亮的拖曳长裙，高贵的脖颈上围着天蓝色的颈饰，头顶上插戴羽毛②，俨然是一位光彩夺目的女主人，在栅栏前围着看热闹的那帮家伙的目光注视下穿过庭院，去发布最后一道命令，抑或等待必须在大门口亲自恭候的那位王子。

无奈孔雀要在这里度过它的一生，真正的极乐之鸟栖息在家禽饲养场与火鸡和母鸡为伍，这情形无异于被俘的安德洛玛克③置身于奴隶中间纺羊毛，不同的是，孔雀没有失去作为王室标记的豪华衣饰和世袭珍宝，就好像光焰四射的阿波罗永远让人一望而知，哪怕他在替阿德墨托斯④牧羊。

四　全家听音乐

因为音乐柔美，

让心灵和谐，犹如唱诗班的天籁

唤起千百个在心中歌唱的声音。⑤

---

① 希腊神话中的人物。他奉天后之命看守被变成小母牛的伊娥。他睡觉时闭五十只眼睛，睁五十只眼睛。据说赫拉为了表彰阿尔戈斯的忠实，将他的百只眼睛安在了孔雀的尾翼上。
② 作者此处将璀璨的孔雀与衣着雍容华贵的妇人相比较。
③ 荷马史诗《伊利亚特》中的人物，特洛伊陷落后被俘，沦为女奴。
④ 希腊神话中斐赖之王，阿波罗曾被罚作阿德墨托斯的牧人。
⑤ 引自维克多·雨果的戏剧《艾尔纳尼》。该剧于一八三〇年首次上演便引起巨大轰动，推动了法国浪漫主义文学运动。

对于一个真正充满生机，每个成员都有思想、有爱心并且付诸行动的家庭来说，拥有一座花园是一大快事。春季、夏季和秋季的夜晚，白天的劳作结束之后，全家人聚集在花园里；尽管花园很小，篱笆挤挤挨挨，又低又矮，甚至露出一大截天空，但大家都沉默不语，抬起眼睛仰望天空，沉溺于梦幻之中。孩子梦见他未来的计划，梦见他跟要好的同学住在一起不再分开的房屋，梦见地球上和生活中的陌生人；少年梦见恋人的神秘魅力；年轻的母亲梦见孩子的前途；在这些明朗的时辰，曾经为情所惑的妻子从丈夫冷漠的外表底下发现了他的痛苦悔疚，她因此产生了怜悯之心；父亲的目光追随着屋顶上冉冉升起的烟雾，思绪却停留在往日宁静祥和的情景之中：远处的夜晚灯光十分迷人，他想到自己将不久于人世，想到他死后孩子们的生活；就这样，整个家庭的灵魂在宗教氛围中朝着夕阳飞升，此时此刻，高大的椴树、栗树或冷杉用美妙的芳香和亲切的阴影向周围播撒福音。

　　然而，对于一个真正充满生机、每个成员都有思想、有爱心并且付诸行动的家庭，对一个有灵魂的家庭来说，如果这个灵魂能够在傍晚化为一种声音则更加美妙，那是拥有音乐和歌唱天赋的少女或少年清亮而又源源不断的声音。全家人在花园里沉默不语，从花园门前路过的陌生人唯恐凑近花园会打断这宗教梦幻般的一切；即便陌生人没有听见歌声，他还是觉察到在此聚集的亲朋好友正在聆听，参加这样的聚会似乎无异于望一场看不见的弥撒，换句话说，尽管姿态各异，可是相似的表情会反映出灵魂的真正统一，对同一出理想的戏剧心有灵犀，对同一个梦想心心相印暂时实现了这样的统一。有时候，一声叹息突然间让人垂首或抬头，就像狂风吹弯小草，久久摇撼着树木。仿佛有一个看不见的使者在讲述扣人心弦的故事，所有的人似乎都在焦急地期待着，全神贯注或心怀恐惧地倾听，同样的故事在每个人心中引起了不同的反响。焦虑不安的音乐登峰造极，激扬的乐曲转为低沉，继而是更加令人绝望的激扬。无尽的辉煌，神秘的暗夜，在老人看来，那是生与死的宏大景象；在孩子眼里，那是大海和陆地咄咄逼人的许诺；对恋人来说，那是无限的神秘，是爱情的辉煌暗夜。思想者看见他的精神生活一览无余地展现在自己面前，旋律变得衰弱低沉，他也随之变得衰弱低沉；旋律再度飞扬，他的整个心灵也随之振作奋进。和弦强劲有力的呢喃震撼着他内容丰富而又昏暗的记忆深处。一个运动中的男人在混杂的和弦中气喘吁吁地尽情奔跑，以凯旋的姿态庄严地进入柔板。不贞的妻子觉得自己的过失已经得到原谅和宽恕，她的过失自是天性使然，寻常的欢乐无法让心灵得到满足，于是心灵便误入歧途，同时又在寻找其中的奥秘，而眼前这钟鸣般饱满的音乐却满足了最大的心愿。一心只想从音乐中品尝某种技巧乐趣的乐师也从中感受到这些意味深长的激情，然而，沉浸于音乐之美的乐师竟然对此熟视无睹，而我却终于在聆听音乐的过程中品味出生与死、大海与天空的最博大、最普遍的美。噢，亲爱的恋人，我重又感受到你的那份最别致独特的娇媚。

五　无题

今天的悖论就是明日的偏见，即便是今天最严重、最讨厌的偏见也会有新潮的一刻，而时尚只能给予它们以不可靠的垂青。如今的许多女人希望摆脱所有的偏见，却又把偏见当作原则。由此可见她们的偏见严重的程度，尽管她们像对待一朵娇美而又有点古怪的花朵那样防范偏见。她们认为任何东西都没有来历，对所有的事物一视同仁。她们将一本书籍或者生活本身当作一个晴好的白天或一只橘子来欣赏。她们管"艺术"叫作女裁缝，管"哲学"叫作"巴黎生活"。她们会为没有东西可以归纳和判断而感到羞愧，她们会红着脸说：这样好，那样坏。从前，一个女人举止得体意味着她的道德，即她的思想在她的自然本能中得到了体现。如今，一个女人举止得体则意味着她的自然本能在她的道德，即她理论上的不道德中得到了体现（参见阿莱维和梅拉克先生的戏剧[①]）。由于道德与社会之间的所有关系的极度松散，女人便游移于理论上的不道德与本能的善良之间。她们只追求快感，她们只有在不追求快感、自讨苦吃的时候才能得到快感。书本上的怀疑主义和业余艺术爱好就像一套过时的华丽服饰那样令人惊叹。然而，女人远远不是

[①]　亨利·梅拉克（Henri Meilhac，1830—1897）与鲁多维克·阿莱维（Ludovic Halévy，1834—1908），轻歌剧和滑稽歌剧编剧，最著名的是一八七五年由比才作曲的歌剧《卡门》。

思维方式的先知，她们更像姗姗来迟的鹦鹉。业余艺术爱好直到今天还能博取她们的欢心并且让她们如鱼得水。如果说业余艺术爱好扭曲了她们的判断，让她们变得烦躁不安，那么人们就不能否认，业余艺术爱好会给她们带来一种已经褪色却又依然可爱的优雅。她们让我们满怀喜悦地感受十分精美的文明生活中所应有的便利和温馨。她们一劳永逸地登上了精神上的西岱岛①，为她们的想象、心灵、思想、眼睛、鼻孔、耳朵，而不是为她们迟钝麻木的感官欢欣鼓舞，给她们的姿态增添某种性感。据我推测，我们时代最忠实的肖像画家非常放松而又毫不僵化地描绘了她们。她们的生活散发着松开头发时所特有的那种温馨的幽香。

六　无题

雄心壮志比荣耀名誉更加令人心醉；欲望带来繁荣昌盛，占有欲让万物凋零；体验人生不如梦幻人生，尽管体验人生无异于梦幻人生，然而，一个模糊而又沉重的梦既不那么神秘，也不那么明确，就像正在反刍的动物微弱的意识中离散的梦。在室内观赏莎士比亚的戏剧要比在剧场观看演出更加精彩。创造了痴情女子的不朽形象的诗人往往只熟悉平庸的客栈女仆，

---

① 让·安托万·华托（Jean-Antoine Watteau，1684—1721），法国洛可可风格绘画的重要画家。其代表作《发舟西岱岛》（1718）描绘了贵族男女梦寐以求的爱情世外桃源。西岱岛是希腊神话中爱神与诗神游乐的美丽小岛。

而最令人羡慕的情种却根本不知道如何设计由他们支配的生活，确切地说是支配他们的生活——我认识一个体质孱弱、想象力早熟的十岁男孩，他曾经许愿要把一种纯属臆想的爱献给一个比他大的女孩子。他一连几个小时等在窗前看她经过，看不见她男孩会哭，看见她男孩也会哭，而且哭得更厉害。他与女孩一起的时间很少很短。他不睡觉，不吃饭。一天，他从自己家的窗口跳了下去。一开始，人们以为促使他去死的原因是永远无法接近女友让他感到绝望。事实恰好相反，他刚刚跟女孩交谈了很久：女孩对他非常友善。于是人们又推测，他之所以放弃他平庸乏味的有生之日是因为他唯恐这样的欢情不会重演。从前他经常对一位朋友倾诉衷肠，从中可以推断，每次看见梦中的主宰，他都会感到失望；可女孩一离开，他那丰富的想象就全部集中在走掉的小女孩身上，于是，他重又盼望见到她。每一次他都试图从不尽人意的情景中寻找令他失望的偶然原因。最后一次会面之后，他那熟悉的异想天开把女友引向了性质可疑的完美巅峰，他将这种不尽人意的完美与他体验到并且为之去死的绝对完美相比较，绝望之下，他就跳了窗。从此以后，他变成了痴呆而且活了很久，他被摔得失去了记忆，女友的心灵、思想和言谈都被他忘得一干二净，遇到女友他也视而不见。然而，女孩却不顾别人的恳求和威胁，毅然嫁给了他，她后来变得面目全非，让人无法辨认，又过了几年，她也死了——生活就像这个小女友。我们对生活充满梦想，我们热衷于梦想生活。试着去体验生活大可不必：糊涂起来我们就会往下跳，就像这个小男孩，不过这一切不是瞬间发生的，因为生活中的一切是在不知不觉之中潜移默化地蜕变的。十年之后，我们不再记得甚至否认自己的梦，我们就像一头牛那样为了当下的牧草而活着。既然我们都会与死神缔结姻缘，天晓得我们会不会因此萌生永生不死的念头？

七　无题

"上尉。"他的勤务兵说道，上尉搬到那栋小屋已有好几天了，他目前已经退休，他要在那里居住直到死去（他的心脏病不会让死神久等），"上尉，您现在不能做爱、不能打仗，也许您只能用书籍略作消遣了。您要我去替您买些什么吗？"

"不要给我买任何东西，不要买书。我从前的经历比任何书本都更有意思，既然我已经没有那么多时间了，我只想通过回忆自己的经历来自我消遣。把我那只大箱子的钥匙递给我，那里面有我每天要看的东西。"

他从箱子里拿出一些信件，那是一个白茫茫略带颜色的海洋，有的信洋洋洒洒，有的则仅有一行字，卡片上附着的枯萎花朵、物品以及他自己的简短笔记在提示他收到这些东西的大致时间，一些精心保存却又难免破损的照片，这些纪念品犹如被虔诚的教徒过于频繁的亲吻磨损的圣物。所有这些纪念物都有着悠久的历史，有的来自已故的女人，有的来自他十多年没见的熟人。

其中不乏一些充满情感色彩，温馨、琐碎而又珍贵的东西，它们与他生活中几乎微不足道的情景息息相关，所有这一切就像巨幅壁画，仅仅用激动人心的色彩，非常朦胧同时又十分独特的手法，强有力的动人笔触，无言地描述了他的一生。嘴里的那些亲吻呼之欲出——清新的嘴唇分明就是他毫不犹豫奉献出来的心，从此之后，她便掉头而去——他不禁老泪纵横，哭泣了很久。虽然他的身体非常衰弱并且已经把红尘看破，但当他一下子倾倒出这些仍然鲜活的记忆时，他还是感觉到一阵惬意的寒颤，那是被太阳晒热焙熟、消耗吞噬他生命的一杯醇酒，这种感觉就好比春天让我们恢复元气，冬日的壁炉让我们虚弱的身体觉得惬意。他年迈体衰的身上仍旧燃烧着同样的感情火焰，同样吞噬着他的感情火焰，正是这样的感情使他重获新生。一想到盘踞在他身上的只不过是些变幻不定而又难以捉摸的庞大幽灵，可惜它们很快就都会在永恒的暗夜中变得模糊不清，他再次流下泪水。

即便知道那只是一些幽灵，跑到别处放火、他再也不能见面的火焰幽灵，他还是一往情深地迷恋着它们，将它们当作有生命的心爱之物来抵御近在眼前的彻底遗忘。所有这些亲吻，所有这些亲吻过的发丝，所有这些沾染着泪痕和唇印的东西，轻柔的爱抚犹如倾盆而下的美酒令人陶醉，有增无减的绝望犹如音乐或傍晚向无穷的奥秘和命运拓展的幸福感觉；他爱慕的女人紧紧地抱着他，他只有不顾一切地驱使自己去爱绝望的她，紧紧抱住他的这个女人离去的身影现在模糊得让他再也无法挽留，他甚至再也留不住她的披风飘逸飞扬的下摆散发出来的香气，他蜷缩着身体，为的是再度唤起和重新体验这样的情景，让这一切凝固在自己的面前，就像被牢牢钉住的蝴蝶。可这种事情做起来却一次比一次难，况且他从来就没有捉到过一只蝴蝶，他手指的每一次触摸都让蝴蝶的翅膀失去少许迷幻；确切地说，他更多是在镜子里看见蝴蝶，他撞到镜面上也无法触摸到它们，而每一次撞击都让镜面失去少许光泽，镜子里的蝴蝶显得越来越模糊，越来越缺乏魅力。被他的心灵玷污的这面镜子再也无法擦拭干净，青春或天才的清风现在是再也吹不到他的身上了——这又是我们季节的哪一条不为人知的法则，我们秋天的哪一个神秘秋分呢？……

他嘴里的这些亲吻，这些无穷无尽的岁月，这些从前让他兴奋陶醉的芳香，他失去它们的次数越多，他的痛苦就越少。

痛苦的逐渐减少让他感到痛苦。继而这种痛苦也消失了。然后，所有的痛苦都离他而去，没有必要驱赶欢乐，它们早已插上翅膀头也不回地逃走了，逃离这个在它们看来已经不再年轻的住所，手里还拿着开满鲜花的树枝。然后，他死了，就像所有的人。

八　珍贵的纪念品

我买下了所有正在拍卖的她的用品，我曾经想跟她交朋友，可她甚至不肯与我交谈片刻。我手头有她每天晚上都玩的小纸牌，她的两只猕猴，封面上印有她纹章的三本小说，她的一条小雌狗。噢，你们这些快乐的家伙，你们曾经是她生活中闲暇消遣的闺中密友，你们占有过她最逍遥自在、最不可侵犯、最隐秘的所有时光却并不以此为乐，甚至对这样的快乐并不向往，换了我就会尽情享受这些时光；你们感觉不到自己的幸福，所以你们也无从谈论这种幸福。

她每天傍晚都与好友一起玩纸牌，她的手指摆弄过的这些纸牌见证了她的烦恼或欢笑，亲眼目睹了她的欢情的开始，她放下纸牌，拥抱这个每天晚上都来同她一起玩牌的男人；卧榻上放着她一时兴起或疲倦困倦时翻开或合拢的小说；她听凭一时的冲动或自己的梦选择小说，她把自己的梦托付给这些小说，小说再把梦中讲述的故事糅合在一起，帮助她更好地做自己的梦，难道你们真的对她一无所知吗？难道你们真的对我无可奉告吗？

她梦想的就是小说的人物和诗人的生活；她以自己的方式与纸牌一起时而感受宁静，时而感受内心深处的狂热，你们让她的精神得到娱乐或充实，你们打开或抚慰她的心灵，难道你们对此丝毫没有印象吗？

纸牌和小说经常在她的手中停留，久久地躺在她的桌子上：王后（Q）、国王（K）或仆从（J）是她最疯狂的聚会中一成不变的宾客；小说的男女主人公在她卧榻旁的台灯与眼神的交叉火力下梦见了你们的梦，一个寂静无声而又声音嘈杂的梦，不能让萦绕在你们周围的香气蒸发出去，那是从她的屋子、她裙袍的质料、她的手或膝的触摸中散发出来的芬芳。

你们还保留着被她或欢快或紧张的手揉皱的褶痕；书本上或生活中的忧伤让她落泪，也许你们会把这些泪水当作战利品来保留；她的眼睛为之闪亮或感伤的那一天曾经给你们带来这种温暖的色调。我浑身颤抖地抚摸着你们，迫不及待地期待着你们的告白，为你们的沉默深感不安。可惜啊！也许她也像你们一样可爱脆弱，无意之中不知不觉地成为自身特有的那份优美雅致的见证。她的纯真的美也许只是我的向往企盼。她度过了自己的一生，也许梦见她的只有我一人。

九　月光奏鸣曲

I

父亲的苛求、皮娅的冷漠、对手的冷酷，有关这一切的回忆和顾虑给我带来的疲惫比起旅途劳累来有过之而无不及。白天陪伴我的阿森塔对我不太熟悉，可是她的歌声、她对我的柔情，她的雪白、粉红、棕色的美貌，她的在阵阵海风的吹拂中持久不散的幽香，她帽子上的羽毛，她脖颈上的珍珠却化解了我的忧愁。晚上九点左右，我已经精疲力竭，我请她坐车回去，让我留在野外稍事休息。她表示同意后就离我而去。我们离翁弗勒仅有咫尺之遥；那里的地势得天独厚，背倚一堵山墙，入口处的两行林荫道旁耸立着挡风的参天大树，空气中透出丝丝甜香。我躺在草地上，面朝阴沉的天空，听见身后大海的涛声在轻轻摇荡，黑暗中我看不清大海，我几乎立即陷入昏睡之中。

我很快进入了梦乡，在我面前，夕阳映照着远方的沙滩和大海。暮色降临，这里的夕阳、黄昏与所有地方的夕阳、黄昏好像没有区别。这时，有人给我送来一封信，我想看却什么也看不清楚，只觉得四周一片漆黑，尽管印象中弥漫着强烈的光线。这夕阳异常苍白，亮而无光，奇迹般地照亮了黑沉沉的沙滩，我好不容易才从昏暗中辨认出一只贝壳。梦中的这个特殊的黄昏犹如极地沙滩上病态而又褪色的夕阳。我的忧伤顿时烟消云散；父亲的决定、皮娅的情感、对手的恶意犹如一种不可或缺而又无关痛痒的宿命仍然缠绕着我却无法将我压垮。昏暗与灿烂的矛盾，魔法般地缓解了我的痛楚的奇迹并没有让我产生任何疑虑和恐惧，可我却完全包围、沉浸和淹没在有增无减的甜蜜之中，这种愈演愈烈、愉悦美妙的甜蜜最终将我唤醒。我睁开双眼。我的梦，辉煌而又苍白，在我的身边展现。我瞌睡时倚靠的那堵墙十分明亮，墙上的常春藤长长的阴影轮廓分明，仿佛是在下午四点。一株荷兰杨树的每片树叶都在一阵难以觉察的微风中翻动闪烁。海面上的波浪和白帆依稀可见，天清气朗，月亮冉冉升起。浮云不时从月亮前掠过，沾染上深浅浓淡的蔚蓝，惨白的颜色就像海蜇的胶质或蛋白石的核心。然而，我的眼睛却根本无法捕捉遍地闪耀的光明。在幻景中闪亮的草地上仍然黑暗笼罩。树林、沟渠一片漆黑。突然间，一阵轻微的声音就像焦虑不安的情绪那样缓慢醒来，迅速壮大，在树林上翻滚。那是微风揉搓树叶发出的簌簌声。我听见一阵阵微风波涛般地在整个夜深人静的夜晚奔涌。然后，这声音逐渐减弱直至消失。我面前夹在两行浓荫覆盖的橡树之间的狭小草坪上似乎流淌着一条光亮之河，两边是阴影的堤岸。月光召唤着被黑夜淹没的看守人小屋、树叶和帆船却并没有将它们唤醒。在这沉睡的寂静之中，月光仅仅映照出它们外表的模糊幻影，让人无法辨清它们的轮廓，而白天看起来如此分明实在的这些轮廓还以它们的确切形状和永远平庸的氛围让我窒息。缺少门扉的房屋，没有树干、几乎没有树叶的枝叶，离开了小船的风帆犹如沉浸在暗夜中酣睡的树木离奇飘忽而又明媚的梦，那不是一种残酷得不能否认、单调得千篇一律的现实。树林从来没如此深沉地酣睡过，仿佛月亮正在利用树林的沉睡不动声色地在天空和大海中举行这个惨淡而又甜蜜的节日盛典。我的忧伤烟消云散。我听见父亲对我的训斥、皮娅对我的嘲讽、对手在策划阴谋，这一切在我看来都不那么真切。唯一的现实就存在于这种不现实的光明之中，我微笑着祈求这样的现实。我不明白，究竟是哪种神秘的相似性把我的痛苦与树林里、天空中、大海上欢庆的重大秘密联系在一起，可我却感觉到它们响亮的解释、安慰和道歉，我的才识是否参与了这样的秘密无关紧要，因为我的心灵分明听到了这个声音。我在深夜里以它的名义呼唤我的圣母，我的忧伤在月亮中认出它那不朽的姊妹，月光照亮了黑夜中变形的痛苦，驱散了我心头的乌云，化解了我的忧愁。

II

我听到了脚步声。阿森塔朝我走来，宽松的深色大衣上露出了她白皙的头脸。她略微压低嗓音对我说："我的兄弟已经睡了，我怕您着凉就回来了。"我走近她；我浑身颤抖，她把我揽入她的大衣，一只手拉着大衣下摆围住我的脖颈。我们在一团漆黑的树林底下走了几步。有什么东西在我们前面闪亮，我来不及退避，只能往旁边一闪，好像我们绊到了一段树桩，这个路障就隐藏在我们脚下，我们在月光中前行。我让她的头凑近我的头。她微微一笑，我流下眼泪。我看见她也在流泪。我们都明白，哭泣的是月亮，它把自己的忧伤融入我们的忧伤。月光令人心碎而又甜蜜温馨，它的音符深入我们的心坎。月亮在哭泣，就像我们。月亮不知为何而哭，正如我们几乎永远不知道自己为何哭泣，然而，月亮却对此有着刻骨铭心的感受，它的不可抗拒的甜蜜绝望感染了树林、田野、天空，月亮再度映照着大海，我的心终于看透了它的心。

十　往日的爱情中眼泪的来源

小说家或他们的主人公对自己逝去的爱情的追忆在读者看来是如此的感人肺腑，不幸的是，这样的追忆非常矫揉造作。我们往日的博大爱情与我们如今的绝对冷漠之间存在着反差，成千上万个具体的细节——言谈中对某个名字的回忆，抽屉中重新找到的一封信，与当事人会面，甚至后来博得她的芳心——让我们意识到，在一部艺术作品中，这种如此令人痛心疾首的反差让人潸然泪下，而我们却在生活中对此冷眼旁观，因为冷漠和遗忘恰恰就是我们目前的现状，我们的爱人和我们的爱情最多只能给我们以美的享受，因为烦恼和痛苦的官能会随着爱情一起消亡。这种反差带来的令人心碎的忧郁只是一种精神真实，同时也会演变成一种心理现实，假如一个作家将之置于他要描写的激情的开头而不是结尾的话。

其实，当我们开始恋爱的时候，我们的经验和我们的智慧——罔顾我们向往甚至幻想爱情永恒的心灵——经常告诫我们，有朝一日，我们也会对我们赖以为生的这个精神上的爱人无动于衷，正如我们现在对待除她之外的其他所有女人那样……听见她的名字，我们不会感到肉体上的痛苦，看到她的笔迹，我们不会发抖，我们不会为了在街上遇见她而改变我们的行程，即使遇到她，我们也不会惊慌失措，即使是占有她也不会让我们欣喜狂热。于是，对这种先见之明的确信让我们流泪，尽管我们始终热衷于如此强烈的荒唐预感；而爱情犹如无比神秘而又哀伤的奇妙早晨再次出现在我们面前，如此这般的爱情在我们的痛苦面前略微展示了它如此深邃奇异的宏大前景及其迷人的苍凉忧伤……

十一　友情

忧愁的时候，躺在暖热的眠床上是一大快事，躺在床上不作任何努力与抗争，甚至把脑袋埋在被褥底下，彻底缴械投降，像秋风中的树枝那样呻吟。然而，还有一张更加舒适、弥漫着绝妙芳香的眠床，那就是我们温馨、深沉而又难以捉摸的友情。当这张眠床变得悲伤和冰冷的时候，床上躺着的是我颤抖的心。把我的思绪深埋在我们温暖的柔情之中，不再觉察外面的一切，缴械投降，再也不愿保护自己，然而，我们的柔情却奇迹般地立刻变得牢不可破而且不可战胜，我在一个可以藏匿它的可靠地方为我的痛苦和欢乐哭泣。

十二　朝生暮死的忧伤

我们对那些给我们带来幸福的人不胜感激。他们是让我们的灵魂开花结果的可爱园丁。然而，我们更加感激凶神恶煞或仅仅冷若冰霜的女人，残忍地让我们伤心的友人。他们践踏了我们如今布满面目全非的碎片的心灵，他们连根拔起树桩，毁坏最娇嫩的树枝，就像一阵凄凉的风，却又为某个不可预知的收获季节播下几颗良种。

他们摧毁了所有掩盖在我们的巨大痛苦之上的小小幸福，让我们的心灵陷入忧郁的不毛之地，同时又准许我们对之加以思索和判断。悲伤的戏剧给我们带来一种类似的好处；它们肯定远比皆大欢喜的戏剧更加高明，后者只会愚弄而不是满足我们的饥饿：为我们提供营养的面包是苦涩的。在幸福的生活中，我们同类的命运在我们看来并不现实，利害关系给他们戴上了面具，欲望改变了他们的容貌。然而，在苦难造成的冷漠中，在生活中，在戏剧中对哀恸的美的感受，其他人甚至我们自己的命运，所有这一切终于让我们专注的灵魂听见了义务和真理从未被人听见的那种永恒话语。一个真正的艺术家在令人悲伤的作品中借用苦难者的腔调跟我们说话，后者迫使每个感同身受的人放下手头的一切去聆听他们的倾诉。

可惜啊！这个任性的家伙夺走了感情带来的东西，比欢乐更加高明的悲伤不会像道德那样经久不衰。昨天晚上让我们如此升华的悲剧，今天早晨已经被我们忘记得干干净净，因为我们会怀着一种远见卓识而又真心诚意的怜悯从悲剧的总体和现实来看待我们自己的生活。也许，一年之后，我们不再对一个女人的背叛、一位朋友的死耿耿于怀。风在梦的碎片和凋零的幸福中将良种播撒在眼泪的波涛底下，而眼泪不等种子发芽就会很快干枯。

（弗朗索·德·居雷尔先生的《女客人》后记）

十三　赞美拙劣的音乐

您可以憎恶拙劣的音乐，但您不能蔑视拙劣的音乐。人们演奏、演唱得更多更有激情的恰恰是拙劣的音乐而不是优秀的音乐，逐渐充盈人们的梦幻和眼泪的拙劣音乐远远多于优秀的音乐。由此可见，拙劣的音乐令人肃然起敬。尽管拙劣的音乐在艺术史中不登大雅之堂，可它却在社会情感史中举足轻重。对拙劣音乐的尊重，我不是指爱慕，不仅是所谓的宽恕或怀疑高雅品位的一种形式，而且还是对音乐社会作用的重要性的意识。有多少旋律被成千上万热恋中的浪漫青年引以为知己，而它们在一位艺术家眼里却分文不值。有多少像《金指环》《啊！久久地沉睡吧》那样的歌曲让人世间最美丽的眼睛充满泪水，无数名人的手指每天晚上颤抖着翻过这些乐谱，名副其实的大师也会羡慕这种忧郁而又快意的贡品——才华横溢而且启迪灵感的这些知己激发了梦幻，让忧郁变得高尚，用令人陶醉的美之幻境来回报人们为它们倾注的神秘热情。平民、资产阶级、军队、贵族莫不如此，无论是承受哀痛的打击还是洋溢着满腔幸福，他们都有同样深藏不露的爱之使者，同样被众人衷心爱戴的忏悔神甫。那就是拙劣的音乐家。音乐天赋和教养良好的人士对如此这般的雕虫小技充耳不闻，而这种令人厌烦的小曲小调却收到了来自千万人心灵的瑰宝，为他们保守生活的秘密，成为他们活生生的灵感，它是永远触手可及的安慰，就像搁在钢琴的谱架上永远翻开的乐谱，是梦寐以求的美雅和理想。如此这般的琶音、如此这般的"回旋"，在不止一个恋人或梦幻者的心灵中回荡出天堂的和谐甚至心爱的女人的声音。一本被人翻破的拙劣浪漫曲谱如同一处墓园或一个村寨那样让我们怦然心动。房屋不成格调，坟墓淹没在品位低劣的碑铭和装饰之中又有何妨。在足以让这种审美上的轻蔑一时哑口无言的赞赏和恭敬的想象面前，无数灵魂会从这股尘埃中飞升，嘴里还衔着让它们预感到另一个世界的尚且青涩的梦，那个世界会让它们欢笑或哭泣。

十四　湖畔相遇

　　昨天，去林园赴晚宴之前，我收到了她的一封信，那是对八天前那封令人绝望的信十分冷漠的回复，信中说，她恐怕在动身之前无法跟我道别了。我也十分冷漠地回复她说，这样也好，我祝她夏季愉快。随后，我换好衣服，乘坐敞篷汽车穿越林园。我伤心欲绝却又心平气和。我下决心忘掉这一切，我主意已定：那只是一个时间问题。

汽车沿着湖畔的林荫道行驶，在距离林荫道五十米远的一条环湖小径尽头，有个女人在踽踽独行。一开始我并没有认出她来。她朝我招手致意，我终于认出了她，尽管我们之间相隔一段距离，是她！我久久地向她致意。她继续注视着我，大概是想让我停车，带她同行。我对此毫无反应，一种几乎来自外界的激情顿时感到涌上我的心头，紧紧扣住我的心弦。"我早就料到了，"我大声喊叫道，"她总是装出一副无动于衷的样子，其中必有某种我不明白的原因。我亲爱的心上人，她是爱我的。"一种无边无际的幸福，一种不可抗拒的确信朝我袭来，我无法克制自己，忍不住哭泣起来。车辆驶近阿尔姆农维尔城堡，我擦拭着自己的眼睛，眼前出现的是她柔情万种，像是为了擦干眼泪的招手；她的眼睛温情脉脉地注视着我的眼睛，仿佛在恳请我邀她同行。

我容光焕发地来到晚宴现场。我的幸福向每个人投射出欢悦、感激和友善的殷殷之情，没有人知道，她曾经挥动着对他们来说是陌生的那只小手向我致意，这种感觉在我身上燃起每个人都能看见的熊熊火焰，这种欢乐的火光为我的幸福增添了神秘性感的魅力。大家只等德·T夫人大驾光临，她马上就到。她是我所认识的人中最无聊、最讨厌的女人，尽管她确有几分姿色。可我实在是太幸福了，竟然能够容忍任何人的缺陷和丑陋，我面带亲热的微笑朝她走去。

"您刚才可不太客气哟。"她说。

"刚才！"我惊讶地说道，"可我刚才并没有看见过您呀。"

"怎么！您没有认出我来？是的，您确实离我很远；我沿着湖边行走，您却骄傲地坐在车上从那里经过。我向您招手问好，我很想搭车与您同行以免迟到。"

"原来是您！"我叫嚷道，我十分扫兴地重复了好几遍，"噢！我请您原谅，实在对不起！"

"他看上去一脸不高兴的样子！欢迎您大驾光临，夏洛特！"城堡的女主人说，"放心吧，因为您现在可以跟她在一起了！"

我哑口无言，我的幸福彻底的破灭了。

而且，最可怕的是，事情竟然恰恰如此。不爱我的这个女人一往情深的形象在很长的一段时间里改变了我对她的看法，尽管我已经承认了自己的错误。试图与她言归于好，我并没有很快将她忘记，在我痛苦的时候，为了安慰自己，我经常竭力让自己相信那是她的手，正如我一开始的感觉那样，我闭上眼睛，为的是再次看见她向我致意的小手，这双手会非常惬意地擦拭我的眼睛，让我的额头清新凉爽，她在湖边温情脉脉地伸向我的那双戴着手套的小手犹如平安、爱情以及和解的脆弱象征，而她那征询般的伤心目光似乎在恳请我带她同行。

十五　无题

血红的天空在警告过路的行人：这里发生了一场火灾；当

然，某些炽烈的目光通常也会暴露出显而易见的激情。那是镜中的火焰。然而，冷漠而愉快的人们时而也有这种像忧伤那样远大而又阴沉的眼光，他们的灵魂与眼睛之间仿佛有一只过滤器，他们似乎就这样让自己灵魂里的一切活生生的内容"过滤"到他们的眼睛里。从今往后，只有利己主义的狂热才能煽起他们的狂热——这种可爱的利己主义狂热也吸引了其他人，就像引起火灾的激情离他们远去那样——他们干枯的灵魂只能成为各种阴谋的虚伪宫殿。然而，他们的眼睛里不断燃烧的爱情，无精打采的露珠就能将它浇灌，让它闪光发亮、高高飘扬，淹没它却又无法熄灭它，他们眼睛里的悲情火焰会让整个宇宙为之震撼。孪生的星辰自此从它们的灵魂中独立出来，那是爱情的星辰，一个永远冰冷的世界的炽热卫星，它们会不断放射出不同寻常而又令人失望的光芒直至消亡，就像假冒的先知，发伪誓的人在许诺他们的心灵无法恪守的爱情。

十六　陌生人

多米尼克坐在熄灭的炉火旁边等待他的客人。他每天晚上都要邀请几位爵爷和一些风趣的人来他家里共进晚餐。由于他出身高贵，有钱又有魅力，他从来不会孤单。火把尚未点燃，屋子里的日光已经黯然消逝。突然间，他听到一个声音，一个遥远而又亲切的声音对他说："多米尼克，"——他分明听到那声音在呼唤，在很远却又很近的地方呼唤他的名字，"多米尼克，"他吓得浑身冰凉。他从未听见过这种声音，可这声音又是那么熟悉，他心中的内疚对这声音是太熟悉不过了，那是一个受害者的声音，一个身份高贵却又惨遭摈弃的受害者。他在寻思自己从前究竟犯下了怎样的罪过却又想不起来。然而，这声音的语调分明是在谴责他的罪过，他显然是在不知不觉中犯下了这样的罪过，所以他对此负有责任——他的悲哀和恐惧就是明证——他抬起眼睛，看见他面前站着一个神情严肃、看着眼熟、模样模糊而又引人注目的陌生人。多米尼克毕恭毕敬地向忧郁而又自信的陌生人致意。

"多米尼克，难道我是你唯一没有邀请参加晚宴的人吗？你是想用我来弥补你从前的过错，你错了。当你老去的时候，客人不会再来，我来教你如何过日子吧。"

"我邀请你参加晚宴。"多米尼克带着莫名其妙的亲热郑重其事实地回答道。

"谢谢。"陌生人说。

他的戒指底座上没有印刻任何徽饰，锋芒毕露的话语中仍然透着机智。多米尼克对他那亲如手足而又强劲有力的目光一见如故，他陶醉在一种不可言喻的幸福之中。

"不过呢，如果你想把我留在你身边的话，你就必须打发走其他的客人。"

多米尼克听见客人在敲门。火把尚未点燃，屋里一片漆黑。

"我不能把他们打发走，"多米尼克回答说，"我不能孤单一人。"

"其实，即便跟我在一起，你还是孤单一个人，"陌生人悲哀地说，"但是你必须挽留我。你从前怠慢过我，你必须弥补。比起他们所有的人，我更喜欢的是你，我来教你怎样打发没有他们的日子，当你老去的时候，他们是不会再来的。"

"我不能。"多米尼克说。

他觉到自己刚才牺牲的是一种高尚的幸福，为的是遵奉一种义不容辞而又俗不可耐的习惯，他为此付出的代价甚至根本毫无乐趣可言。

"赶快选择吧。"陌生人傲慢地恳求道。

多米尼克准备去给客人开门，同时，他头也不敢回地问了陌生人一句：

"你究竟是谁？"

已经消失不见的陌生人对他说：

"你今天晚上再次牺牲我去服从的这个习惯，到了明天就会变得更加强悍，因为你给我造成的伤口流出的鲜血给它提供了营养。这样的习惯，你越是服从它，它就越专横，这个习惯让你每天都离我更远，迫使你给我带来更多的痛苦。你很快就会杀死我的，你再也不会见到我了。然而，比起其他的人来，你欠我更多，在不久的将来，那些人就会抛弃你，我附身于你却又始终离你很远，我已经几乎不存在了。我就是你的灵魂，我就是你本人。"

客人们进来了，他们走进餐厅。多米尼克想讲述他与消失的来访者之间的谈话。然而，面对晚宴主人回忆一个几乎淡忘的梦时的那种显而易见的疲惫和众人的无聊烦闷，吉罗拉莫不

340

想让所有的人，包括多米尼克本人扫兴，他用这样的结论打断多米尼克说：

"永远不要单独一个人呆着，忧郁是孤独的产物。"

于是，大家重又开始饮酒；多米尼克愉快地交谈着却又没有丝毫的喜悦，但他还是得到了所有到场的贵宾的一致恭维。

十七 梦

你的眼泪为我而流，我的嘴唇啜饮你的泪水。

阿纳托尔·法朗士[①]

我不费一点力气就能回想起星期六（四天之前）我对多萝茜·B 夫人的评价。那天，大家偶然谈起她，坦率地说，我觉得她既缺乏魅力又毫无风趣。我想她大概有二十二或二十三岁。总而言之，我不怎么了解她，当我想起她的时候，我的记忆中没有丝毫生动的回忆，映入我眼帘的只有拼写出她姓名的那些字母。

星期六那天，我很早就睡下了。两点钟左右，风刮得很紧，我不得不起床关上那扇没有拴牢、把我吵醒的百叶窗。我回顾了一下自己刚才睡着的那一小段时间，令我欣慰的是，这次小

---

① 阿纳托尔·法朗士（Anatole France，1844—1924），与普鲁斯特同时代的法国著名作家。他也是《追忆似水年华》中的人物贝尔戈特的原型。该段引文摘自一八七六年的诗剧《科林斯人的婚礼》。

睡让我恢复了元气，既没有身体上的不适，也没有做梦。我再次躺下，刚一躺下，我就再次睡着了。不知过了多久，我又渐渐醒来，确切地说是渐渐苏醒在一个梦的世界里，起初，这个世界混沌模糊，犹如平常一觉醒来所面对的现实世界，然而，梦的世界却变得明朗了起来。我在特鲁维尔沙滩上歇息，那也是陌生的花园里的一张吊床，一个女人含情脉脉地注视着我，她就是多萝茜·B夫人。早晨醒来，我不无惊讶地发现，那是我自己的卧房。更让我吃惊是，我的女伴超乎自然的妩媚和她的出现让我产生了汹涌澎湃的灵与肉的仰慕。我们心照不宣地注视着对方，彼此心领神会，一个幸福和荣耀的伟大奇迹正在发生，她便是其中的同谋，为此我对她感激不尽。可她却对我说：

"你别犯傻了，谢我干什么，难道你不是在为我做着同样的事情吗？"

我在为她做着同样的事情，这种感觉（况且非常确定实在）让我心花怒放，仿佛那是体现最亲密无间的结合的象征。她微笑着用手指摆出一个神秘的姿势。我明白其中的含义，好像在我身上她和我兼而有之："你所有的宿敌，所有的悲苦，所有的悔疚，所有的怯弱，这一切都算不了什么！"不等我开口，她就听见了我的回答；她轻而易举地大获全胜，摧毁一切，性感地对我的痛苦施展魔法。她走近我，双手轻轻抚摸我的脖颈，慢慢撩拨我的髭须。然后，她对我说："现在可以到其他人那里去了，让我们走进生活。"一种不可思议的喜悦涌上我的心头，我觉得自己有足够的能力将这种潜在的幸福全部付诸实施。她想送我一枝花，她从胸前取出一枝含苞待放、黄色与粉红相间的玫瑰，将花插在我领驳扣眼上。一种全新的快感顿时加深了我的醉意。插在我领驳扣眼上的玫瑰开始散发出爱的扑鼻芳香。我发现我的欢乐让多萝茜感到心神烦乱，我对此不明就里。此时此刻，她的眼里（那是一种神秘的感觉，凭着我对她个性的了解，对于这一点，我还是有把握的）闪现出哭泣之前的那一秒钟才有的轻微痉挛，我的眼里充满泪水，那也是她的泪水。她走近我，仰着脑袋凑近我的面颊，我得以窥见其中的神秘妩媚和诱人生机，她从清新含笑的嘴里伸出舌头，吮吸我眼角旁的每一滴泪珠。继而，她嘴唇微微一响，带走了我的全部眼泪，我仿佛感觉到一种不为人知的吻，比直接触摸我更加震撼人心。我猛然清醒过来，意识到我置身在自己的卧房里，暴风雨即将来临，轰隆隆一声雷鸣，闪电接踵而至，令人眩晕的幸福回忆之后，便是对这种不可能的虚幻幸福的恍然大悟。然而，撇开所有的推理不谈，多萝茜·B夫人在我看来已经不再是昨天的那个女人。我早先跟她的一些交往在我的记忆中留下的浅显痕迹几乎消失不见了，仿佛一股汹涌的海潮退却后留下无法觉察的痕迹。从前的失望让我迫不及待地想再次见到她，我本能地需要给她写信却又顾虑重重。言谈中提及她的名字都会让我浑身战栗，让我回想起这个夜晚之前与她如影随形的那个微不足道的形象，她越是像上流社会的任何平庸女人那样让我无动于衷，她对我就越有吸引力，这样的吸引力比最高贵可爱的情妇或最令人振奋的命运都更加难以抗拒。为了见到她，为了那另一个"她"，我不仅会朝前迈进一步，而且还会献出自己的生命。每个小时都在一点点地逐渐抹去这段叙述中已经面目全非的梦的回忆。我的梦变得越来越模糊，犹如夜晚降临，白日将尽的光照不足以继续阅读放在桌子上的那本书。为了能够窥见哪怕是一星半点的回忆，我不得不暂时停止思考，就像人们为了在影影绰绰的书本上看清几个字而不得不先闭上眼睛那样。尽管梦的航行溅起的泡沫或梦的芬芳带来的快意已经荡然无存，可我仍然会为此心烦意乱。然而，这种纷乱的思绪本身终究也会逐渐消退，我还会见到 B 夫人……我不会再激动。何必跟她讲她一窍不通的这些事情。

可惜啊！我经历的爱情犹如这个梦，它带有一种同样神秘的改头换面的力量。所以，即使您认识我爱的女人，那个没有进入我的梦乡的女人，您也无法理解我，您就不要劝我了。

十八　回忆的风俗画

我们的某些回忆如同我们记忆中的荷兰风俗画，画中的人物往往身世平庸，画面取来他们生活中十分平凡的瞬间，没有重大的事件，有时甚至没有任何事件，背景既不奇特也不宏大。自然淳朴的个性和简单朴素的场景使画面有趣可爱，将画面与我们隔开的柔和光线让画作沉浸在美雅之中。

我的军旅生活 ① 充满了我切身体验过的这类场景，没有大起

---

① 从一八八九年十一月到一八九〇年十一月，普鲁斯特在奥尔良服完了一年的义务兵役。

大落的喜悦和忧伤，回想起来却又无比甜蜜：粗犷的田野风情；我的几个农民出身的战友的简单纯朴，比起我从前和后来经常交往的年轻人，他们的形体更优美更灵活，思想更独特，心性更率真，个性更自然；平静安宁的生活让他们的活动更有规律，想象更加无拘无束，让陪伴我们的欢乐天长日久，因为我们在追寻欢乐的同时永远没有时间逃避欢乐；如今，我生活中这个阶段的所有这些东西汇聚成一系列组画，画与画之间隔着一些空白，小小的绘画确实洋溢着真实的幸福和妩媚，画面上有时光播散的甜蜜忧伤和诗意。

十九 田野上的海风

我会带给你一枝紫红花瓣的娇艳罂粟。

（忒奥克里托斯：《独眼巨人》）

　　风穿过花园、树林、田野，带着一种狂热和无奈驱赶太阳的阵阵热浪，猛烈地摇撼着低矮的树枝和茂密闪亮的矮树丛；先前倒伏的树枝正在簌簌发抖。树木、晾晒的衣物、开屏的孔雀在透明的空气中勾勒出异常明晰的蓝色阴影，在八面来风的吹拂下，飘摇翻飞却又离不开地面，犹如一只没有放好的风筝。风与光的混杂使香槟省的这个角落酷似海边的一处风景地。来到这条烈日炎炎、狂风呼啸的公路高处，头顶明媚的骄阳朝着无遮无盖的天空攀登，我们即将看到的不正是被阳光和泡沫染白的大海吗？每天清晨您都来到这里，手中捧满鲜花和柔软的羽毛，一只野鸽、一只燕子或一只松鸦飞过时掉落在林荫道上的羽毛。羽毛在我的帽子上颤动，罂粟花在我的领驳扣眼中凋谢，赶快回家吧。

房屋在狂风下呼啸犹如一艘航船，屋外，看不见的船帆慢慢鼓起，看不见的旗帜猎猎飘扬的声音隐约可闻。请把这束清新的玫瑰放在您的膝头，让我的心在您合拢的手掌中哭泣。

二十 珍珠

早晨，回到家里，我躺在床上浑身发冷，一阵忧郁冰凉的谵妄让我不寒而栗。刚才，在你的房间里，你前一天的那些朋友，你后一天的那些计划——还有数不清的敌人，还有为了对付我而策划的种种阴谋——你此时的各种想法——还有无数看不清走不完的路，所有这一切将你与我生生隔开。现在，我已经远远离开了你，在我看来，这种不尽人意的出现似乎足以向我显示你的真实面目，满足我对爱情的憧憬，很快被亲吻戳穿的永远不在的面具稍纵即逝。我必须离开；但愿伤心而又冻僵的我远远地离开你！然而，我们的幸福所熟悉的梦幻重新开始升腾，熊熊烈焰上的浓烟在我的头脑里欢快地不断升腾，这又是中了哪种突如其来的魔法？被褥下我那只让焐热的手重又散发出你给我抽的那种玫瑰香烟的味道。我把嘴唇贴在我的手上久久地回味这种香味，在记忆的暖流中，这种芬芳洋溢着一阵阵浓浓的温情，浓浓的幸福和浓浓的那个"你"。啊！我挚爱的心上人，当我没有你也能过得很好的时候，当我在对你的回忆中欢快地畅游——这样的回忆现在填满了我的卧房——用不着抗拒你那无法征服的肉体的时候，我就荒唐地这样对你说，我必须这样对你说，我不能没有你。你的出现给我的生活带来的这种细腻、忧郁而又温暖的色调，如同你那天夜晚佩戴的珍珠。如同这些珍珠，我感受着你的热情，伤心地细细品味这热情中的深浅浓淡；如同这些珍珠，如果你不带上我，我就会死去。

二十一　遗忘之岸

"据说，死神会美化她要打击的那些人，夸大他们的品德，然而，一般来说，伤害他们的恰恰就是活着的生命。死亡，这个虔诚而又无可非议的证人告诉我们，从真与善的角度来看，每个人身上的善通常多于恶。"米什莱[①]关于死亡的这番话也许比经历一次不幸的伟大爱情后的那种死更加真切。先前让我们备受煎熬的这个人跟我们不再有任何关系，用通俗的话来说，这就意味着她"已经在我们心里死去"。我们为死者哭泣，我们仍然爱着他们，久久地感受着他们的无法抵御，让他们虽死犹生的魅力，正是这种魅力让我们经常去他们的坟前。相反，让我们体验到一切，本质上让我们感到满足的那个人现在却再也无法用痛苦或欢乐的阴影来笼罩我们。在我们心里，他死得更加彻底。我们把他当作这个世界上唯一珍贵的东西，我们诅咒

[①]　儒勒·米什莱（Jules Michelet，1798—1874），法国十九世纪著名历史学家。

他，蔑视他，却又无法评判他，他的面容刚才还清晰地出现在我们记忆的眼睛面前，却又因为凝视太久而消失殆尽。对挚爱之人的评判，时而以其远见卓识折磨我们盲目的心灵，时而又盲目地结束了残忍的分歧，必须终结最后的摇摆。由于这些景色只能在山顶上发现，于是在宽恕的高度便出现了那个货真价实的女人，在成为我们的生活本身之后，她在我们心中死得更加彻底。我们仅仅知道她不会把我们的爱情归还给我们，她对我们只有一种真正的友情，我们现在才明白这一点。记忆没有让她变得更美，爱情使她备受伤害。对于那个想得到一切、即使得到一切也不能满足的人来说，得到一点似乎只是一种荒唐的残酷。我们现在才明白，我们的绝望，我们的嘲讽，我们无止无休的暴虐没有让她失去勇气实在是她的慷慨秉性所致。她始终温情脉脉。如今人们告诉我们的某些言论在我们看来似乎公平公正，既宽宏大量又充满魅力，她的某些言论让我们无从理解，因为她并不爱我们。相反，我们却带着诸多有失公允的私心苛刻地谈论她！难道我们亏欠她的还少吗？即使这阵爱情的高潮一去不复返，我们在自己心中散步的时候也总会捡到一些奇异迷人的贝壳，把这些贝壳贴近耳边，我们会听见往日的大量喧嚣，带着忧郁的喜悦却又不再为之痛苦。于是，我们动情地回想起她，我们的不幸在于我们总是希望我们爱她甚于她爱我们。对于我们来说，她不再"彻底死去"。她是我们情深意切地回忆的死者。我们必须公平公正地纠正我们从前对她的看法。她借助于公平正义这种无所不能的美德让她的精神在我们心中复活，出现在我们平静地含泪作出的最后判决面前。

二十二　圣体存在

我们在恩加丁①的一个偏僻村落彼此相爱。恩加丁这个词含有双份的美妙：日耳曼语铿锵响亮的梦消融在意大利语甜美性感的音节之中。环顾四周，三个绿得难以形容的湖泊环抱着杉树的森林。天涯尽头是冰川和山峰。傍晚，各种景色使光照更加柔美。我们怎能忘记午后六点在锡尔斯-玛丽亚湖畔的散步？黑压压的落叶松与皑皑白雪连成一片，将它们绿得赏心悦目、绿得闪闪发亮的树枝伸向几近淡紫的浅蓝色湖水之中。一天傍晚，我们格外地走运，就在那个时辰，夕阳在水面上变幻出各种光怪陆离的色彩，在我们的心灵中折射出各种快感。突然间，我们挪动了一下，看到一只小小的粉红色蝴蝶，继而是两只、五只粉红色蝴蝶，飞离我们岸边的花丛，在湖泊上空飞舞。它们就像触摸不到的粉红色尘埃，很快抵达对岸的花丛，然后再飞返回来，悄悄地重新开始冒险的穿梭，时而试探性地停留在湖泊上空。五光十色的湖泊恰似一朵枯萎凋谢的硕大花朵。这就够了，我们的眼睛里充满泪水。穿越湖泊的小小蝴蝶在我们的心灵上飞来飞去，犹如一把欢快的琴弓，面对如此之多的美景，我们的心灵充满了激情。蝴蝶掠过水面，动作轻捷地飞舞

---

① 恩加丁位于瑞士南部，邻近意大利边境。圣莫利茨是恩加丁山谷的著名度假小镇，普鲁斯特曾经在一八九三年前来此地。他曾经提到当地给他留下刻骨铭心的回忆和梦幻的几个地方。

翩跹，轻轻地抚摸着我们的眼睛和我们的心，粉红的小翅膀每扇一下都会让我们难以自持。看着它们从湖泊对岸飞回来，悠然自如地在水面上漫步嬉戏，我们的心中回荡着一种美妙的和弦；它们轻柔地飞回来，变幻出随心所欲、千回百转的姿态，让原来的和弦更加丰富多彩，谱写出一曲令人心旷神怡的幻想旋律。我们激荡的灵魂从它们无声无息的飞翔中听见了一种妩媚逍遥的音乐，湖泊、树林、天空、我们的个人生活所构成的柔美激昂和弦带着一种让我们热泪盈眶的神奇温情为这音乐伴奏。

那一年，我从未跟你说过话，因为你一直远离我的眼界。可我们却在恩加丁相爱！我永远不会厌倦你，永远不会让你留在家里。你陪伴我一起散步，与我同桌用餐，睡在我的眠床上，在我的灵魂中梦幻。有一天——也许，作为神秘的信使，一种可靠的本能没有提请你注意这些与你水乳交融的孩童稚气，你曾经如此投入地置身于你体验过、真实确凿地体验过的孩童稚气之中，因为你在我身上是一种"圣体存在"？——有一天，听见有人说出阿尔卑格林（我们俩从来没有看见过意大利），这个词让我们心醉神迷："从那里一直可以看到意大利。"我们动身前往阿尔卑格林，在毗邻意大利的山峰前开阔的景色中想象着真实而又冷峻的风景戛然而止，一处湛蓝的山谷在梦境深处展现。一路上，我们还记得，一条边界线无法改变土地，即使有所改变，这难以觉察的变化也不是我们一下子能够发现的。我们有点失望，却又为刚才如此小孩子气而好笑。

然而，到了山顶，我们感到心醉神迷。我们稚气的想象化为现实展现在我们眼前。冰川在我们身旁闪闪发光。激流在我们脚下勾勒出一片深绿色的恩加丁荒野，继而是一座有点神秘的山丘；淡紫色的斜坡后面时隐时现地露出一块真正的蓝色地域，一条闪闪发亮、通往意大利的林荫道。就连地名也变了样，立即与这种气象一新的美妙景色协调起来。人们向我们指出波斯基亚沃湖、维罗纳峰、维奥拉河谷。接着，我们来到一个非常荒凉偏僻的地方，那里满目苍凉，肯定没人来过，没人看见而且无法征服，这就足以把在此地相爱的快感推向狂热的极限。于是，我真切地从内心深处感觉到实实在在的你不在我身边的悲哀，你不是藏匿在我悔疚的外衣底下，而是存在于我欲望的现实之中。我往下走了几步，来到游客刚才眺望驻足的那个高地。偏僻的客栈里有一本名册簿，里面有游客的签名。我写下自己的名字，旁边的字母组合影射你的名字，因为我无法不在现实中把你近在咫尺的精神具体化。将点点滴滴的你写进这本名册簿似乎减轻了你窒息我灵魂的那种迷恋重负。继而，我又非常渴望有一天能够把你带来这里看看这行文字；随后，你再跟我一起往高处攀登，以此酬报我的所有悲伤。用不着我开口，你就会明白一切，确切地说，你会回想起这一切；登山时你轻松自然，略微倚靠在我的身上，为的是更好地让我感受到这一次你就在我身旁，而我却从你留有东方烟卷幽幽清香的嘴唇之间发现了彻底的遗憾。我们大声地说着一些疯疯癫癫的话，拼命叫喊，远处的任何人都听不见我们的声音；低矮的野草在高山上的微风中孤独地颤抖。攀登让你放慢脚步，微微喘息，我的脸凑近你的脸，为的是感觉到你的气息：我们都疯了。我们还会来这里：一个白色的湖泊紧挨着一个黑色的湖泊，美妙得就好像一颗白珍珠紧挨着一颗黑珍珠。让我们在恩加丁的一个偏僻村庄里彼此相爱吧！我们只会让山里的向导接近我们，这些人身材高大，眼睛里流露出与其他人截然不同的目光，就好像他们来自一方截然不同的"水域"。可我已经不再牵挂你了。厌腻已经赶在占有之前来临。柏拉图式的爱情本身也有其厌腻的时候。我再也不愿带你来这个地方，不知道甚至不明白为什么，你却怀着如此感人的忠诚牵记着我。你的目光只为我留住了一份娇媚，让我突然回想起这些奇异温馨的德语和意大利语的名字：锡尔斯-玛丽亚、席尔瓦普拉纳、克鲁斯塔尔塔、萨马登、切莱里纳、尤利尔、维奥拉河谷。

二十三　内心深处的日落

如同大自然一样，智慧也有其自身的景象。日出和月光经常让我欣喜若狂直至流泪，它们比忧郁的熊熊火焰更能让我深受感动，傍晚时分，在散步的时候，这种忧郁之火在我们的心灵泛起无数高低起伏、色调各异的波涛，宛如海面上熠熠生辉的夕阳。于是，我们在黑夜中加快步伐。一只可爱的动物加快了飞奔的速度，它比骑兵跑得更快，快得让人眩晕兴奋，我们满怀信任和喜悦，颤抖着把自己交付给汹涌澎湃的思想，我们对这些思想的掌控和操纵能力越强，我们就越难抵御它们的控制。我们满怀深情走遍昏暗的田野，向黑夜笼罩的橡树，向庄严肃穆的田野，向引导我们、让我们陶醉的冲动的宏伟见证致意。抬起眼睛仰望天空，我们不无感慨地从仍然为告别太阳而激动的云层之间辨认出我们思想的神秘返照，我们越来越快地隐没在田野之中，狗跟随着我们，马载着我们，朋友默不作声，我们身边有时甚至没有任何有生命的东西，我们领驳上的花朵或手中不停地欢快转动的手杖至少从目光和眼泪中收获了来自我们狂喜的忧郁贡品。

二十四　恍若月光

夜幕已经降临，我走向自己的卧房，黑暗中再也无法看见天空，田野和太阳下闪烁的大海，我不由得忧心忡忡。然而，一打开房门，我却发现屋里光亮宛如夕照。透过窗户，我看见了房舍、田野、天空和大海，确切地说，我仿佛与它们在梦中"重逢"；温柔的月亮把它们唤回到我的面前而不是仅仅把它们指给我看，月光将一种无法驱散黑暗的惨淡辉光播洒在它们的轮廓之上，犹如一种遗忘浓浓地罩住它们的外形。我在院子里一连几个小时地凝视着各种事物留下的沉默、朦胧、迷人而又苍白的回忆，白天，这些事物以它们的呐喊、它们的声音或它们的嘈杂让我快乐或者痛苦。

爱情溘然消逝，遗忘的门槛让我胆战心惊；然而，我往日的所有幸福，所有愈合的忧伤仿佛都在月光底下悄悄地注视着我，而它们在我心里本来早已平息，有点茫然、模糊不清，离我近在咫尺却又远在天边。它们的沉默令我感动，它们的疏远和渺茫让我陶醉在忧伤悲哀和诗情画意之中。我情不自禁地凝视着这内心深处的月光。

二十五　在爱情的光芒下评判希望

即将到来的一个小时在我们眼里变成了现在，它已然魅力尽失，当我们把这一个小时远远地甩在我们身后的时候，如果我们的心胸再宽阔一点、视野更加周全，我们确实会在记忆的路途中重新找回这些魅力。于是，我们催促着我们的不耐烦的希望和疲倦的牝马，匆匆忙忙地去投奔那个诗意盎然的村庄，越过山岗，村庄再度洋溢着影影绰绰的和谐景象，平庸的街道、风格混杂而又摩肩接踵的房屋消融在地平线上，似乎渗透村庄的蓝色雾霭徐徐飘散，所有这一切都难以将渺茫的承诺留住。炼丹术士把自己的每次失败都归咎于不同的偶然原因，却又从不怀疑现时的本质中存在着一种不可救药的缺陷。正如炼丹术士那样，我们也把自己的幸福惨遭扼杀归咎于充满恶意的特殊情况，令人羡慕的环境带来的负担，心仪的情妇的坏脾气，某一天我们糟糕的健康状况，而那天本来应该充满快乐，旅行中遭遇恶劣的气候或一塌糊涂的客栈。这些破坏一切快乐的原因注定会消除，我们满怀信心地不断祈求一种梦中的未来，虽然这种信心有时带有赌气的成分，却又从来没有在一个已经实现的梦，即绝望的梦面前幻灭过。

然而，某些深思熟虑而又性情忧郁的人在希望之光的照耀下比其他人更加容光焕发，他们很快就会发现，可惜这希望之光不会在期待的时辰闪耀，它来自我们大放光芒的心灵，而大自然却对此一无所知，希望之光把这些光芒大量倾泻在我们的希望之上却又不致点燃火炉。他们再也无力憧憬他们明知是不可企及的东西，追寻在他们心中凋零的身外之梦。恋爱中，这种忧郁的情形尤其如此而且更加严重。想象不断地围绕着希望徘徊，奇妙地把矛头指向绝望。痛苦的爱情在断绝我们的幸福体验的同时还阻止我们发掘其中的虚无。然而，究竟怎样的哲学课，怎样的老者忠告，怎样备受挫折的抱负才能将幸福爱情带来的欢乐变成忧郁！您爱我，亲爱的可人儿，您这么说该有多么残忍？唯有分享爱情无比幸福这种想法令我头晕目眩、咬牙切齿！

我弄散了您的鲜花，撩起您的头发，扯下您的首饰，触摸您的肌肤，我的亲吻犹如漫上沙滩的海水遍及您的全身，而您却带着幸福离我而去。我必须跟您分手，我独自一人回家，心情更加悲伤。我诅咒这最后一次的灾难，永远回到您的身旁；我抛弃了我最后的幻想，我是永远不幸的人。

我不知如何鼓起勇气对您这样说。我刚才毫不吝惜地舍弃的正是我毕生的幸福或至少是宽慰，因为您充满幸福的自信，有时令我陶醉的眼睛仅仅流露出这种忧伤的醒悟，您的聪明颖慧和您的失意绝望已经为此向您发出了警告。既然我们已经高声宣布彼此互相隐瞒的这个秘密，我们再也不会幸福。我们甚至连希望的无私欢乐也没能留住。希望是一种信仰的行为。我们滥用了对希望的轻信：希望已经死灭。在拒绝享受之后，我们再也无法沉湎于希望的狂喜之中。毫无希望地希望也许非常明智却又毫无可能。

到我的身边来吧，亲爱的心上人。擦亮您的眼睛看一看，我不知道让我的视线模糊的是不是眼泪，可我似乎看清了我们身后燃烧的熊熊烈火。噢，我挚爱的女人，我的宝贝，把您的手伸给我，让我们走向这美丽的火焰，不要太靠近火焰……在我看来，我们都得益于宽容和全能的回忆，回忆正在为我们做很多很多事情，亲爱的。

二十六　林中灌木

我们丝毫不会畏惧茂盛而又温和的树林，树林让我们学到了很多东西，不断为我们提供强身健体的精华，镇静安神的香膏，我们在树林的亲切陪伴下度过了无数清新、寂静而又私密的时辰。在这些炙热的下午，为了让视觉避开过分强烈的光线，我们来到诺曼底的一处"洼地"。那里挺立着婀娜多姿、高大茂密的山毛榉树，叉开的树叶犹如一道单薄的陡峭堤岸，抵御着这光的海洋，仅仅留住了在灌木的黑暗沉寂中碰撞出优美旋律的点滴光线。我们并没有置身于海边、平原、山峦时的那种向全世界蔓延的精神喜悦，却只有与世隔绝的幸福；我们的精神就好像处在无法连根拔除的树桩包围之中的树木那样高耸挺立。我们仰天躺下，头枕干枯的树叶，在彻底放松的休憩中，我们可以追随我们欢快敏捷的思想一路攀援到树梢高处，来到一只唱歌的鸟儿身旁，却又不惊动树叶，周围是风和日丽的天空。阳光在树底下到处滞留，时而让树木沉浸在梦幻之中，为树枝末梢的叶片镀上一层金光。其余的一切既放松又专注，在昏暗的幸福中沉默不语。高耸挺立而又悠闲安逸的树林大量地贡献出自己的树枝，用这种奇特而又自然的姿态优雅地呢喃着，恳请我们认同这种如此古老却又如此年轻的生活，这种生活与我们的生活截然不同，仿佛那是取之不尽用之不竭、看不见摸不着的储藏。

一阵微风暂时打破了树林闪烁而又幽暗的宁静，树林在轻微的摇曳中平衡着树顶上的光线，摇动着树底下的阴影。

小阿布维尔（迪也普），一八九五年八月 [①]

二十七　栗树

我特别喜欢驻足在被秋天染黄的大栗树下。我曾经在这些绿茵茵的神秘洞穴里耗费了许多时辰，仰望那些在我头顶上播撒清新和黑暗的飒飒作响的浅金色瀑布！我羡慕树枝中间红喉雀和松居住的这些单薄而又幽深的绿色楼阁，两百年来，这些悬在空中的古老花园每年春天都覆盖着洁白清香的花朵。难以觉察地弯曲着的树枝高贵地从树上向地面低垂，犹如栽种在树桩上，顶端朝下的其他树木。尚未凋零的树叶浅淡的颜色更是

---

① 一八九五年八月，普鲁斯特和哈恩曾经在迪也普的玛德琳娜·勒梅尔夫人家做客。——原注

烘托出因为赤裸光秃而显得格外茁壮、格外黝黑的所有树枝，聚拢在树桩周围的树枝就像一把漂亮的梳子，拢住了散开的柔软金发。

雷韦永[①]，一八九五年十〇月

二十八　大海

大海始终吸引着遭遇了第一次心碎之后开始厌倦生活和爱好神秘的那些人，因为他们有一种预感：现实无法让他们满足。在感到任何疲倦之前，这些人需要休息，大海会让他们感到安慰和隐约的激动。大海与陆地不同，没有人类劳作和生活的痕迹。海上的一切来去匆匆，不留踪影，轮船穿越大海的航迹转瞬即逝！因此，大海的这种极度纯净是陆地所不具备的。清纯的海水远比需要用鹤嘴镐挖掘的坚硬土地更加精致。孩子踏进水中会发出清脆的响声，划开一道深痕，由海水所组成的各种色调刹那间支离破碎；然后，所有的痕迹消失殆尽，大海重新变得像创世初期那样宁静。厌倦陆路的人上路之前就在揣测陆路的坎坷平庸，他会受到海路的诱惑。相形之下，平淡无奇的海路更加危险，更加惬意、荒凉和不可预测。那里的一切更加神秘，巨大阴影有时安详地漂浮在没有房屋、没有树荫的赤裸

---

① 法国女画家玛德琳娜·勒梅尔夫人（1845—1928）的私人城堡和社交场所。是她将普鲁斯特引荐给巴黎的贵族沙龙。一八九五年秋天，普鲁斯特曾经在那里逗留。——原注

海面上，浮云把这些天国的村落，朦胧的树枝铺展在大海上。

　　大海的魅力在于它夜晚的不消停，对于我们骚动的生活来说，那是睡眠的许诺，一切都不会毁灭的许诺，正如为了让幼小的孩童感到不那么孤单而通宵点亮的夜灯。大海与陆地不同，它与天空唇齿相依，永远与天空的色彩协调一致，摇曳出天空最精美的色调变化，大海在阳光下闪烁，每天夜晚与太阳一起消逝。当太阳消失的时候，大海还在继续为太阳惋惜，在阴沉单调的陆地面前，保留一点对太阳的明媚回忆。那是大海忧伤返照的时刻，看着这些如此温馨的返照，人们的心都要融化了。夜幕降临之时，昏暗的天空笼罩着黝黑的陆地，大海却仍然在微微闪烁，不知道波涛底下究竟隐藏着怎样不为人知的秘密和怎样闪亮发光的白日记忆。

　　大海让我们的想象焕然一新，因为它不会令人联想到人类生活，然而大海会给我们的灵魂带来欢悦，因为大海犹如我们的灵魂，它有着永无止境而又无能为力的憧憬，因挫折而不时中断的冲动，永恒而又温馨的哀叹。大海让我们欣喜犹如音乐，不像语言那样留有痕迹，它不会跟我们谈论人类，却又模仿我们灵魂的举止行为。我们的心灵在随着海浪一起跌宕起伏的同时忘记了自己的缺陷，在自己的忧伤与大海的忧伤之间的内在和谐中自我安慰，把自己的命运与世间万物的命运混为一体。

一八九二年九月

二十九 海洋

　　我不明白这些话语的含义，首先是长期以来经由某种途径直达我心的所有一切，也许我应该让这一切向我重复这些话语，这样的途径虽然早已废弃多年，但它仍然可以重新开启而且不会永远封闭，对此我坚信不疑。我必须重回诺曼底，无须勉强自己，只为走近大海。我会踏上树木繁茂的路径，从那里可以时不时地窥见大海，微风带着咸盐、潮湿的树叶和牛奶的混合味道。对所有这些故乡的东西，我会一无所求。它们对自己看着出生的那个孩子慷慨大度，它们会亲自让他重新领教已经遗忘的那些事物。一切都会向我预告大海近在眼前，尤其是大海的芳香，即便此时此刻我尚未看见大海。我会隐约听见大海的声音。我会踏上一条从前非常熟悉的道路，路边长满了山楂灌木，我会带着温情和焦虑，透过突然豁开的树篱顿时窥见大海，这个无形而又实在的朋友，永远抱怨的疯子、忧郁年迈的女王。我会突然看见大海，那是一个阳光明媚、令人昏睡的日子，大海映照着同样湛蓝只是色调比较浅淡的天空。白帆犹如热得不愿动弹的蝴蝶点缀着风平浪静的海面。或者相反，动荡的大海在太阳底下黄得就好像一大片翻腾的泥沼，远远看去凝固不动，像是覆盖着一层耀眼的白雪。

三十 海港船帆

　　狭长的海港就像介于不太高的码头之间的水道，沐浴在傍晚的余晖之中，路过的行人停下脚步，打量着汇聚在港口的海船，仿佛那是前一天刚到就准备再度动身的高贵异乡之客。海船对众人因此产生的好奇心无动于衷，似乎颇有居高临下的鄙视之意，或许只是因为言语不通，它们在逗留了一夜的潮湿客栈里寂然无声、静止不动。结实的艏柱还在述说它们即将进行的长途跋涉及其在平滑的道路上曾经遭受的损耗，这些道路古老如同世界，崭新如同开掘它们、让它们无法生存的通道。它们既脆弱又顽强，带着一种悲伤的骄傲转向由它们掌控、让它们迷失的海洋。倒映在水中的缆绳复杂得令人惊叹而又精巧别致，犹如准确无误而又远见卓识的智慧沉陷在迟早会让它粉身碎骨的渺茫命运之中。即使是刚从那种可怕而又美好的生活中离开，它们明天还将再度投身于这样的生活，曾经被风吹鼓的船帆仍然在风中无精打采，艏桅就像昨天那样在水面上倾斜着；从船首到船尾，船身的弯曲线条仿佛还保持着它们航迹的那种神秘而灵活的优雅。